달이 이끄는 이세계 여행 4

아즈미 케이

목차

시키
원래 모습은 「리치」라고 불리는 언데드 몬스터. 마코토와 계약함으로써 사람의 모습이 되었다. 마코토와 동행하면서 학원 도시 롯츠갈드로 향하고 있다.
토모에
본래 「신(蜃)」이라고 불리던 용. 마코토와 계약함으로써 사람의 모습을 얻었다. 애용하는 무기는 일본도.
코모에
토모에가 만들어낸 분신체와 같은 존재. 본가와는 달리 굉장히 큐트.
미오
원래 모습은 거대한 거미. 마코토와 계약해서 사람의 모습을 얻었다. 최근엔 마코토와 떨어져 다니는 일이 많아서 쓸쓸하다고 느끼고 있다.
미스미 마코토
본작의 주인공. 부모의 사정으로 이세계에 소환된 비운의 고등학생. 세 사람의 종자를 거느리고 순조롭게 여행하고 있었지만…….

주요
등장인물
소피아 브루거
토모에와 미오가 나타기 전까지
모험자 길드 랭크 1위였던 여검사.
전투를 즐기는, 터무니 없는
성격의 소유자.
미츠루기(御劍)
소피아와 함께 마코토의 앞에
나타난 수수께끼의 소년.
외모에 안 어울리게 건방진
말투를 구사한다.
릴리
그리토니아 제국의 황녀.
마코토와 함께 소환된 용사 중
한 사람, 이와하시 토모키를
마음대로 조종하고 있다.

프롤로그

◇◆◇◆◇

“갔나. 오랜만에 분주한 나날이었군, 모리스.”

장년의 사내가 턱수염에 손을 갖다 대면서, 눈앞으로 뻗은 길 저편을 바라보며 중얼거렸다.

남자가 서 있는 장소는 변경 도시 츠이게를 둘러싸고 있는 외벽 위에 위치한 통로였다.

원래 경비를 담당한 병사들밖에 통과할 수 없는 길이지만 이 도시의 맹주나 다름없는 장년의 사내, 렘브란트라면 프리 패스로 들어올 수 있었다.

츠이게의 동서쪽은 자연이 창조한 외벽이라 할 수 있는 높은 절벽의 수호를 받고 있다. 그리고 남쪽과 북쪽은, 주민들이 건설한 굳건한 암벽이 버티고 있다. 강력한 마물들이 도사리는『절야(絕野)』라는 명칭의 황야에 직면한 남부는, 특히 견고한 외벽으로 방어하고 있다.

하지만 지금 그들이 위치한 북동쪽 부분만큼은 조금 상황이 다르다.

북동쪽 부분에는 깔끔하게 포장된 도로가 똑바로 뻗어있기 때문이다.

도시를 지키는 외벽도 그 길을 따라가는 형태로 되어 있다.

초원이나 숲이 자연 그대로 남아있는 다른 방향과 비교하면 상당히 이질적인 광경이었다.

"예. 하지만…… 이렇게 말씀드리는 것도 조금 점잖지 못한 일일지도 모르겠습니다만, 매일 매일이 신선한 경험의 연속이지 않았나 싶군요."

"음. 여하튼 상인으로 독립하고 1년도 지나지 않아서, 이 황금가도(黃金街道)를 이용할 수 있을 정도의 능력을 지닌 소년이니까."

"……이 세상에 있기는 한가 봅니다. 축복받은 별의 은총을 받고 태어나는 인물도 말이지요."

렘브란트를 수행하고 있던, 그의 집사인 모리스가 주인의 말에 대답했다.

렘브란트와 모리스—.

츠이게에서 절대적인 세력을 자랑하는 거상과 그 집사였다.

그들은 최근 인연을 맺게 된 한 소년에 대해, 평소에 그다지 보이지 않는 진심으로 유쾌한 표정을 지은 채로 대화를 나누고 있다.

소년이 보이지 않게 된 이후로도 여전히, 그들은 가도의 저편을 바라보고 있었다. 이 가도의 명칭은 황금가도라고 한다.

이 세계에서 가장 안전하면서도, 가장 비싼 도로였다.

황금가도는 최남단인 이곳, 아이온 왕국의 변경 도시인 츠이게와 최북단인 그리토니아 제국의 교역 도시인 로빈을 연결하고 있는 도로였다. 이 도로에 인접한 4대국(大國)이 책임지고 정비와 유지를 담당하고 있다.

이 도로를 통해 연결되어 있는 각 도시는 예외 없이 높은 장벽의 수호를 받고 있는데, 그 이유는 다름 아닌 황금가도 그 자체에 있었다.

황금가도는 상인이 대량의 물자를 안전하게 운반하거나, 국가의 중요인물이 안전하게 이동하기 위한 길이기 때문이다.

따라서 우선 외적으로부터 길을 지키기 위해 벽이 건설된 것이다. 그리고 그 벽은 이윽고 도시 자체를 위협하는 침입자를 막기 위해 굳건한 외벽으로 발전했다.

황금가도를 이용하기 위해서는 상당한 금액이 필요하기 때문에, 통행자 중에 서민의 모습은 거의 보이지 않는다.

모험자도 요인의 호위 등을 담당하는 인원들이 가끔 이용할 뿐이다.

"내 말이 그 말일세."

"쉴 새 없이 갈아타신다고 해도……, 학원 도시에 도착하려면 사흘 정도는 걸리겠군요."

갈아탄다.

황금가도의 중계 지점에 위치한 도시에는 전이마법용의 마법진이 설치되어 있으며, 가도로 이어진 인접 도시로 이동할 수 있다.

그렇다면 전이 마법진을 이용해서 직접 도시로 이동하는 편이 안전하리라는 생각할 수도 있지만, 이 이동수단은 결함이 있다.

물품을 전이시킬 경우의 성공 확률이 낮으며, 파손도 일상다반사로 일어난다는 것이다.

그렇기 때문에 상인들은 황금가도를 이용하고 있다.

짐을 옮기지 않는 중요인물이, 전이 마법진을 사용하지 않고 가도로 직접 이동하는 이유는 『황금가도를 사용했다』는 사실이 일종의 사회적 지위로 인식되기 때문이다.

따라서 전이 마법진이 설치되어 있는데도, 황금가도를 이용하는 고객은 끊이지 않았다.

오늘 츠이게에서 출발한 화제의 소년, 라이도우는 황금가도를 도보로 걷는 방법이 아니라 전이 마법진을 갈아타는 방법으로 머나먼 학원 도시 롯츠갈드를 향하고 있었다. 그는 사회적 입장 따위에 흥미를 보이지 않고, 보다 간편한 수단을 선택한 셈이다.

당연히 츠이게에서부터 전이 마법진을 이용하고 있는 마코토의 모습은 렘브란트와 모리스가 육안으로 확인할 수는 없었다. 그러나 그가 숙박할 예정인 중계 도시는 물론, 학원 도시 롯츠갈드도 황금가도의 저편에 위치해 있다.

그들의 시선이 향하고 있는 저편에, 틀림없이 라이도우가 이동하고 있는 것이다.

"하지만, 리사와 아이들도 못 말리겠군. 최소한 라이도우 님을 배웅할 때 정도는 얼굴을 보여야하는 거 아닌가? 라이도우 님은 차림새 같은 건 신경 쓰지 않을 텐데."

"숙녀 분들께는 숙녀 분들의 사정이라는 것이 있기 마련입니다. 라이도우 님께서 신경 쓰지 않으셔도, 마님과 두 분 아가씨께서 신경이 쓰이신다면 어쩔 수 없지요."

"아직 얼굴빛이나 머리카락이 원상복구 되려면 시간이 걸리겠지만, 서서 걸어 다닐 수 있을 정도는 회복되지 않았나. 생명의 은인에 대한 예의를 생각해보면 말일세."

렘브란트의 아내와 두 딸은, 저주병이라고 불리는 마법에 의해 그 생명이 경각에 달려있던 상황에서 라이도우의 도움을 받아 구사일생했다.

렘브란트는 가족의 행동이 예절에 어긋난다고 느꼈기에 쓴 소리를 입에 담았다. 모리스는 주인을 능숙하게 타일렀다.

"은인이기 때문에, 확실하게 완치된 모습으로 감사 인사를 드리고 싶으신 거 아니겠습니까? 메이드들이 말하기로는, 하루라도 빨리 완치를 시키기 위해 노력 중이시라고 합니다."

"흠…… 그렇단 말인가. 그건 그렇고 모리스. 이건 또 다른 얘기네만."

렘브란트는 집사인 모리스가 본인의 발언을 가로막았는데도 불구하고 별로 신경 쓰지 않고, 대화를 이어 나갔다.

그의 눈빛은, 방금 전까지 보이던 은인인 소년을 배려하는 남자의 눈이나 가족을 생각하는 아버지의 눈이 아니었다. 사업가로서 보이는, 상인의 예리한 눈빛이다.

"말씀하시지요."

모리스도 그런 주인의 변화를 헤아리고, 어느 정도 엄격한 분위기로 렘브란트를 바라보기 시작했다.

"토모에 님과 미오 님 말이네. 자네가 보기엔 어떤가?"

토모에와 미오—. 라이도우의 종자들이다. 각각 토모에는 용, 미오는 거대 거미의 본 모습을 숨기고 있는 이형(異形)의 존재들이다.

“……두 분의 전투력은 그 레벨이 시사하고 있는 그대로로 예상되는 바, 제 역량으로는 어느 쪽을 상대로도 이길 수 없을 겁니다. 만약 정말로 두 분과 전투를 벌일 수밖에 없는 사태가 찾아온다면, 아마도 미오 님 쪽이 아주 약간은 수월하겠습니다만……. 어쨌든, 그 레벨에 걸맞을 정도로 우수한 분들이라는 사실은 틀림없습니다. 예측할 수 없는 돌발 사태가 벌어지기라도 한다면 대단히 성가시겠습니다만, 지금의 입장을 고려하자면 두 분 다 그 힘으로 우리를 겁박할 생각은 품지 않으실 겁니다.”

“……. 흠, 신세를 지고 있는 입장이란 건 알고 있다고 하시던 토모에 님의 발언을 믿을 수밖에 없겠군. 그렇다면, 우리 점포에 상주하기 시작한 쿠즈노하 상회의 점원들은 어떤가?”

“몇 차례 정도 대화를 나눠본 바로는, 드워프 분은 전형적인 고지식한 장인으로 보였습니다. 그가 부하로 거느리고 있는 젊은 드워프들이 주로 접객을 담당하고 있으니, 상품을 제작하는 이가 조금 고집이 세더라도 별 문제는 없는 것 같습니다. 토모에 님과 함께 한 차례 정도 만날 수 있었던 사람은, 얼핏 보기엔 휴만처럼 보이기도 했습니다만 갈색 피부와 붉은 눈동자로 판단하건데 아인(亞人)인 것으로 추정됩니다. 하지만 그들 역시 예의가 바르기도 했고, 문제를 일으킬 것으로 보이지는 않았습니다. 실제로 쿠즈노하 상회는 모든 상품들이 연일 품절될 정도의 성황을 보이고 있으니까요.”

“라이도우 님은 개업 당시의 인원 부족을 아인 고용으로 극복했나……. 앞으로도 휴만을 고용할 생각은 없는 건가?”

렘브란트가 고개를 갸웃거렸다.

쿠즈노하 상회가 고용하고 있는 아인은 휴만에 가까운 외모를 지닌 종족이 많다. 하지만 정작 중요한 휴만 종업원이 한 사람도 없었다.

무기를 제작하는 재능을 지닌 드워프를 비롯해 아인이라고 불리는 종족 중에서 특출한 기능을 보유한 이들도 적지 않다. 그 재능을 활용하기 위해 아인을 고용한다는 방식은 이치에 맞는다. 하지만 현실적으로, 아인을 고용한다는 사례 자체가 대단히 흔치않다는 것도 사실이다.

이 이세계의 창조신인 여신으로부터 인정을 받고 「축복」과 가호를 받고 있는 종족은 휴만 종(種)뿐이다.

일반적인 휴만들의 가치관은, 자신들만이 선택받은 종족이라는 것이다. 따라서 여신의 축복을 받지 못하는 아인은 대등한 입장이라고 할 수 없으며, 어디까지나 휴만 종족의 생활을 윤택하게 만들기 위한 도구에 지나지 않는다.

휴만들이 이러한 사고방식을 지니게 된 원인은, 자신들보다 우월한 능력을 지닌 아인들이 언젠가 휴만 대신 세계를 다스리게 될지도 모른다는 잠재적인 공포로 인한 영향도 적지 않았다.

이세계의 휴만들로서는 대단히 자연스러운 이 감각에 따르면, 같은 휴만이라고 인식하고 있는 라이도우의 행동이 이단으로 비치고 있는 것이다.

"라이도우 님은 다양한 아인의 언어를 구사하실 수 있다고 들었고, 비용이나 능력을 중시하고 계신지도 모릅니다. 저의 개인적인 인상이기는 합니다만, 차별 자체를 혐오하고 계신 것으로 보였습니다."

"비용과 능력이라. 틀림없이, 이 츠이게는 위험한 지리적 조건 때문에 그런 능력우선주의가 점점 받아들여지고 있는 추세이기는 하지. 라이도우 님은 츠이게도 아니고 황야에서 생활한 적이 있다고 하니, 그 경향이 강하다고 해서 이상할 것은 없어. 나 스스로도 최근 들어서는 우수한 인재라면 아인이건 휴만이건 그다지 신경 쓰이지 않으니 말이야."

"지금 말씀하신 대로, 라이도우 님께서 인종에 집착하시지 않는다는 것은 틀림없습니다. 그런 행동 자체는 문제가 없겠지요. ……다만 바깥세상에서는 아인을 멸시하는 풍조가 아직도 뿌리 깊습니다. 세상의 이치에 거역할 정도로 과도한 능력우선주의의 침투는, 언젠가 휴만과 아인 사이에 대규모 전쟁을 벌일 불씨가 될지도 모릅니다."

모리스는 약간 우려 섞인 말투로 렘브란트의 생각을 소극적으로 긍정했다.

동시에 아인의 입장이 지나치게 높아짐에 따라 휴만과 충돌을 벌일 지도 모른다는 우려를 덧붙였다.

렘브란트는 모리스를 타이르듯이 말했다.

"그렇다고는 하나, 적어도 쿠즈노하 상회가 당장 그 문제의 기폭제가 될 일은 없지 않겠나? 아직 본거지로서의 점포도 개장하지 않은 상태로 우리 가게의 일부를 임대하고 있는 입장이고, 그리 무모한 행동을 벌이진 않을 거야. 만약 그런 불씨가 보이기 시작하면, 한번 토모에 님 같은 책임자와 논의하면 될 일일세. 쿠즈노하 상회도 휴만을 전혀 고용하지 않을 생각은 아닐 거야."

"예. 가장 큰 고객층인 모험자들의 반발은 그 두 분께서 계신 이상, 어느 정도 억제할 수 있을 테니까요. 당분간 특별한 문제가 발생할 일은 없을 것으로 봅니다만……."

렘브란트와 모리스가 쿠즈노하 상회의 장래에 대해 적지 않은 우려를 느끼고 있는 것은 틀림없었다.

"그러고 보니, 라이도우 님은 통과하게 될 도시 가운데 한곳에서 또 한 사람의 종자와 합류한다고 했네. 한번 만나보고 싶군……. 다음에 이쪽으로 돌아올 일정이 잡히면 데리고 와주면 고맙겠다만."

"저희들도 조사해보기는 했습니다만, 출신지역이나 신분은커녕 라이도우 님과의 관계조차 알 수 없었습니다. 라이도우 님 본인도 마찬가집니다. 이 정도로 정체불명이다 보니, 사실 예로부터 전해져 내려오는 전설적인 생물의 부류가 아닌지 의심이 들 정도군요."

"……모리스, 아무리 라이도우 님이 이 자리에 없다고 해도 그런 말투는 조금 심하지 않나?"

렘브란트가 씁쓸한 표정을 모리스에게 보였다.

"죄송합니다. 하지만, 정체를 알 수 없는 존재를 가리키는 말이 따로 떠오르지 않아서요."

"……아니, 됐네. 하지만 그와 같은 인물이 그렇게 자주 나타나다가는 곤혹스럽긴 하겠군. 가만히 생각해보면 의외로 절묘한 표현일지도 모르겠어. 일단 조사 결과는 그 이상은 필요 없네. 어차피 밑져야 본전으로 시작한 구석도 있으니까."

"……그렇기 때문에 저희들도 더욱 열심히 정보 수집에 노력을 기울였습니다만, 정말 면목이 없습니다."

"됐다고 하지 않았나. 그러고 보니 그들이 길드에 등록을 마친 후, 토모에 님과 미오 님의 레벨에 대해 **성**으로부터 문의가 있었네만……."

"……!!"

렘브란트가 성에 대해 언급하자 모리스의 눈에 긴장감이 감돌았다.

아이온 왕국의 마수가 뻗어오기 시작하면, 앞으로 라이도우의 행동에 상당한 제한이 걸리게 될지도 모른다고 생각했기 때문이다.

"모리스, 왜 긴장하고 있나? 『문제없습니다. 아직 상인으로서 제대로 된 활동을 시작하지 않아서요. 정보를 입수하는 대로 보고 드리겠습니다』라고 전형적인 답장을 보냈다네."

"주인님……."

"그런 표정을 짓지 말게. 이런 변경에 뿌리를 내리고 있다 보니 국가에 소속되어 있다는 감각이 점점 희미해진단 말이지. 애초에 나는 이주자 출신이기도 하니 별 수 없지. 기본적으로 이 도시를 담당하고 있는 왕국의 공무원들이 츠이게를 위해 뭔가 하고 있는 것도 아니지 않나? 가족의 생명을 구해준 은인과 쓸데없이 돈이나 잡아먹는 버러지들을 저울질해보면, 내 행동이야 저절로 정해질 수밖에 없지 않겠나?"

렘브란트가 그렇게 말하면서 모리스를 바라보고 있었다.

"……그렇지요. 이 도시에 파견되는 국가 공무원이라는 작자들은, 이놈이나 저놈이나 뇌물밖에 모르는 족속들이 대부분이니까요. 실질적으로 상인들의 힘으로 움직이는 자치 도시나 다름없습니다. 다만, 이러한 화제는―."

"알고 있네. 여기서 만이야. 방심하고 있다가 언제 뒤를 내줄지 알 수 없는 노릇이니."

렘브란트는 모리스에게 어린 아이가 장난치다가 들켰을 때와 같이 순진한 표정을 보였다.

"……토모에 님에게 뒤를 내주고 말았던 사건을 말씀하시는 거라면, 아무쪼록 잊어 주십시오."

그는 예전에 토모에를 거리의 책방 앞에서 발견했을 때, 그 실력을 확인하기 위해 기척을 숨기고 접근을 시도했던 적이 있다.

책방 안에 발을 들여놓고, 배후를 잡으려고 했던 그 순간―. 토모에의 모습은 모리스의 시야에서 사라졌다가, 반대로 모리스의 등 뒤에서 나타났다.

그 순간, 모리스가 감지했던 토모에의 위압감은 예상을 아득하게 초월하는 것이었다. 그는 그녀와 절대로 적대해선 안 된다고 생각했다.

모리스는 스스로 겪은 체험을 주인인 렘브란트에게 그대로 전달했다. 렘브란트는 그 보고를 듣고 폭소를 터뜨렸다.

그 사실은, 토모에나 미오가 진지하게 덤벼들 경우엔 자신이 렘브란트를 지키는 마지막 방패로서 기능을 발휘할 수 없다는 보고나 다름없었다.

『모리스가 모든 수단을 동원했는데도 어쩔 도리가 없었다면, 나 역시 어쩔 방도가 없다는 뜻이다. 신경 쓰지 말도록.』

렘브란트는 모리스의 착실한 보고를 듣고, 그렇게 대답했던 것이다.

"미안하네. 지금 이야기는 잊게. ……라이도우 님은 롯츠갈드에서 한층 더 만만치 않은 인물로 성장할 걸세. 그 도시에서 학문을 익히면서 이 세계에 대해 지금보다 더욱 많이 알게 될 거야. 정신적인 측면에서는 지금의 모습을 유지해주길 바라는 것은, 오래 묵은 상인 선배로서 느끼는 노파심이로군."

라이도우는 학원 도시 롯츠갈드에서 다양한 지식을 흡수하면서 상인으로서 확실하게 성장할 것이다.

렘브란트는 그렇게 예측하고 있었다.

라이도우가 어떻게 성장하건 간에, 그가 아이온 왕국에 소속될 생각이 없을 뿐만 아니라 츠이게를 본거지로 삼을 생각도 없다는 것은 렘브란트의 입장에서 나쁘지 않은 전개였다.

지역이나 품목으로 경쟁하지 않는다는 전제 하에, 렘브란트는 라이도우와 쿠즈노하 상회가 대단히 매력적인 파트너가 될 것이라고 느끼고 있었기 때문이다.

그리고 라이도우는 토모에나 미오와 같은 부하를 거느리고 있다.

렘브란트조차, 네 자릿수의 모험자 레벨이라는 것은 태어나서 처음 보는 경우였다.

그녀들과 마주 서기만 해도, 대단한 위압감과 긴장감을 견뎌내야만 한다.

그녀들은 마음만 먹으면 도시 한두 개 정도는 간단히 날려버릴 수 있을 정도의, 드래곤보다도 성가신 존재이므로 무리도 아니다.

쿠즈노하 상회의 거래 상대가 자신들에게 유리하도록 교섭을 추진하고 싶어도, 웬만한 담력이 없고서야 애초에 같은 테이블에 앉기조차 어려운 것이다. 하물며 평범한 상인들의 경우, 토모에와 미오의 요구를 전적으로 받아들일 수밖에 없는 경우도 드물지 않을 것이다. 렘브란트는 그렇게 분석했다.

츠이게라는 도시의 상황은, 쿠즈노하 상회의 출현으로 인해 크게 변화하고 있었다.

모험자 길드에 모이는 황야 관련 의뢰는, 수는 많아도 달성 확률이 높지 않다는 것이 특징이었다. 그런데 쿠즈노하 상회가 출현하면서 토모에와 미오가 모험자 길드에 출입하게 된 이후로, 의뢰의 달성 확률이 크게 오른 것이다.

다만 이 평판이 널리 퍼지게 될 경우, 잠재적으로 존재하고 있던 황야 관련 의뢰의 수요가 다시금 늘어나리라는 것은 명확했다. 따라서 인원 부족이 곧바로 해소되지는 않을 것이다.

"그런데 주인님. 라이도우 님에게 용사에 관해 말씀하셨는데 괜찮겠습니까? 그중에는 극비 정보도 존재했던 것으로 기억하고 있습니다만."

"아내와 아이들도 라이도우 님에게 지극히 감사하고 있다네. 그의 편의를 가능한 한 봐 달라는 말도 들었고, 내가 언급한 정도는 별 문제 없을 걸세."

"하지만, 정보를 너무 간단하게 넘기시다가는 상대로 하여금 이쪽을 낮게 평가하는 결과를 초래할 수도 있습니다. 조금 자제하시는 게 좋지 않겠습니까?"

모리스는 주인의 경솔하게 보였던 행동을 지적했다.

"상관없네. 오히려 이런 정보 정도로 조금이라도 신뢰를 획득할 수 있다면 큰 흑자를 본 거나 다름없다고 생각하고 있어. 그리고—."

"그리고?"

"라이도우 님은 배신하지 않을 걸세. 아마도, 그가 먼저 배신하는 일은 결단코 없을 거야."

"……아무리 그래도, 그런 상인은 없지 않겠습니까? 그 분도 결국 사업상 기회로 판단이 갈 경우엔, 자신들의 상회를 확대시키기 위해 움직일 겁니다."

렘브란트가 모리스의 대답을 가로막고, 입을 열었다.

"아니, 이유는 모르겠지만 나는 그렇게 느끼고 있다네. 그것도 틀림없는 확신과 함께 말이지. ……라이도우 님은 간단히 파악할 수 있는 것처럼 보이면서도 그 근본이 전혀 보이지 않는 친구라는 사실을 인정하고 있는데도 불구하고."

렘브란트는 스스로도 잘 모르겠다는 표정으로 모리스를 보며 웃었다.

"……주제넘은 말씀을 드리고 말았습니다."

그것이 렘브란트의 직감이자 판단이라고 한다면, 모리스가 더 이상 덧붙일 의견은 없다.

렘브란트가 지금까지 쌓아온 오랜 세월과 성공의 결과가, 모리스를 납득시키고 있었다.

모리스는 반론하는 대신, 새로운 보고를 계속하기로 했다.

"그리고 한 가지 드릴 말씀이 있습니다. 그리토니아의 용사에 관해 속보가 들어왔습니다."

"음, 말해보게."

"예. 그는 그리토니아 제국에서 순조롭게 성과를 거두고 있습니다. 그리고 동시에 제2황녀의 「연구」에 이용…… 실례, 협력을 하고 있는 모양입니다."

렘브란트는 모리스의 보고를 듣는 와중에, 연구라는 단어를 듣고 긴장할 수밖에 없었다.

그리토니아 제국은 예전부터 전력 증강을 위해 인체 실험을 감행하고 있다는 소문이 나돌고 있었다. 물론 렘브란트도 그 소문을 파악하고 있었다.

하지만 용사가 강림한 이후에도 실험을 계속하고 있을 뿐만 아니라, 바로 그 용사까지 그 실험에 끌어들이고 있다는 정보는 렘브란트도 처음 듣는 얘기였다.

"그리토니아는 여신이 파견한 용사를 무기로 운용할 생각인지도 모르겠군."

"충분히 예상은 가고도 남는 일입니다."

"……용사가 그렇게까지 순종적이란 말인가? 틀림없이 다루기 쉬운 영웅이나 용사란 존재는, 그들을 보유하는 국가의 입장에서는 고마운 존재라고 할 수 있겠지만……."

강력한 힘을 지닌 존재는, 그만큼 강렬한 자아나 의식을 보유하고 있는 경우가 많다.

말하자면 컨트롤하기 어려울 것이라고, 렘브란트는 예측하고 있었다.

“아직 어린 소년이라고 들었습니다. 그리토니아는 리미아와 쌍벽을 이루고 있는 강대국이니까요, 일개 소년이 품고 있을 정도의 욕망이라면 간단하게 만족시켜 줄 수 있겠지요.”

어린 아이의 욕구를 들어주면서 그 고삐를 잡는 셈이다.

영웅을 조종하는 수단치고는 굉장히 간단한 편이다.

“사실은 용사라는 것도 가엾은 존재일지도 모르겠군. 눈앞의 욕망을 미끼로 마족과의 전쟁에 이용당하고 있다는 건가.”

‘본인에게 그러한 자각이 없다면 그나마 양호한 상황이겠지만 말이지. 그러나 우매한 자일수록 무언가와 맞바꿈으로써 권력이나 지위를 손에 넣으려고 하는 법이다. 어쩌면 본인이 선택한 결과일지도 몰라. 모든 이가 라이도우 님처럼 될 수는 없는 노릇이야.’

렘브란트는 마음속에서 탄식했다.

그는 용사와 마찬가지로 소년이면서도 상회를 개업하고 힘을 얻으려 하고 있는 라이도우를 상대할 때는, 그런 감정을 느끼지 못했다.

라이도우는 렘브란트가 높게 평가할 만한 여러 가지 요소를 보유하고 있었기 때문이다.

렘브란트가 평가 요소에는 우수한 측근인 토모에나 미오의 존재도 포함되어 있었다.

“……또한 리미아의 용사는 물론이고 그리토니아의 용사도, 학원에 접근하려는 기색은 없었습니다.”

“현재 상황으로 보건데, 그들은 전선이 보유하고 있는 비장의 카드라고 할 수 있네. 만에 하나의 경우도 일어날 수 있다고 생각했지만, 학원에 불씨가 튀는 사태는 고려하지 않아도 될 듯하군."

"예. 두 분 아가씨들의 복학도 예정되어 있으니 우려하고 있었습니다만, 아무래도 이제 곧 실행될 것으로 알려진 대(對)마족전쟁 최대의 요충지인 스텔라 요새 탈환전 때문에 여유가 없어 보입니다."

"스텔라 요새……. 말도 안 되는 일화의 주인공인 팔 네 개의 장군이 지키고 있다는 난관 요새라고 들었네. 이번엔 인명 구조를 하면서 돌아다닌다는 리미아의 용사도 공략에 참가한다고 했나? 아마 이름이…… **히비키 오토나시**라고 했지?"

리미아의 용사에 관해서는 훌륭한 평판만이 전해져 왔다.

그녀는 근방의 중소 국가들을 정력적으로 방문하면서, 그들이 직면한 여러 가지 문제를 해결하기 위해 노력한다는 소문이 나돌고 있었다. 그야말로 전래동화에나 나올 법한 용사님이 그대로 현실에 출현한 듯한 인물이라는 소문이다.

렘브란트는 그러한 소문들은 조작된 선전에 지나지 않는다고 확신하면서 흘려듣고 있었다.

렘브란트는 그따위 성인군자 같은 휴만 따위가 존재할 리가 없다고 생각했다. 오랫동안 상인으로 활동하면서 다양한 휴만— 특히 더러운 패거리 —들과 상대했던 그의 입장에서는, 그렇게 생각하는 것이 자연스러웠다.

그렇기 때문에 그의 입장에서는, 리미아의 용사인 히비키보다 물욕이나 색욕을 숨기지 않는 그리토니아의 용사인 토모키가 더 이해하기 쉬운 존재였다.

"예, 두 사람의 용사가 최초로 협력하는 전쟁이 될 겁니다. 가능한 한 자세한 정보를 모으기 위해 수배를 끝내놓은 상태입니다."

"고맙네. 이 전투의 승패가 어찌되건 간에, 향후 이 세계의 미래를 예측하기 위한 커다란 판단재료가 될 걸세. 결말은 정확하게 예측해야 해."

"예. 며칠 후가 기대되는군요. 그런데—."

렘브란트가 모리스의 말투가 약간 변화한 것을 깨닫고, 발언에 끼어들었다.

"음, 두 딸들 말인가? 의사들이 말하기로는, 순조롭게 회복될 경우엔 완치에 두세 달 정도 걸린다는군."

"송구스럽습니다. 그렇다면 준비도 회복 일정에 맞춰 추진하겠습니다."

렘브란트가 모리스의 질문을 미리 예측해서 대답하자, 모리스는 머리를 숙였다.

"음, 이제 슬슬 움직이는 건가?"

"……스텔라 요새에 대한 안건 말입니다만, 왕국 쪽에 어떻게 보고할까요?"

"……아니, 내버려두게. 이번 쟁탈전은 4대국의 전체 의사에 입각한 군사 행동이네. 이미 파악하고 있을 거야."

"알겠습니다. 하지만 복학 준비…… 설마 이런 날이 찾아올 줄이야……. 그러고 보니, 라이도우 님을 학원에 입학시켜 달라는 것도 두 분 아가씨께서 부탁하신 일이었지요."

"……음, 그런데 말일세. 저 녀석들은, 설마, 라이도우 님에게 반한, 건가?"

렘브란트는 아버지로서 느끼는 복잡한 감정을 필사적으로 숨기면서, 모리스에게 질문했다.

라이도우는 렘브란트 가문의 입장에서 보자면 생명의 은인이었다. 하지만 지금까지 나쁜 벌레들이 달라붙지 않도록 심혈을 기울여 키운 두 딸이 관심을 보이고 있는 남성이라고 한다면, 고민하는 것도 무리는 아니다.

그의 두 딸은 제정신을 잃은 상태였음에도 불구하고, 라이도우를 기억하고 있었던 것 같다. 두 사람은 입을 모아 라이도우에 관해 알고 싶어 했다.

그러나 렘브란트 본인도 확실한 정보를 보유하지 못 했기 때문에, 상세하게 설명할 수가 없었다. 라이도우 본인의 입에서 츠이게를 거점으로 삼을 생각이 없다는 정보를 듣고, 아마도 오랫동안 이 도시에 머물 생각은 없는 것 같다고 전달했다.

그러자 아내인 리사를 포함한 세 사람 전원이, 감사 인사를 할 수 있을 때까지 라이도우가 츠이게에서 떠나지 말게 해달라고 부탁한 것이다. 그러나 형편이 맞지 않아, 세 사람과 라이도우의 대면은 아직 이루어지지 않았다.

이윽고 두 딸은 학원 복학을 입에 담기 시작했다. 그리고 그녀들은 모리스에게서 라이도우가 신입 상인이라는 사실을 듣자마자 그에게 자신들도 다니고 있는 롯츠갈드의 학원에 입학할 것을 권유해달라고 렘브란트에게 부탁했다.

하지만 그 정도까지 가버리면 너무 과도한 부탁이 아닌가?
렘브란트는 두 딸이 자신이 상상하고 있는 이상으로 라이도우에게 빠졌을지도 모른다고 생각을 고쳐먹었다.
하지만 그는 딸 바보인 동시에 애처가이기도 했다.
두 딸이 진지하게 부탁하고 있을 뿐만 아니라, 아내까지 합세해서 두 사람을 거들고 있을 지경이니 이 세상의 법칙이나 도리는 알 바가 아니었다.
말인즉슨, 그녀들의 부탁에 웃으면서 쾌히 승낙한 것이다.
이것이 바로, 렘브란트가 라이도우에게 롯츠갈드 학원 입학을 권유한 동기였다.
때마침 라이도우 본인도 학원 도시로 가고 싶다고 말을 꺼냈으니, 렘브란트는 학원에 잠깐 손을 쓰기만 해도 라이도우가 학원으로 가도록 유도할 수 있었다.
"제가 드릴 수 있는 말씀은 아무 것도 없습니다. 다만, 두 분 아가씨께서 라이도우 님에게 심상치 않을 정도의 관심을 보이고 계시다는 것은 틀림없을 겁니다."
"관심이라. 그렇단 말인가……. 하긴, 초상화를 보였는데도 태도가 변하지 않을 정도였으니."
'그가 가면을 벗었을 때, 실례지만 그 외모가 몹시 못 생, 아니 어설프다고 해야 하나, 유감스럽다고 해야 하나……? 아니지, 으으음. 아, 그렇지. 강렬한 개성에 할 말을 잃을 정도였다만.'
렘브란트도 가장 사랑하는 가족들이 그런 끔찍한 몰골로 전락하지 않았더라면, 라이도우의 외모를 보고 더욱 신랄한 표현을 사용했을지도 모른다.

하지만 그의 가족에 대한 사랑은, 아내나 딸들의 모습이 추하게 변했어도 마찬가지였다.

그런 경험이 있었기 때문에, 렘브란트는 라이도우의 외모를 직접 보고도 아인 레벨로 따지고 들어가면 그런 외모의 소유자들은 얼마든지 있을 수 있다고 생각하기로 했다.

오히려 그 외모 가지고는 사업상 핸디캡을 안고 가게 되는 셈이니, 라이도우에게 동정심조차 들었다.

'딸들도, 저주병으로 자신들의 외모가 무너졌던 경험 때문에 외모에 대한 감각이 변했는지도 모르겠군. 예전엔 자매가 둘 다 남자의 얼굴만 따지는 경향이 강했는데 말이야. 지금의 내 감각에 따르자면, 딸들의 변화도 바람직한 성장이라고 받아들일 수 있다만.'

우선은 상황이 변하는 대로 흐름에 맡길 수밖에 없다.

렘브란트는 그렇게 생각하기로 했다.

"존경인지, 감사인지, 아니면 사모나 연모인지. 두 분 아가씨들께서도 이제 사춘기에 들어서셨습니다. 그 해답은 아직 두 분의 마음속에조차 없을지도 모릅니다."

"고상한 표현이로군."

렘브란트는 우수한 집사를 칭찬했다.

지금까지 모리스에게 맡겨서 실패로 끝난 일은 거의 없었다.

그렇다, **거의** 없었다.

그렇기에, 이 순간에도 렘브란트는 확인하지 않았다.

일종의 방심이라고 할 수 있었다.

츠이게에서 가장 강력한 세력을 자랑하는 것으로 알려진 수완가이자 상인 렘브란트가, 좀처럼 보이지 않는 방심—.

며칠 후에 밝혀진 일이다.

모리스가 작성해서 롯츠갈드 학원에 제출한 라이도우 관련 서류의 사본에서 오탈자가 발견된 것이다.

라이도우에게, 묵념—.

◇◆◇◆◇

토모에와 미오는 즉시 이변이 발생한 것을 깨달았다.

그 커다란 이변은 엄청난 상실감을 동반한 채 갑작스럽게 찾아왔다.

그녀들의 주인인 라이도우, 본명 마코토가 학원 도시를 향해 여행을 떠나고 사흘째 되는 날이었다.

갑작스럽게, 마코토와의 연결이 끊어진 것이다.

하지만 두 사람의 몸에 이상은 없었다.

그것은 마코토와 지배의 계약을 맺고 있는 그녀들의 입장에서 볼 때, 아직 최악의 사태는 아니라는 사실을 의미했다.

계약 관계가 여전히 유지되고 있다는 의미이기 때문이다.

"아니?!"

"도련님?!"

마코토의 종자인 토모에와 미오는 서로의 얼굴을 마주 보면서,

그 감각이 혼자만 느낀 것이 아님을 확인했다.

그리고 순간적으로 상대도 자신과 마찬가지의 상태라는 사실을 알 수 있었다.

이곳은 츠이게에서 약간 거리가 떨어져 있는 좁은 도로였다.

황금가도가 아닌 평범한 길이다.

마코토의 명에 따라, 토모에와 미오 두 사람은 바다를 향해 북쪽으로 한가로이 여행길을 거닐고 있는 도중이었다.

츠이게에서 항구 도시까지의 거리를 측정함과 동시에, 가능하면 그 항구 도시에 아공과 왕래할 수 있는 안개의 문을 만드는 것이 그녀들의 목적이었다.

덤으로 도중에 드문드문 위치한 마을이나 부근의 지리 정보를 수집해서 주변 지도의 작성에 활용하려는 의도도 있었지만, 두 사람의 입장에서는 관광이나 유람의 의미가 강한 여행이었다.

토모에 일행에 앞서 같은 길로 파견 보낸 숲 도깨비들에게 정보 수집 임무를 일임했기 때문이다. 참고로 숲 도깨비는 토모에가 거느리고 있는 아인 종족 가운데 한 무리였다.

숲 도깨비들은 행선지에서 두 사람과 합류할 예정이며, 여러 가지 샛길을 이용하면서 정보를 빠짐없이 수집한 연후에 숙박 예정지에서 기다리기로 되어 있었다.

"미오, 너도 느끼지 않았나?!"

"예, 도련님의 존재가 전혀 느껴지지 않아요!!"

마코토에게 말한 적은 없었지만, 사실 종자들은 계약을 체결한 주인의 현재 위치를 대략적으로 파악할 수 있었다.

토모에와 미오는 기본적으로 그의 학원 도시행을 방해하지 않도록 직접적인 접촉은 피하고 있었지만, 그 위치는 항상 파악하고 있었다.

뿐만 아니라, 마코토와 동행하고 있는 또 한 사람의 남성 종자인 시키로부터 오늘 중에 학원 도시에 도착할 예정이라는 보고도 듣고 있었다.

이러한 정보들을 통해 두 사람은— 특히 미오는 —마코토의 부재로 인한 고독을 달래고 있었다.

'토모에 님, 미오 님! 들리십니까? 마, 마코토 님께서 사라지셨습니다!!'

초조한 기색이 역력한 두 사람에게, 마침이라고 할만한 타이밍에 시키의 염화(念話)가 도착했다.

염화란 이 이세계에서 일상적으로 사용되는 전화와 같은 기능의 술법을 가리킨다.

그는 신입이면서도 마코토의 수행원으로 선택받았으나, 두 선배에 대한 배려도 소홀히 하지 않기에 지금은 양호한 관계를 유지하고 있다.

이미 토모에와 미오 두 사람은 마코토를 상대로 염화를 시도하고 있었지만 반응이 없었다. 따라서 시키의 보고는 더할 나위 없이 반가웠다.

'사라지셨다고?! 무슨 소리냐, 시키. 일단 진정하고, 알아듣기 쉽게 상세히 고해라.'

'시키, 시키!! 도련님은? 도련님께서는 어디 계시죠?!'

'에이익, 미오! 잠시만 입 좀 다물지 못 하겠나! 지금 그걸 묻고 있지 않나. 네가 번잡스럽게 굴면 얘기가 진행되질 않아!'

미오는 새롭게 나타난 정보통에게, 지금 가장 궁금한 질문을 그대로 내던졌다.

토모에는 시키의 분위기로 보건데, 그 역시 냉정을 유지하지 못하고 있다는 사실을 감지하고 있었다. 그렇기 때문에 그녀는 스스로의 감정을 억제하고 옆에서 울부짖는 미오를 타이른 것이다.

'……시키, 도련님께서 사라지셨다고 했지. 우선, 지금 너는 어디에 있지? 오늘은 어느 정도 위치까지 진행했나?'

'저와 도련님은…… 학원 도시까지 전이 두 차례를 남겨놓은 위치의 페리카라는 도시로 향하기 위해, 그 하나 전의 도시인 오비트에서 전이 마법진 위에 올라설 때까지만 해도 함께였습니다. 하지만 전이 마법진으로 페리카에 도착한 것은 저뿐이었고, 마코토 님께서는 따라오지 않으셨습니다. 곧바로 오비트로 돌아가서 확인했습니다만, 온 도시를 다 뒤져도 마코토 님을 발견할 수가 없었습니다. 그리고 두 도시의 마법진을 담당하고 있는 직원들도 모습을 본 적이 없다고 합니다.'

'그건 틀림없나?'

'예. 저도 당황한 나머지 조금 강제적인 수단으로 입을 열게 했으니, 헛소리는 아닐 겁니다.'

시키가 자신의 조바심을 입에 담는 것은 흔치 않은 일이었다.

그는 항상 학자나 연구자 같은 분위기와 침착한 태도를 유지하는 인물이다. 냉정하게 사태를 파악할 수 있는 능력의 소유자였다.

그 시키가, 주인의 모습이 갑작스럽게 사라져 버리는 이상 사태에 직면하여 당황을 숨기지 못하고 있었다.

'도련님과의 연결은 어떻지?'

'……그게 말입니다, 모습을 감추신 후 조금 시간이 지나자 갑작스럽게 끊어져 버리더니 지금은 아무 것도 느껴지지 않습니다.'

'너도 그랬군. 이 몸과 미오도 마찬가지다. 허나, 네 쪽이 적어도 우리보다는 사태에 대한 정보를 지니고 있는 것은 사실일 터. 잘 들어라. 가능한 한 마음을 가라앉히고, 도련님께서 모습을 감추신 전후에 일어났던 일들을 떠올리는 거다.'

토모에는 조급한 마음을 억누르면서, 시키에게서 정보를 획득하려고 했다.

자신이 그와 마찬가지로 조바심을 내면서 재촉하다가는, 결국 아무것도 알아내지 못할 위험성이 존재하기 때문이다.

토모에는 마코토를 위해서 시키를 추궁하고 싶은 본심을 눌러 담았다.

'아, 알겠습니다.'

'오비트로 돌아가셨을 가능성도, 미리 페리카에 도착하셨을 가능성도 없는 게 확실한가? 강제적인 수단을 사용했다고 했는데…… 암시나 최면 술법을 쓴 건가?'

'예, 그렇습니다. 후유증 따위는 고려하지 않고 막무가내로 술법을 사용했으니, 거짓을 고할 수 있을 리가 없습니다.'

'알았다. 그렇다면, 전이를 준비하고 있을 때나 도중에 특별한 일은 없었나?'

토모에는 시키가 강력한 암시 술법을 사용한 사실을 책망하지 않았다.

사실 기본적으로 신중하지 못한 행위였지만, 시키는 물론 토모에도 이름조차 알지 못하는 휴만에게 후유증이 남는 사태 따위는 알 바가 아니었다.

시키의 마음을 진정시키기 위한 배려 따위가 아니라, 토모에는 그가 사용한 강제적인 수단에 대해 전혀 관심이 없었던 것이다.

'시키! 알았으니까 하여간 도련님을 찾아내요! 네가 있는 장소 부근에는 뭔가 흔적이 있잖아요?! 찾아내세요, 지금 당장!!'

미오가 완전히 히스테리를 일으키면서 난리를 피웠다.

'미오, 금방 끝나니까 얌전히 있으라고 하지 않았나! 시키, 이 녀석은 신경 쓰지 말고 천천히 떠올려라.'

'전이를 준비하고 있을 때나 도중이라고 하셔도 말입니다…… 그저 술법의 발동을 기다리고 있었을 뿐이고, 술법이 발동한 후에는 빛에 휩싸여…… 아.'

시키가 전이 마법진을 이용할 경우의 전형적인 과정을 순서대로 짚고 넘어가다가 하나의 기억을 떠올렸다.

'음! 뭔가 짚이는 데라도 있나?!'

토모에가 드디어 실마리를 잡았다는 듯이 되물었다.

'빛, 전이 마법진의 빛이 평소와 조금 달랐던 것 같은 느낌이 듭니다. 어렴풋한 정도였습니다만…… 굳이 말하자면, 평소의 옅은 물빛에 황금빛이 섞여 있었던 것 같은…….'

'황금빛이라?'

'그리고, 역시 어렴풋하긴 합니다만 껄끄거리는 듯한 묘한 위화감이 있었던 것 같은 느낌이 듭니다. 죄송합니다. 어디까지나 저의 개인적인 감각에 지나지 않습니다. 하지만 저는 제대로 페리카에 도착했으니, 전이 마법진에 문제가 없었다는 것은 확실하지 않겠습니까?'

'…….'

토모에는 시키의 발언을 듣고 입을 다물었다.

'토모에 님?'

황금빛―.

그 색깔은 이 세계에서는 특수한 의미를 지닌다.

마력이 황금빛을 띤다는 것은 예삿일이 아니다.

강대한 힘이 이 사태에 관여하고 있을 가능성을 뜻한다.

토모에의 지식에 따르면 고유의 마력 색깔로 황금빛을 띠는 존재는 이 세계에서 두 사람밖에 없다.

한 사람은 그녀와 동일한 상위 용 중 하나였다.

그리고 또 한 사람은…… 여신이다.

적어도 휴만이나 아인이 구사하는 마법에 깃드는 색깔이 아니다.

'황금, 황금빛이라. 그 색깔 이외에 기억나는 건 없나?'

'예, 그 이외에는 딱히 특별한 현상은 없었습니다. 워낙 순식간에 일어난 일이었고, 어디까지나 개인적인 감각에 지나지 않아서요…….'

타인이 작성한 전이 마법진의 술식이 발동한 직후에 순간적으로 간섭했을 뿐만 아니라, 두 사람의 전이 대상 가운데 한 사람만을 선별해서 납치했다.

이런 술법을 의도적으로 행사했다고 한다면, 그 능력은 상당한 수준이라고 인정할 수밖에 없다. 마력의 양은 물론이거니와, 마법 그 자체에 대한 이해도가 깊은 작자의 소행이다.

토모에가 상상했던 두 가지 존재 중 한 쪽이 마코토를 납치한 범인일 가능성이, 그녀의 마음속에서 높아졌다.

'시키, 지금부터 전이 마법진을 조사할 수 있겠나?'

'어렵습니다. 이미 저희들 이외의 이용객들이 사용한 후입니다.'

'그런가……. 그렇다면 시키, 너는 예정대로 학원 도시로 향하도록 해라. 도련님께서 제출하실 예정이었던 서류는 네가 가지고 있었지? 그것들을 미리 제출해두도록 해라. 그리고 네가 학원에 가 있으면, 도련님께서 직접 그쪽으로 이동하실 수 있다. 츠이게에서부터 전이 마법진을 다시 이용하게 되면 도련님께서 주위의 쓸데없는 의심을 사실 가능성도 있거든.'

'그럴 수가 있습니까! 도련님의 안부조차 알지 못하는 상황에서 저만 먼저 가 있으라니요!'

'그래요, 토모에! 시키는 도련님을 가장 가까이에서 모시고 있었다고요?! 대체 무슨 생각을 하시는 거죠!'

토모에의 제안에 시키뿐만 아니라 미오까지 반론했다.

'전이 마법진은 사용한 흔적이 남는다. 도련님과 너는 마법진에 흔적을 남기면서 롯츠갈드로 향하고 있었다. 너는 마법진의 직원들이나 도시의 주민들에게 네가 도련님과 함께 가고 있다는 암시를 주면서 그대로 롯츠갈드까지 이동하도록 해라.'

마코토가 무사하다면 토모에의 의견은 하나의 방안으로서 틀리지 않았다. 하지만 미오는 그 제안이 상황에 적합하지 않다고 느꼈기 때문에 불만스러운 표정을 지었다.

'……도련님께서 무사하시다는 겁니까?'

시키가 의아하다는 듯이 물었다.

'시키? 그런 보장이 어디에 있죠!'

'……미오, 도련님께서는 납치당하셨다고 판단해야 한다. 그리고 이 몸은 그 범인을 두 사람까지 좁힐 수 있다. 아마도 거의 들어맞을 것이다.'

'옛?!'

미오가 토모에의 발언을 듣고 경악했다.

'시키가 입에 담은 황금빛 마력과 껄끔거리는 위화감. 그 직감이 정확하다고 가정할 경우의 이야기다. 허나, 우리에게는 이 이상 추리할 재료도 없을 뿐만 아니라 이대로 손을 놓고 있을 수도 없는 노릇이다.'

'당연하죠!!'

미오가 토모에의 발언 중 후반 부분에 강한 찬동을 표시했다.

현재의 미오가 이대로 사태의 추이를 가만히 지켜보고 있을 수 없다는 것은 명백했다.

'도련님과의 계약 자체는 살아있으니, 이러한 상태를 초래한 이유는 도련님께서 납치당하신 장소에서 우리와의 연결이나 외부와의 접속을 차단하는 방해 공작을 당하고 있기 때문이라고 판단해야 한다. 그리고 황금빛 마력과 전이 마법진에 간섭할 정도의 권능을 고려해볼 때, 이 몸이 예측할 수 있는 범인은 두 사람이다.

한 사람은 『만색(萬色)』이라고 불리는 상위 용 루토, 또 한 사람은…… 여신이다.'

평소의 토모에라면, 그 이외의 가능성까지 포함해서 더욱 상세한 고찰이 가능했을 것이다. 어쩌면 도출한 결론 역시 달라졌을지도 모른다.

즉석에서 두 가지 가능성까지 좁힌 것은 그녀치고 흔치 않은 일이었으며, 그만큼 토모에의 시야가 좁아진 상태라는 증거이기도 했다.

'상위 용이나 여신이라고요? 황금빛 마력이 확실하다면 그럴 가능성이 없지는 않겠습니다만, 설마 여신이 이렇게 무모한 행동을 벌이리라고는…….'

시키가 어느 정도 냉정을 되찾더니, 토모에의 발언에 의문을 제기했다. 적어도 그가 상상하는 여신은, 이렇게 강제로 무모한 짓을 벌이는 존재가 아니었던 모양이다.

휴만 시절의 여신에 대한 관점이 남아있는지, 시키는 여신에 대해 신성한 존재라는 이미지를 아직 가지고 있었다.

'루토와의 담판은 이 몸이 맡겠다. 그러나, 만약 녀석이 아니라 여신의 소행일 경우엔…… 유감이지만 현재 상태에서 우리가 할 수 있는 일은 거의 없다.'

'그럴 수가!'

토모에가 분통함을 참다못해 꺼낸 말에, 미오가 비난의 목소리를 냈다.

'그러니 지금은 각자가 할 수 있는 일을 하면서 도련님을 기다릴 수밖에 없다. 시키는 예정대로 학원 도시로 향해서, 도련님을 기다려라. 너는 아직 혼자 힘으로 아공에 출입할 수 없으니 답답하겠지만, 그 정도밖에 할 수 있는 일이 없다.'

'큭, 음!! 하지만! 하지만 토모에 님! 이 근방의 수색을 허락해주실 수 없겠습니까?! 아직 여신이나 용의 소행이라고 확정된 것도 아닙니다!'

'그건…… 아니, 네 말이 맞구나. ……그래, 일단은 페리카 주변을 수색해 보거라. 수색이 종료되는 대로 학원 도시로 향하고, 그곳에서도 네 나름대로 수색을 시작해도 좋다.'

'알겠습니다!'

시키가 든든한 대답을 남기고, 셋이서 나누고 있던 염화에서 퇴장했다.

"미오, 다 들었겠지? 시키는 방금 명한 대로, 이 몸은 서둘러 루토를 만나러 가겠다. 너는—."

"예, 토모에와 함께 가지요!"

미오가 토모에의 말이 끝날 때까지 기다리지 않고, 기세 좋게 대답했다.

"아니, 너는 아공으로 돌아가 대기해주길 바란다."

"싫어요! 루토라는 작자의 소행이라면 그 자리에서, 이 손으로 직접 스스로 얼마나 어리석은 행동을 저질렀는지 깨닫게 해주겠어요!"

"안 된다."

"안 되긴요? 저만 기다리고 있는 건 싫어요!! 어째서—!"

이번엔 토모에가 미오의 비통한 외침을 가로막았다.

“만약! 만약 여신의 소행이라면, 아까도 말했듯이 우리가 할 수 있는 일은 거의 없다. 신을 상대로 선수를 빼앗긴데다가 도련님께서 계신 장소조차 모르는 상황이니 전혀 어찌할 도리가 없는 셈이다. 어떤 방해 수단을 준비했는지는 몰라도 가세조차 불가능한 상태다. 이미 우리는 패배한 거나 다름없다는 뜻이야.”

“할 수 있는 일이 거의 없다는 말은, 그나마 할 수 있는 일이 아직 남아있다는 거죠?! 그걸 가르쳐주세요!”

미오는 완전히 착란을 일으키고 있었다.

그러나 그녀가 착란을 일으키고 있었기 때문에, 토모에는 반대로 냉정을 유지할 수가 있었다.

토모에는 조바심에 휩쓸려 감정을 있는 그대로 드러내면서 행동하는 미오를 보고 자신의 감정을 침착한 상태로 회복시킬 수 있었기 때문에, 마음속에서 그녀에게 감사조차 보내고 있었다.

“……그저 믿으면서, 기도할 따름이다. 도련님께서 스스로 우리를 소환할 수 있는 상황을 만들어 주시거나, 독자적으로 탈출해주시기만을 말이지.”

“그럴 수가…… 도련님께서도 분명히 지금 상황이 혼란스러우실 텐데, 정말로 그 수밖에……?”

미오가 비장한 표정으로 토모에를 바라봤다.

“……만약 도련님께서 독자적으로 탈출하신다면, 그 행선지가 어딘지는…… 알고 있겠지?”

“아공…….”

미오가 중얼거렸다.

"그래. 그 순간에 도련님께서 부상을 입고 계시기라도 한다면 간호를 위한 인원이 필요할 것이야. 치유 술법을 능숙하게 구사하는 시키가 가장 적임이겠지만, 녀석을 아공으로 되돌리기 위해 드는 수고도 지금은 아깝다. 부탁한다."

"토모에……."

부탁한다.

그 한 마디로 말을 끝맺은 토모에가 그 주먹을, 손톱이 손바닥에 파고들 정도로 있는 힘껏 움켜쥐고 있었다. 미오는 그 모습을 보고, 가냘픈 목소리로 토모에의 이름을 불렀다.

"이 몸 역시, 솔직히 말해 어찌할지 방도조차 짐작이 안 가는 감정이 마음속에서 마구 들끓어 올라 고함이라도 지르고 싶은 심정이다. 사실 2, 3일 정도 걸리더라도 시키 녀석을 불러들여 최악의 사태에 대비하는 편이 좋을지도 몰라. 허나 그런 한편에서 이 몸의 예측이 전부 틀렸고, 도련님께서는 페리카 주변에서 낮잠을 즐기고 계실지도 모른다고 소망하고 있단 말이다."

"……."

"어쩔 도리도 없이, 무섭구나. 이런 일은 태어나서 처음이다. 마코토 님을 잃을 수도 있다는 사실이 너무나 무서워서 견딜 수가 없다. 뿐만 아니라 이렇게 예상치 못한 형태로 그런 일이 벌어진다는 것은, 도저히 납득할 수 없다. 만약 루토가 마코토 님을 납치한 장본인이라면, 사정 따위는 무시하고 곧바로 찢어발긴 후에 도련님과 함께 돌아오마. 이 몸의 상위 존재에 해당하는 녀석이지만, 그런 것 따위에 상관할까 보냐."

토모에가 마코토를 도련님이 아니라 마코토 님이라고 불렀다.

토모에로부터, 평소의 과장되어 종잡을 수 없는 분위기가 씻은 듯이 사라져 있었다.

"알겠, 어요. 저는…… 아공에서 마코토 님을 기다리겠습니다. 만약 이쪽으로 돌아오시면 곧바로 알려드리지요."

"그래, 잘 부탁한다. 그때는 곧바로 돌아가도록 하지. 후후. 아공에 돌아와 주시는 것이 가장 기쁘고 안심되는 일이겠지. 그리되면 시키 녀석은 완전히 헛수고를 하는 셈이로고."

토모에가 나약한 본심을 보인 것은 한 순간이었다. 그녀는 곧바로 평소의 모습으로 돌아와, 미오와 대화를 나누고 있었다.

"신입 주제에 도련님을 곁에서 모시는 영광을 하사받았잖아요. 그 정도는 참아야지요."

서로 행동을 개시하기 위해 헤어지기 직전, 토모에와 미오는 미소를 지었다.

주인을 믿으면서 기다린다.

그것은 때로는 너무나 힘든 일이다.

믿으면서 기다린다고 하면 듣기는 좋지만, 말하자면 손쓸 방법이 없어서 상황을 그저 지켜보고 있을 수밖에 없다는 의미이기 때문이다.

그렇기 때문에, 두 사람은 그 불안감을 떨쳐내기 위해 웃은 것이다.

미오는 아공으로 향하기 위해, 토모에가 개방한 안개의 문을 통과했다. 그 순간에 그녀가 지은 괴로운 표정이, 현재 그녀들이 처한 최악의 상황을 여실히 나타내고 있었다.

"도련님, 부디 무사하시기를."

토모에는 자신도 전투를 벌이게 될지도 모르는 상황이었지만, 그럼에도 불구하고 마코토의 몸을 걱정하면서 그 자리를 뒤로 했다.

1

뜨겁고, 둔탁한 통증이 느껴졌다.

왼손에 마치 또 하나의 심장이 생긴 것처럼 두근거리고 있다.

열과 통증을 머리로 보내오는 고동이다.

—젠장, 무슨 일이지?

허공으로 내던져져서, 땅바닥을 구르고 있다.

나는 머리로 들이닥친 물체를 무의식중에 왼손으로 가로막고, 커다란 충격과 함께 날아가 버린 것 같은 느낌이 들었다.

—아니, 그 전부터야.

침착하게 떠올리라고, 지금 무슨 일이 일어나고 있는지도 잘 모르잖아?

이곳은 낯선 장소인데다가, 주위에서 묘한 기척까지 느껴지고 있다. 하지만 우선 상황부터 확인해야 한다.

"헉, 헉……."

고르지 않을 뿐 아니라 몹시 가쁜 호흡소리가 귀에 거슬렸다.

제길…… 다름 아닌 내 호흡인데도 조절할 수가 없다.

머리와 몸이 어긋나 있는 듯한 불쾌한 감각이다.

그 감각이 나를 더욱 초조하고 혼란스럽게 만들고 있었다.

"이봐, 이건 기대 이하거든?"

"……?!"

내가 목소리에 반응하면서 고개를 들자, 거대한 칼날이 눈에 들어왔다.

뭐가 뭔지 알 수가 없었다.

그저, 난처한 상황이라는 것밖에 모르겠다.

"……여신도 용사를 두 사람이나 파견하고 나니, 세 번째는 찌꺼기만 남은 건가?"

지금 이 녀석이 방심하고 있다는 사실이 불행 중 다행이었다.

……?

여신, 용사?

아니…… 여신이라고?

"……여신?"

"……? 뭐? 지금 뭐라고 한 거지?"

"그래, 그거야……. 여신의 목소리. 이렇게 되기 직전, 틀림없이 그 여자의 목소리가 들렸어."

"뭘 중얼대는 거지? 설마 공통어도 지껄이지 못 하는 거야? 오호라, 아인이라는 건가? 그건 그렇고 여신이 아인을 부릴 줄은…… 찌꺼기가 아니라 인원 부족?"

여자가 어처구니가 없다는 듯이 말했다.

다짜고짜 검을 들이대는 무례한 녀석이지만, 타인과 대화를 함으로써 조금씩 마음을 진정시킬 수 있었다.

일전에 휴만 모험자를 죽였을 때 정도는 아니지만, 서서히 쓸데없는 생각이 걸러져 나갔다.

통증, 때문인가?

내가 지금 느끼고 있는 조바심의 원인 중 하나는 통증일 것이다.

이 세계로 온 후, 나는 상처다운 상처를 입은 적이 없다.

미오에게 물렸던 게 가장 심각한 중상으로 기억한다.

그 때도 지금처럼 도중에 정신을 잃었지만, 눈을 뜨고 나니 이미 회복되어 있었다.

그러니까 전투 중에 부상을 인식한 것은 첫 경험이다.

그 때문에 이만큼 당황해서 정신을 못 차리고 있던 건가?

여신, 이라는 단어를 듣자 서서히 기억이 되살아났다.

"……그러고 보니 그 목소리. 틀림없어. 그 **빌어먹을 여자**가 확실해……."

내가 그 녀석의 목소리를 잘못 알아들을 리가 없다.

틀림없이, 이 세계의 황야에 추락하기 직전에 들었던 여신의 목소리였다.

아마 「찾았다」라고 지껄였던 것 같다.

용무가 있어서 불러낸 건가?

도시에서 도시로 전이하는 과정에 간섭해서?

그렇다면 그 용무란 건 대체 뭐야?

틀림없이 난 여신에게서 들은 바가 아무 것도 없다.

물론 나는 여신의 부탁 따위를 들어줄 생각은 없고, 그 녀석도 나를 그렇게 취급해놓고 무슨 낯짝으로 이제 와서 부탁할 일이 있답시고 불러낸단 말이야?

'토모에, 미오, 시키! 아무도 안 들려?! 들리면 대답해!'

나는 눈앞의 여자에게 들키지 않도록, 종자 세 사람을 대상으로 염화를 시전했다. 하지만 반응이 전혀 없었다.

거리가 너무 멀기 때문인지, 특수한 방해 공작 때문인지는 모르겠다. 하지만 연결될 기미조차 보이지 않는다.

이런 경우는 처음이다.

토모에와 미오는 츠이게에서 학원 도시로 출발하면서 별도 행동을 시작했으니, 지금쯤 북쪽의 항구 도시로 이동하고 있는 도중일 것이다.

시키는…… 그래, 맞아.

나와 시키는 학원 도시 롯츠갈드로 향하고 있었다.

황금가도를 따라서 각 도시를 전이 마법진으로 이동하면서…… 그리고 그 녀석의 목소리를 들었다. 전이 도중에 들은 것 같은 느낌이 든다.

아마 롯츠갈드까지 두세 번 정도의 전이로 갈 수 있는 위치였을 것이다.

그렇다면 시키는 아직 그 도시에 있을까?

아마도 가장 가까운 장소에 있었던 것으로 추정되는 시키조차 염화에 전혀 반응하지 않는다.

그리고 여기는—.

"상당히 여유가 만만한데? 혹시 모든 것을 깔끔하게 포기한 거라면…… 편해서 좋군!!"

"큭!"

여자가 치켜들고 있던 검이 움직였다.

칼날이 약간 물러나는가 싶더니, 다음 순간엔 목구멍을 꿰뚫려는 기세로 파고들었다.

나는 약간 엉거주춤한 자세였지만, 겨우 후방으로 도약할 수 있었다.

여자는 내 동작이 예상 밖이었는지, 조금 놀란 표정으로 경계하면서 약간 뒤로 물러섰다.

질리지도 않고 아까와 마찬가지로 왼손을 목구멍 앞으로 내밀어버린 것은 멍청한 행동이었는지도 모르지만, 이번엔 무방비하지는 않았다.

장벽과 육체 강화, 두 가지 마술로 대처하고 있다.

여자의 검과 내 왼손이 접촉했다. 하지만 방금 전과 같이 명확한 통증은 느껴지지 않았다.

모포를 덮은 상태에서 날카로운 물체로 찔린 듯한, 둔탁한 충격뿐이다.

왼손은 여전히 아프고 뜨거운데다가, 또 하나의 심장처럼 시끄럽게 두근거리고 있었다. 새삼스레 확인해보니 그럴 만도 하다는 생각이 들었다.

이런 꼴을 당하고 있으면 무리도 아니네.

"손가락 두 개는 행방불명에, 덤으로 그나마 남아있는 손가락 중 하나는 뜯겨나가기 직전인 걸. 그야 아픈 게 당연하지."

즉석에서 119를 부를 정도의 중상이다.

손바닥은 완전히 새빨갛게 물들어 있다.

가운뎃손가락과 집게손가락이 거의 통째로 날아갔을 뿐만 아니라, 약손가락도 거의 뜯겨져 나간 상태였다. 엄지손가락과 새끼손가락은 무사했다.

어떤 자세로 손을 뻗었는지도 기억이 안 나는 이상, 왜 이렇게 박살이 났는지 머리를 굴려봐야 헛수고겠지.

일단 왼손은 못 써먹는 걸로 생각해두자.

이 세계에는 마술이 존재한다. 이런 상태에서도 원상복구가 가능할지도 모른다는 생각이 들어서, 나는 만신창이가 되어 있는 왼손을 확인하고도 크게 절망하지는 않았다.

그럭저럭 움직이고 있는 동안에 호흡도 침착해졌고, 평소의 컨디션이 돌아왔다.

자신의 입에서 나온 말도 이제야 겨우 평소처럼 들리고 있다.

방금 전까지만 해도 부자연스러울 정도로 먼 거리에서 들려오는 듯한, 이질적인 감각이었다.

나는 여자에 대한 경계를 계속 유지하면서 지혈을 시도했다. 혈액 손실로 사망할 가능성도 있으니까 당장 할 수 있는 일은 해두자고.

그런다고 한들 정석적인 방식 같은 건 모른다.

거의 몸 하나만 이 자리에 서 있는 내가 지니고 있는 도구라고 한다면…… 활에 써먹는 시위 정도로군.

아마 코트에 넣어 놓았으니까…… 찾았다.

이것만 있으면 어떻게든 될 것도 같다. 적절한 조치인지의 여부는 일단 무시하고, 일단 출혈을 막는데 집중하자.

나는 그렇게 생각했기 때문에, 팔꿈치에서 조금 밑으로 내려간 부분을 꽉 죄어 맸다.

이럴 줄 알았으면, 원래 세계에서 응급조치 교습 같은 거라도 나가둘 걸 그랬나?

"헤에, 안 죽었구나? 흠, 여신에게 소환될 정도의 실력은 갖추고 있다는 건가? 이 검을 두 차례나 막아내다니 황당한 방어력이네. ……그 얼굴 생김새, 설마 아인이 아니라 휴만 베이스로 만들어낸 합성수(合成獸)? 만약 그렇다면 여신도 갈 데까지 간 모양이군."

이름도 모르는 여자가, 나를 보고 감탄한 목소리로 말했다.

이 여자, 틀림없이 내가 지금까지 만났던 휴만이나 아인 중에서 최강이야.

엄청나게 강하다.

황야에서 활약하던 모험자 중에서 이 정도의 녀석은 없었어.

그런 사람이 내 실력을 보고 놀랐다면 기쁘기도 하지만 말이야, 죽지 않았으니 감탄스럽다는 것도 좀 묘한 기분이군.

그리고 키메라라고? 나는 그렇게 여러 가지로 뒤섞인 괴물이 아닌데?

그 예측은 분명하게 빗나갔으며, 멋대로 섞지 말라고 주장하고 싶은 참이다.

[넌 누구냐? 왜 나를 노리는 거지?]

나는 마력을 사용해서 허공에 말풍선을 만들었다.

여자의 대답을 듣고 이해할 수 있을지의 여부는 차치하고서라도, 상대의 신원과 나를 노리는 동기를 알고 싶었다.

"……별 괴짜를 다 보겠네. 다른 두 사람과는 확실히 달라."

여자는 특수한 필담에 당황했는지, 순간적으로 두 눈을 크게 떴다.

[나는 너의 습격을 당할 만한 짓을 한 기억이 없다.]

"그건 내가 휴만이라서? 유감이군, 나는 그쪽 편이 아니거든?"

…….

내가 하고자 하는 말을 굉장히 자연스럽게 오해하고 있는 것 같다.

아마도 「왜 같은 휴만 편인 나를 노리는 거지?」 같은 식으로 해석한 것 같다.

하지만 나는, 이 세계에서 자신이 소속할 세력을 정한 적이 없다.

나는 필담으로 대답하지 않고, 여자를 노려보고 있었다. 조금이라도 빈틈을 보일 수는 없기 때문이다.

불현듯, 액체가 내 뺨을 타고 흘러내리는 감각을 느꼈다.

그 액체를 식은땀이라고 생각하고 닦아내자, 붉은색이었다.

피다.

그렇다면 머리를 어디에 부딪치기라도 했나? 검이 명중한 거야? 아니면 튕겨 나가면서 땅바닥에 부딪힌 건가…….

나는 그녀의 모습을 확인했다.

토모에와 같은 파란색 머리카락이다. 앞머리를 오른쪽으로 늘어뜨리고 있어서, 한쪽 눈밖에 보이지 않는다.

이 세계에서는 당연한 얘기지만, 균형 잡힌 몸매였다.

의외로 체구는 비교적 작은 편이고, 말투와 일치하지는 않지만 아름답다고 하기 보다는 귀여운 스타일의 외모였다.

몸에 걸치고 있는 방어구는 어깨나 가슴, 그리고 무릎이나 팔꿈치 등 중요한 부위를 지키는 호구(護具) 정도였다. 그 이외엔 맨살이나 속옷까지 노출시키고 있을 정도의 가벼운 장비였다. 하반신에 이르러서는 거의 반청바지나 다름없다.

거리에서 엇갈리기라도 하는 날에는 고개를 돌리고 다시 쳐다볼지도 모를 정도의 각선미라서, 이 세계에서는 전쟁터에서도 아름다움이라는 요소를 중요하게 여기는 건지도 모른다는 생각이 들었다.

그리고 가장 특징적인 것이, 그녀가 움켜쥐고 있는 장대한 검이다.

그녀의 키보다 명확하게 크다. 사용자의 체구가 작다 보니 인상이 더 강렬한 건지도 모른다.

일본도 등과는 달리 칼날의 폭이 넓은 대검이기 때문에, 한층 그 크기가 강조되었다.

칼날이 녹색 빛을 띠고 있는 것처럼 보이니, 아무 데서나 파는 양산품이 아니라는 사실은 틀림없었다. 예술품으로 진열한다고 해도 위화감이 없을 것이다. 그런 방면에 어두운 내 눈에도 그저 아름답게만 보인다.

저 검의 일격을 얻어맞고 공중에 붕 떴다가, 목을 찔릴 뻔했다이 말이지?

……평범하게 생각하면 그 순간에 머리와 몸통이 서로 작별 인사를 나누던지, 목구멍을 찔려 때까치 먹이[#1] 같은 꼴이 됐겠지?

평범하지 않은 자신의 방어력에 대해, 진심으로 감사한다.

고맙다, 마력.

#1 때까치 먹이 때까치는 먹이를 나뭇가지에 꽂아 놓고 먹는다.

고마워요, 엘드워 여러분.

나는 전투 상황을 인식하면서, 추가로 마법 장벽을 전개했다.

물론 계도 강화시켜서 전개했다.

방금 전의 일격을 아무런 상처도 없이 막아낼 수 있었다는 것은, 손가락을 잃어버리는 사태도 피할 수 있었다는 뜻이다.

말하자면, 방심했던 거지.

내가 방심하느라 평소부터 마술 장벽과 계 세트를 동시에 전개하지 않았기 때문이야.

한심해라.

이번처럼 저렇게 커다란 무기를 자유자재로 휘두르는 강자의 습격을 받는 상황이 앞으로 얼마나 찾아올지는 모르겠지만—.

그것뿐만이 아니야.

온몸에 닭살이 돋았다.

오한을 느꼈을 때와 비슷하게, 서늘한 감촉이 등줄기를 타고 올라오는 듯한 감각이다.

그리고 일시적인 마비 증상과 비슷한 움찔거리는 감각이 몸 전체를 에워싸고 있다.

나는 이 감각을 알고 있다.

살기였다.

그녀는 명확하게 나를 향해 예리한 살기를 드러내고 있었다.

나에게 활을 가르쳐 줬던 스승인 무나카타 선생님이 일단 익숙해지라고 시범을 보이셨던 그 느낌과 비슷했다.

무나카타 선생님에 따르면, 일단 어떤 느낌인지 익혀둬야 정작 필요할 때 동작이 둔해질 일이 없다는 것이다. 하지만 일본에서 평범한 일상생활을 보내면서 이 경험을 제대로 활용할 기회가 얼마나 있을지 의심스럽다고 생각했던 것을 기억하고 있다.

이세계지만 제대로 써먹었네요.

정말 감사합니다, 선생님.

"이번엔 또 입을 다물어? 뭐 **전쟁터**에서 마주친 적끼리 담소를 나눌 것도 없겠지만—."

"……."

살기가 점점 강해지고 있다.

하지만 그럼에도 불구하고 평상심을 유지할 수 있었다는 것은 고마운 일이었다.

그녀의 언급에 따르면, 이곳은 전쟁터라고 한다.

새로운 정보였다.

이 일대의 묘한 분위기는 전쟁터라는 특수한 상황과 연관이 있는지도 모른다.

지금 내가 서 있는 장소는 강변이었다. 이런 장소를 방문했던 기억은 없다.

상당히 큰 규모의 강이 시야의 전방을 가로지르듯이 흘러가고 있다.

좌우를 돌아보니, 오른쪽에 다리가 보였다.

다리까지는 나름대로 거리가 있었다.

이곳에서 움직이는 그림자는, 나와 눈앞의 여자밖에 없다.

…….

잠시 고민하다가, 나는 계를 강화에서 탐색으로 전환했다.

위험할지도 모른다는 생각은 들었지만, 여자가 곧바로 추가타를 날릴 기색이 보이지 않았을 뿐만 아니라 주위의 상황을 좀 더 자세히 파악하고 싶다는 욕구에 이기지 못한 것이다.

군대처럼 보이는 패거리, 아인들의 집단……?!

뭐지? 이쪽으로 급속히 접근하고 있는 기척이 있다.

설마 이 여자, 여유나 방심 같은 게 아니라 지원군을 기다리고 있던 건가?!

지금도 명확하게 본인이 유리한 상황인데?!

하나 확실한 사실은 아인 집단 쪽에서 특출한 마력을 발산하는 인간형의 존재 하나가 이 장소를 향해 고속으로 이동해 오고 있다는 것이다.

이 녀석도 강해 보인다.

아니, 정확히 말하자면 확실하게 세다.

그야 저 먼 거리에서 눈앞의 여자와 동등할 정도의 살기를 나에게 집중시키고 있을 정도니 당연히 강하겠지.

……아공으로 도망칠까?

아니, 그건 안 돼.

이 녀석들을 들여보낼 수도 있어.

이 여자와 이제 곧 당도할 녀석의 정체를 확인하고 나서, 안전을 확보한 다음이 아니고서야 아공으로 도망칠 수는 없다.

만약 상대가 토모에나 미오 같은 부류일 경우, 내가 개방한 안개의 문이 남긴 흔적을 이용해서 아공으로 침입할 가능성도 충분해.

거기서 그치지 않고, 내가 도망치는 순간에 함께 들어올 가능성도…….

하여간 도망칠 수 없다.

적어도 일정한 거리를 벌리지 않고서야 안개의 문을 사용할 수는 없었다.

◇◆◇◆◇

"소피아. 내가 모처럼 가세했는데도 상대의 숨통을 끊어놓지 못하다니, 너답지 않구나."

그녀의 지원군이 금세 도착했다.

어린 아이였다.

하지만 말투가 건방지다.

젠장. 판타지 명물, 외모와 나이가 상반되는 캐릭터라는 건가?

겉보기에 걸맞은 어린 아이는 아닌 것 같네.

"응? 나는 정확하게 완벽한 공격을 날렸는데? 이 검이야말로 너무 허약한 거 아냐? 미츠루기(御劍)?"

미츠루기?

그게 저 아이의 이름인가?

왠지 일본식이로군.

그리고 여자의 이름은 소피아라고?

이쪽은 의외로 평범한 이름이네.

이름 이외의 나머지 요소가 전부 이상한 여자지만 말이야.

“그 검은 내가 당시 가지고 있던 힘의 대부분을 부여해서 탄생시킨 한 자루다. 부족할 리가 없지 않나?”

오렌지색의 깔끔한 머리카락을 휘날리는 소년, 미츠루기가 소피아에게 반론했다.

엄청난 위화감이 느껴진다.

말투도 부자연스럽지만, 그보다도 이 아이가 강렬한 살기를 내뿜고 있기 때문이다.

소년은 소피아보다도 가벼운 차림새로, 마을에서 놀러 다니는 어린 아이들과 아무런 차이도 없었다.

무기나 지팡이도 없다.

책가방이라도 둘러매고 다니면 그대로 초등학생으로 착각할 것 같다.

모 유명 합창단에서 활약이라도 할 것 같은, 극히 평범한 미소년이었다.

“하지만 실제로 저 녀석에게서 어처구니없이 커다란 금속 덩어리라도 벤 것 같은 감촉이 느껴졌거든? 실력은 기대 이하지만 단단한데다가 끝도 없이 끈질기다니, 완전히 벌칙 게임이나 다름없다고.”

이거 곤란한 걸.

정말 곤란한 전개다.

이 녀석들, 틀림없이 계속 해볼 생각이야.

특히 여자 쪽, 소피아의 입 꼬리가 올라가는 모양새가 엄청나게 호전적으로 보여서 불안하다.

"흥, 약간 불완전하기는 해도 그 검은 상위 용조차 제압할 수 있는 무기다. 어설픈 마술 방어 정도는 종잇조각처럼 베어 넘기고도 남아. 네가 엉뚱한 부위를 벤 것이 아닌가?"

"마족의 진격을 중단시켜 두는 것도 한계가 있고, 저 녀석이 장애물인 건 틀림없어. 그렇다면 서둘러야 해. 우리가 그 녀석들한테 혼나는 것도 웃기는 얘기니까."

마족의 진격을 지금 중단시킨 상태라고?

방금 전에 계로 조사해본 결과, 아인의 집단은 틀림없이 행군을 멈추고 있었다.

그게 마족의 군세라는 건가?

……오호라.

그렇다면 후퇴하고 있는 휴만이 교전 상대라는 뜻이군.

마족의 진격은 아마도 남진(南進)일 것이며, 휴만들의 국가 중에서 북쪽에 위치한 국가는 리미아와 그리토니아였다.

여기는 그 두 나라 가운데 어느 한쪽의 근방인가?

아니 잠깐, 리미아와 그리토니아는 용사들을 보유하고 있는 나라들이잖아?

정말로?

말하자면 지금 공격을 받고 있다는 건데, 그럼 무척 곤란한 상황이잖아?

"여신의 관계자인 것은 틀림없다. 그 정도 정보만 있으면 충분해."

"그래."

……사실 지금 가장 곤란한 상황에 처한 건 나지.

용사는 일단 무시하자.

진정해.

적어도, 방금 전까지의 패닉 상태에서는 벗어날 수 있었다.

평범하게 현재 상태를 파악할 수도 있고, 소피아의 두 번째 공격도 막아냈다.

상황은 최악으로 보였다.

하지만 대처할 방법은 있다. 그러니까, 당황하지 마.

나는 스스로를 납득시켰다.

내가 할 일은 두 가지였다.

안개의 문을 개방해서 아공으로 돌아가야 한다. 이건 확실하다.

그 목적을 달성하기 위해 움직일 것이다.

필요한 것은 시간과 거리였다.

흔적을 남기지 않고 안개의 문을 정석적인 방법으로 열기 위해서는, 몇 분 정도는 필요하다.

생명이 가장 소중한 것은 틀림없지만, 이 두 사람을 아공으로 끌어들이는 사태만큼은 결단코 피하고 싶다.

실력은 미지수지만, 강하다는 것은 틀림없어.

"어머, 옷 색깔이 변했네? 우리를 상대로 대책이라도 세우셨나? 지금까지는 뭐하고 이제 와서? 전장의 분위기에 휘말린 신병도 아니고, 정말 느긋하기 짝이 없는 여신의 사자로군."

나는 코트의 색을 속도 중시의 붉은색으로 변형시켰다.

방금 전의 감각으로 판단하건데, 계의 강화를 사용할 경우엔 코트는 방어보다도 속도를 중시하는 편이 움직이기 편하다.

측석에서 소피아의 지적과 조롱을 받았지만, 딱히 신경 쓸 일도 아니다.

전장 데뷔인 건 틀림없고, 느긋하게 놀던 것도 사실이거든.

지금까지 용이나 거미, 해골 같은 녀석들을 상대하면서 나름대로 전투 경험을 쌓은 것으로 착각하고 있었다. 하지만 역시, 사람을 상대하자니 얘기가 달라지는군.

만약 츠이게의 라임 라떼 같이 이름 뒤에 (웃음)이라고 붙여도 될 듯한 작자라면 몰라도, 무나카타 선생님 정도로 강렬한 살기를 내뿜는 녀석들을 상대할 경우엔 특히 만만치가 않아.

아공에서 멍청한 짓을 저질렀던 그 여자를 죽였을 때처럼, 나도 인정사정없이 상대를 죽이려고 마음을 먹으면 이 정도의 살기를 내뿜을 수 있을까?

그건 일단, 지금 생각할 일이 아니야.

내 등 뒤로 울창한 숲이 펼쳐져 있었다.

이미 확인은 끝냈다.

붉은 코트로 상대의 허를 찌르고 전력 질주를 시도하면, 이 상황에서 탈출할 수 있을지도 모른다. 그리고 붉은색 코트는 푸른색보다 참격(斬擊)에 대한 내성이 강하므로, 소피아의 검에 대한 대책으로도 활용할 수 있을 것이다.

"어리숙해 보이는 모습은 우리의 방심을 유도하기 위한 연기일지도 모른다. 방심하지 마라. ……거봐라, 곧바로 뭔가 시작할 모양인데? 마력이 모여드는 것이 느껴진다."

나는 미츠루기의 말을 듣고 마음속에서 혀를 찼다.

마술의 발동을 사전에 감지할 수 있다고?

그렇다면, 저 녀석을 상대할 경우엔 마술의 무영창 발동은 유리한 요소가 없을지도 모른다.

마력을 감지하고도 곧바로 움직이지 않는 이유는 여유와 방심 중 어느 쪽일까?

제발 방심이었으면 좋겠군.

이미 만전의 준비를 갖추고 대기하고 있다거나 한 것만큼은 제발 아니길 빈다.

단발 공격은 불안했기 때문에, 불릿을 연속 발사 가능한 포대처럼 사용할 수 있는 구슬을 내 좌우에 다섯 개씩 배치했다.

불릿의 술식에 키워드를 조합해서 여러 가지 어레인지를 시도하고 있지만, 솔직히 이제 슬슬 한계에 도달한 것 같다.

빨리 학원 도시로 가서 새로운 마술에 대한 지식을 입수하고 싶은 참이다.

시키가 준 책과 치트 능력을 사용하고 있는 나의 이해능력 사이에 존재하는 엄청난 낙차를 보완할 수 있는, 초심자도 쉽게 익힐 수 있는 마술 지식이 필요해.

"먹어라!"

술법을 기동시키자 구슬들이 압축되더니 화살 형상으로 변해, 고속으로 소피아와 미츠루기를 향해 사출되기 시작했다.

발사 장소에서 곧바로 새로운 구슬이 발생해서 압축된 후에 다음 탄환을 사출했다.

나는 술법이 제대로 발동하는 모습을 확인한 후, 곧바로 등을 돌리고 숲을 향해 전속력으로 내달렸다!

그들이 반응하지 않았기 때문에, 첫 동작으로 단번에 거리를 벌릴 수 있었다.

—라고 생각했는데.

"앗?!"

벽?!

눈앞에 커다랗고 빛나는 벽이 출현했다.

반짝반짝 빛나는 물체들이 서로 뒤얽혀서 벽을 형성하여, 내 진로를 가로막고 있었다. 방금 전까지만 해도 아무 것도 없었는데?

그러나 멈춰 설 수는 없다.

다행히 가로 너비는 수 미터 정도였기 때문에, 나는 벽을 피해서 달려 나갔다.

동작이 화려하지는 않아도 벽을 회피해서 내달리는 내 눈앞에 추가로 여러 벽들이 출현했다.

제길!

아무리 속도를 내고 있어도 벽을 돌아서 달리다 보면 반감될 수밖에 없잖아!

내가 차례차례 출현하는 빛의 벽들을 전부 달리면서도 피할 수 있는 직감을 갖추고 있었다면 얘기는 달라졌겠지만!

"칫, 성가신 술법이로군. 연사가 멈추지 않아."

"헤에, 즉시 발동형인데도 이 정도 위력을 자랑하는 연사 마술이라? 전투 경험은 전혀 없는 것처럼 보였지만, 의외로 기본 실력은 나쁘지 않은 모양이야. 미츠루기, 발판 부탁해! 그리고 계속해서 녀석의 진로 방해와 저 마술의 처리도!"

차례차례로 벽이 출현하면서 시야를 가로막는, 괴이하기 짝이 없는 광경이 펼쳐졌다.

결코 도달할 수 없는 거리가 아닌 숲이 멀게만 느껴졌다.

내 발밑에서 정체불명의 빛나는 물체가 튀어 나왔다.

"이번엔 또 뭐야!"

이건 검인가?!

칼날로만 이루어진 검?

영문을 모르겠어!

나는 발밑에 강력한 장벽을 전개해서, 빛나는 칼날을 글자 그대로 짓밟으면서 내달렸다.

으아, 뛰기 불편하다!

이대로 가면…….

나는 미리 준비해 놓았던 불릿 포대가 신경 쓰여서 잠깐 고개를 돌렸다.

"아하하하하!! 이 화살 같은 마술, 굉장한데! 시건방지게 추격까지 해오잖아!"

내가 목격한 것은 그곳에서 즐겁게 춤추는 소피아의 모습이었다.

"정면에서 받아내기에는 조금 묵직하군. 그래도 비껴 나가게 하면 문제없다. 그보다 소피아, 저 녀석이 바로 여신이 숨겨두고 있던 카드라면 우리도 할 일이 있지 않나?"

미츠루기는 거의 움직이지도 않고 불릿의 궤도를 비껴 버리거나 장벽으로 받아내고 있었다.

"알고 있어! 다음 인사를 받고도 저 녀석이 살아 있을 경우에 말이지! 생각보다 실속이 있어서 나도 재미가 붙었거든!"

이 녀석들은 대체 뭐지?

연사식 불릿의 위력은 그리 약하지는 않은 걸로 알고 있다.

반지에 마력을 보내서 코트에 어느 정도 공급하고 있는 상태라고는 해도, 불릿의 위력은 상당히 강하다고 들었다고.

그런데, 저건 대체 뭐야?

미츠루기는 장벽을 능숙하게 구사해서 기계적으로 사출되는 불릿 탄환을 비끼거나 받아내고 있었다. 저절로 비껴 나가는 불릿의 경우엔, 전혀 손도 대지 않았다.

주변이 어찌되건 신경 쓰이지 않는 모양이다.

마술 장벽은 강도와 각도를 조절해서 마술을 비껴 나가게 하는 식으로도 사용할 수 있는 거였구나. 난 그런 방식은 생각해본 적도 없었다.

나도 터득하고 싶은 기술이지만, 지금은 그 모습을 자세히 관찰하고 있을 여유가 없었다.

소피아 쪽은 그야말로 전혀 이해할 수 없는 동작을 선보이고 있었다.

믿어지지 않지만, 그녀는 불릿의 연사를 검으로 베어내거나 민첩한 짐승 같은 동작과 질주로 불릿의 추적을 따돌리면서 사방팔방으로 회피하고 있었다.

그것뿐만이…… 아니었다.

빛나는 칼날이 어느샌가 공중에 떠올라 있었다.

그 칼날을 만들어낸 장본인이 두 사람 중 어느 쪽인지는 모르겠지만, 소피아는 그 칼날들을 디디면서 가끔 공중을 질주하는 듯한 아크로바틱한 동작으로 나와의 거리를 바싹 좁혀오고 있었다.

무시무시한 스피드다.

진심으로 악몽 같은 모습이다.

평범한 사람이 양손으로 겨우 들어 올릴 수 있을 정도의 사이즈를 자랑하는 엄청난 검을 한손으로 휘두르면서, 고속으로 날아드는 마술들을 베어 넘기다니…… 완전히 괴인이잖아!

거기다 거의 곡예나 다름없는 공중 질주까지 부록으로 따라온다고요?!

나는 여신이 숨겨둔 카드도 뭣도 아니거든!

아, 이 벽은 빛나는 칼날로 만든 거였구나.

대량의 빛나는 칼날들이 서로 번갈아가며 엮인 형태로 벽을 형성하고 있었다.

저 미츠루기라는 아이가 특수한 마술을 사용하는 걸까—.

"말도 안 돼……."

정말 아주 잠시 동안 딴 생각을 했던 내 눈앞을 소피아가 가로막았다.

괴물이냐?!

방금 전까지만 해도 뒤에 따라오고 있었잖아! 어떻게 추월한 거야!

이런 황당한 휴만이 있어도 되는 거야?!

아니, 이 녀석 정말로 휴만인가?

피부 색깔이나 외모가 휴만일 뿐이고, 사실은 신형 마족 같은 녀석은 아니겠지?!

나는 거의 첫 공격을 당했던 직후의 혼란 상태로 돌아가 극단적으로 초조한 상태였다. 소피아는 칼날 벽을 박차면서 가속한 후, 그대로 대검을 들어 올린 채로 들이닥쳤다.

"잡—았다!"

그녀는 입으로는 경박한 말을 내뱉으면서도, 예리한 동작과 함께 무기를 상단 자세로 고쳐 잡았다.

그 속도가 너무나 빠른 나머지, 내 시야에 들어와 있던 대검이 순간적으로 사라졌다.

이렇게 가까운 거리에서 저런 커다란 쇳덩어리를 눈으로 쫓을 수 없을 정도라니 대체 얼마나 비상식적인 속도인 거야?!

나는 그녀가 일단 착지하고 나서 공격을 시도해 올 것으로 예상하고 있었지만, 소피아는 착지까지 기다릴 것도 없이 공중에서 기세 좋게 대검으로 내려찍었다.

나는 전개한 장벽을 확인한 후, 추가로 강화 속성의 계를 부여해서 그 공격을 맞이했다.

엘드워의 코트를 믿지 않는 것은 아니지만, 할 수 있는 일은 전부 해두는 편이 당연히 올바른 대응일 것이다.

"큭."

"으윽?!"

날카로운 소리가 울려 퍼졌다.

소피아의 표정이 경악으로 일그러졌다.

결과가 예상에 가까웠기 때문에, 나는 그나마 여유가 있었다.

소피아의 일격을 막아낸 것이다.

소리와 함께 소피아의 대검이 바로 위로 튕겨 나가면서, 그녀의 자세가 크게 무너지고 말았다.

공중이니까 버틸 방법도 없다.

당연한 결과였다.

그러나 내가 마법으로 전개했던 장벽이, 검과 부딪히면서 상쇄되어 무참히 산산조각 났다.

그쪽은 내가 예상치 못 했던 사태였다.

평범한 검이 아니라는 사실은 알고 있었지만, 저 검은 아무래도 마술을 제거하는 속성이나 매직 킬러의 특성을 지니고 있는지도 모르겠다. 내 입장에서 보자면, 최악의 성능이라고 할 수 있다.

……정말 어디까지 불행할 수 있는지 해보자는 거야?

"칫."

나는 작게 혀를 찼다.

무의식중의 행동이었다.

내가 눈으로 확인한 광경에 대해, 순수하게 솔직한 감상을 표현한 것이다.

그 순간, 자세를 유지하지 못 해서 더 이상 할 수 있는 일이 없는 것으로 보였던 소피아가 추격타로 횡 베기를 시전했다.

대체 얼마나 황당한 신체능력과 사고방식을 가지고 있어야 그런 터무니없는 동작이 가능한 거야?!

"……."

소피아는 그저 두 눈을 크게 뜬 상태로 웃고 있었다.

무섭다.

솔직히 말해서 너무 무섭다.

그녀의 눈동자에서 이제부터 땅바닥에 격돌하리라는 공포 따위는 털끝만큼도 느껴지지 않았다. 그 눈동자에서 엿보이는 것은 그저, 나를 향한 무지막지한 살의와 전투에 대한 환희? 아니, 호기심인가?

나는 그녀가 추가로 공격을 날릴 것이라고는 전혀 예상하지 못했을 뿐만 아니라, 그 기상천외한 동작에 경악하면서 시간을 낭비했다. 따라서 곧바로 다시 장벽을 전개시키는 것은 무리였다.

첫 번째 공격을 방어한 단계에서는 소피아가 느꼈던 동요가 나보다 컸을 것이다.

그러나 자신의 공격이 막혔는데도 불구하고 순간적으로 동요했을 뿐, 곧바로 추가 공격을 결심하고 어중간한 자세에서 꾸겨 넣다니…….

"젠장."

이 여자는 놀랍거나 헷갈리는 상황에서도 행동이 무뎌지지 않는단 말이야?

아니면, 그저 내 판단이 느릴 뿐인가?

생명을 건 싸움에서 순간적인 번뜩임이나 판단을 통해 움직이는 방법 따위는, 배운 적도 없고 연습한 적도 없다.

갑작스럽게 실천할 수 있을 리가 없잖아.

어떻게 하지? 어떻게 하냐고? 대체 무슨 수를 써야?!

내가 만들어낸 장벽은 파괴된 상태였지만, 아직 강화 능력을 부여한 계가 남아 있다.

말하자면, 방어구와 나 자신의 방어력은 아직 강화된 상태라는 뜻이다.

나는 가슴으로 들이닥치는 대검 공격을, 팔을 올려 십자가 형태로 교차시킨 자세로 막아보기로 했다. 등 뒤로 도약해볼까 생각하기도 했지만, 빛나는 벽이 걸리적거려서 그럴 수 없다.

엘드워의 코트를 믿을 수밖에 없다.

나는 반사적으로 감을 뻔했던 두 눈을 크게 떴다.

각오를 다지고 그녀의 공격을 기다렸다.

이번 공격은 불완전한 자세에서 겨우 시전한, 불충분한 일격인 것은 틀림없다.

그런 상황을 감안해도 안심할 수 있는 도박은 아니었지만, 나는 겨우 목숨을 부지할 수 있었다. 내 팔에서 느껴진 것은 둔탁한 충격뿐이었고, 칼로 베인 통증도 없이 명중했던 부분이 가볍게 저렸을 뿐이다.

몸이 날아가지도 않았다.

"……크로스 암 블록, 엄청나네. 엘드워 코트도 엄청나."

엘드워가 자랑스럽게 내세울 정도로 강력한 방어구라는 사실은 알고 있었지만, 실제로 흉악한 성능의 검 공격을 막아내는 모습을 보니 말로 표현하기 어려운 감동이 몰려왔다.

순간적으로 시도해 본 복싱의 크로스 암 블록에 가까운 방어 동작도 나름대로 효과를 발휘한 모양이다.

한편, 소피아는 이번에야말로 얌전히 착지했다.

착지했다고.

대부분의 사람들이 당연히 돌바닥에 정통으로 들이받을 것으로 예상할 상황에서, 저 여자는 가볍게 착지해 보였다.

정말 엄청난 밸런스 감각과 신체능력이다.

소피아는 즐거워 보이면서도, 터무니없을 정도로 불길한 미소를 지은 채로 두 눈을 크게 뜨고 있었다. 그녀는 나를 힐끗 쳐다보더니, 여러 차례 백스텝을 밟아 일정한 거리를 벌렸다.

이 소피아라는 여자, 정말 황당한 녀석이다.

어느샌가 그녀의 곁에 파트너로 보이는 소년까지 따라온 상태였다.

벌써 그 포대들을 전부 파괴하고 쫓아왔단 말이야?

그야 상대의 방어력이나 내구력 같은 요소를 전혀 고려하지 않고 일단 설치만 해둔 상태였으니까 파괴당해도 별 수 없겠지만 서도.

이 녀석들, 정말 보통이 아니다.

소피아와, 미츠루기—.

어디서 들어본 적이 있는 것 같은 이름들인데…….

"잠깐? 저 웃기는 물체는 대체 뭐지? 너무 재미있는 거 아냐? 기량하고 동작은 얘깃거리도 안 되는데, 방어력이나 반응 능력에 마력 같은 게……. 기본 성능이 너무 변태적이잖아? 뒤죽박죽으로 어처구니없는 변태."

"나도 동감이다. 능력은 강하지만 행동이 너무 어설프구나. 영문을 모르겠군."

"강하다는 걸 알면 추가 원호라도 날려야 되는 거 아냐?"

"나도 지금까지 저 녀석의 공격 마술들을 파괴하느라 바빴단 말이다. 억지를 부리지 마라."

두 사람의 나에 대한 평가는 높은 건지 그저 황당하다는 건지 분간이 안 가는군.

웃길 정도로 너무 재미있는 변태에 영문을 알 수 없는 놈이라 죄송합니다요.

"휴우, 뭐 이쯤해서 그걸 써보면 상황도 바뀌겠지…… ghjkop₩kkjjgf—."

……?

소피아가 입 밖으로 내뱉던 말 중 후반은 공통어가 아니었다.

"응? 이 일대도 영향권에 들어간단 말인가? 최소한 사용하기 전에 한 마디 말이라도 건네라, 소피아."

"딱히 문제될 건 없잖아? 거기다 저 녀석, 여신의 축복을 굉장히 불균형하게 받은 것 같아. 지금처럼 단단한 상태로는 너무 성가시다고."

영창치고는 짧고, 술법도 발동한 기척이 없었다.

무슨 짓을 한 거지?

아마 「신의 기도를 유린하라.」라는 의미였던 것 같은데?

들어본 적이 없는 언어였어. 하지만 여신에게서 받은 이해의 능력으로 의미는 알아들었다.

영창이 아니라면 특정한 장비를 발동시키는 키워드였나?

하지만 내 기억이 정확하다면, 마술이 부여된 도구의 기본적인 발동 키워드는 공통어로 설정되어 있다고 들었는데……?

내가 영문을 알 수가 없어서 소피아의 분위기를 관찰하고 있으려니, 잠시 후 그녀가 오른손 집게손가락에 끼고 있던 반지가 갑자기 산산이 부서졌다.

아니, 부서졌다기보다 흙으로 돌아갔다는 표현이 적절할 것이다. 우수수, 그야말로 삭아서 없어졌다. 그 직후, 내가 계를 전개할 때와 비슷한 느낌으로 묘하게 넘실대는 감각이 소피아를 중심으로 주위를 향해 퍼져 나갔다.

나도 당연히 그 파동에 휘말렸지만 몸에 특별한 이변은 일어나지 않았다.

마술치고는 묘한 느낌이었어.

대체 뭐가 변했다는 거지?

혹시 몰라서 장벽을 전개해봤지만, 별 문제 없이 사용할 수 있었다.

다른 마술도 문제없어 보이는군.

마력을 아직 사용할 수만 있다면 일단 내 생명줄은 끊어지지 않았다는 뜻이다.

대체 무슨 짓을 한 건지 모르겠다는 불쾌한 감각은 씻어낼 수 없지만, 일단 운이 좋은 건가?

"음…… 성공이다. 이걸로 녀석들이 의뢰했던 테스트도 전부 끝난 셈인가? 하지만 재미있군. 그 여신의 간섭을 무효화시킬 수 있는 날이 찾아올 줄은 몰랐다. 남용할 수 있는 기술은 아니겠지만, 앞으로 여신이 세계 규모의 영향력을 행사하려고 시도할 때마다 이쪽의 형편에 따라 차단할 수 있겠군."

성공이라고?

그렇다면, 잘은 몰라도 특정한 효과가 발동 중이라는 소리다.

칫, 저 녀석들이 숨기고 있는 카드가 전혀 보이지 않아.

"그리고, 원래 나나 너는 여신의 은혜 따위는 받은 적이 없으니까 불이익 같은 건 없잖아? 간편하게 쓸 수 있다는 건 큰 장점이야. 우리뿐만 아니라 마족이나 마수들도 마찬가지네. 기본적으로 휴만 이외의 종족은 이득밖에 없거나, 이득 쪽이 확실하게 큰 도구야. 물론 그런 만큼 여신 역시 신속하게 대책을 세울 테니, 언제까지 써먹을 수 있을지는 모르겠지만."

"하지만, 그 반지를 제작한 장본인은—."

"거기까지야, 미츠루기. 여기에는 아직 여신의 노예가 남아있거든?"

소피아는 거기까지 말하고 나에게 시선을 돌렸다.

여신의 간섭을 방해한다고?

그런 짓을 저질러도 휴만인 소피아에게 유리한 요소는 없지 않나?

대체 무슨 의미가 있는 거지?

틀림없이 마족의 입장에서 생각해 보면 연구 가치가 있는 테마인 것 같네.

그건 그렇고—.

시선을 뗄 수가 없다.

상대가 서로 잡담을 나누고 있는 지금, 도망치기 위해 문을 열 수도 있었다. 하지만 어설프게 집중해서 영창을 시작하기라도 했다가는 그 순간에 정수리에서부터 두 동강이 날 것 같아서 무섭다.

그건 그렇고, 나더러 여신의 노예라고?

나는 그 녀석에게 어엄청나게 구박을 당한 몸이라, 분명히 말해두지만 협조할 생각은 전혀 없다.

……으윽, 왼손의 감각이 점점 희미해진다.

어떡하지? 좀 느슨하게 묶을까?

아니, 그럴 수는 없어.

내 지식 가지고는 어느 정도의 출혈까지 버틸 수 있을지 알 수가 없다.

일단 지금 출혈이 늘어나는 사태는 상황을 악화시킬 뿐이라고 생각해.

참을 수밖에 없다.

최악의 경우, 팔이 괴사(壞死)를 일으켜도 회복 마술을 사용하면 원래대로 회복되지 않을까?

시키, 돌아가면 부탁한다.

이 나이에 외팔이가 되고 싶진 않아.

"웃기지 마. 나는 여신의 사자 따위가 아니라고."

"호오, 그 말은 무슨 뜻이지?"

어?

알아듣지 못할 줄 알고 무심코 중얼거린 넋두리에 어린 아이 쪽이 반응했다.

이봐, 잠깐?!

아니, 난 지금 틀림없이 일본어로 중얼거렸는데?!

설마 일본인?!

"뭐지, 미츠루기? 지금 저 녀석이 지껄인 소리를 알아들은 거야? 명확하게 공통어도 아니고, 들어본 적이 없는 언어였는데?"
"대답해라, 붉은 녀석. 여신의 사자가 아니라는 말은 무슨 뜻이지? 너는 틀림없이 여신의 손에 의해 이 전장에 소환된 녀석이다. 두 사람의 용사와 마찬가지로 이세계로부터 소환된, 리미아를 지키는 수호자의 부류가 아닌가?"
"설마 너, 일본인이야?"
나는 무심코 더듬거리면서도 어린 아이에게 물었다.
"**일본인**? 나는 그런 족속이 아니다. 굳이 너에게 가르쳐줄 생각도 없지만."
일본인이 아니다.
시치미를 떼고 있는 느낌도 아니다.
……그렇다면, 이 녀석의 정체는—.
휴만이 아니라는 거군.
그리고 리미아라고 말했다.
이곳은 리미아의 근방인 건가?
상당히 먼 거리까지 날아온 셈이군.
"그렇다면 휴만이 아니라는 건가?"
"……호오, 흠. 지금은 이 여자 때문에 조금 사정이 있어서 말이야. 이렇게 휴만 아이의 형상을 빌리고 있을 뿐이다. 하지만 흥미로운 소리를 지껄이는구나. 휴만이 아닐 경우엔 대화가 가능하다고? 점점 괴이쩍은 사내로군. 그 외모로 판단하건데 휴만과 이종족의 하프인가?"
미츠루기 소년은 소피아를 가리키면서, 본인이 사람의 모습을 하고 있는 다른 존재라고 밝혔다. 그런데 말이야, 외모만 보고 사람과 다른 종족의 하프라고 단정 지어도 되는 거야?

소피아에 이르러서는 아인을 그대로 넘어서 키메라로 취급하고 있을 지경이다.

납득할 수 없다.

하지만 이야기를 들어줄 생각이 있다면, 내 입장에서는 그나마 양호한 전개로 유도할 수 있을지도 모르겠다.

"저는, 이 전장에서 당신들과 싸울 이유가 없습니다. 그리고 여신의 편을 들어줄 의리도 없어요. 그쪽의 오해로 이런 상황이 벌어진 셈이니 이쯤해서 전투를 중단하는 게 어떨까요? 저는 당신들을 방해할 생각이 전혀 없습니다."

나는 정중하게 교섭을 제안했다.

"더욱 유쾌한 소리를 하는구나. 하지만 무리야. 너는 여기서 죽을 수밖에 없어. 야단스럽게 여신의 힘을 흩뿌리면서 황금색 빛과 함께 강림해놓고 오해라는 변명이 통할 것 같나?"

"……틀림없이, 저는 여신과 인연이 있는 몸입니다. 그 인연이라는 것도 정말 찢어발기고 싶은 인연이지만요. 하지만 어째서 그 때문에 죽어야만 한다는 거죠? 저는 방금 전에도 말했지만요, 여신에게 협력할 생각은 전혀 없어요. 그쪽의 소피아라는 휴만 여성이 마족에 가담했다고 해도, 다른 누군가에게 퍼뜨릴 생각도 없다고요!"

"……."

미츠루기가 내 말에 태연히 반응하다가, 불현듯 입을 다물었다.

멍청한 표정으로 나를 바라보고 있다.

뭐지?

나는 두 사람이 나를 죽이려고 달려드는 이유는, 내가 여신의 관계자이기 때문이거나 휴만인데도 마족에 가담한 소피아라는 여성에 관해서 알려지고 싶지 않기 때문이라고 생각했다.

설마 내 예측이 빗나간 건가?

"휴만 여성이라고? 크크크, 아—하하하!"

갑자기 미츠루기가 박장대소했다.

"왜 그래? 웃기는 얘기라도 들은 거야?"

"소피아, 들어 봐라. 이 녀석은 너를 모른다는 구나."

왜 그런 당연한 소리를 하는 거지?

처음 보는 사람인데 모르는 게 당연하잖아?

자기소개도 하지 않았잖아?

난 갑자기 여기로 끌려와서 습격을 당했을 뿐이라고?

알고 있을 리가 없잖아.

"……흠, 그래? 하지만 용사와 같다면 당연하지 않아?"

"하지만 용사도 아닌 듯하다. 그리고 소피아, 지금 이 녀석은 우리에게 목숨을 구걸했다. 그냥 보내달라는 구나."

"……나한테 확인할 필요도 없지 않아? 무리라고 전해."

"하지만 소피아라는 휴만 여성이 마족에 가담했다고 소문을 퍼뜨릴 생각은 없다고 한다. 무심결에 웃어 버리고 말았어."

영문을 모르겠다.

하지만 상황이 악화된 것만은 사실이다.

적의와 살기가 더 강해졌기 때문이다.

"여신도 이해할 수 없는 행동을 하는군. 이런 영문을 알 수 없는 존재를 전장에 던져 놓다니. 아직 정령들도 본격적으로 활동을 시작하지 않았으니, 설마 수하들이 부족한 것도 아닐 텐데. ……이봐, 붉은 녀석. 이름도 알려지지 않은 채 죽임을 당하는 것도, 이름도 모르는 상대에게 죽임을 당하는 것도 바라는 바는 아니겠지? 자기소개를 허락하마."

으아, 엄청나게 거만한데다가 아직도 여신의 수하로 취급하고 있다.

"얌전히 죽어드릴 생각은 없습니다. 하지만 이 경우엔 그쪽부터 이름을 대는 게 도리 아닐까요?"

나는 한껏 허세를 부렸다.

정말 너무나 부조리한 취급을 당하고 있으려니, 자기도 모르게 세찬 반발이 입 밖으로 튀어나온 것이다.

"크크, 그래도 입은 살아있구나. ……흠, 좋아. 정 그렇다면 우리부터 자기소개를 하지. 네 덕분에 즐겁게 웃기도 했으니 그 답례다. 여기 있는, 세계 제일의 검을 휘두르고 있는 녀석은 소피아 브루거다. 『드래곤 슬레이어』의 호칭과, 920이라는 황당한 레벨로 유명한 여자지. 그리고 나는 랜서다. 소피아로부터는 미츠루기라고 불리는 경우가 많지만 말이야."

…….

……어?

소피아 브루거? 드래곤 슬레이어?

그건 모험자 길드에서 원래 최고 레벨을 자랑하던 모험자의 이름이잖아!

그리고, 랜서라고?

내 기억이 확실하다면, 그 소피아가 죽였다고 알려진 그리토니아 제국의 용이 랜서라는 이름이었던 것 같다.

가만히 생각해 보니, 미츠루기(御劍)라는 호칭도 어디서 들어본 것 같아.

아니, 여보세요?

웃기지 마!

왜 그런 터무니없는 거물들하고 갑자기 한 판 치러야 되는 거야?!

[나는 라이도우. 상인이다.]

나는 소피아도 알아들을 수 있도록, 필담으로 이름을 댔다.

마음속에서는 상당히 동요가 일어나고 있다. 필담을 선택할 수 있을 정도의 판단력이 남아있던 것도 기적이다.

마음속에 일어나고 있는 파도가 전혀 가라앉을 기색이 없다.

휴만 가운데 최고봉이라는 전사와, 토모에의 동족인 상위 용이 나를 죽일 생각으로 달려들고 있는 현재 상황을 이해할 수가 없다.

"라이도우라. 하지만 상인이라니 또 뻔한 헛소리를—."

"흐응, 라이도우라고? 자기소개는 끝난 건가? 다시 말하지만 나는 소피아 브루거야. 보시다시피 마족 편에 가담한 모험자라고 할 수 있지. 그리고, 너를 죽이는 사람."

소피아가 미츠루기의 말을 도중에 가로막더니, 내 이름에 그다지 흥미조차 보이지 않은 채 나를 살해할 예정이라는 공약을 선언했다.

얼굴은 귀여운데, 정말 무지막지한 말투를 구사하는 여자다.

대체 그 머릿속에 들어있는 사고방식은 어떻게 되먹은 거야?

여신에게 대적할 생각이라면 친구가 될 수 있을 것 같은 느낌도 들지만, 이 두 사람은 무슨 일이 있어도 나를 죽일 생각인 것처럼 보였다.

그 이유를 잘 모르겠으니 더 어이가 없는 거지.

"칫, 아직 내가 말하던 도중이었단 말이다. 그럼 라이도우, 이제 작별이다. 너는 보지 않아도 될 것을 보고 말았다. 그것도 여신의 냄새를 잔뜩 풍기면서."

어처구니없는 트집이야! 나는 아무 것도 본 적 없다고!

정확히 표현하자면, 본 게 아니라 너희들이 멋대로 보여준 거잖아!

말이 끝나기가 무섭게, 미츠루기의 주위의 빛나는 칼날들이 대량으로 떠오르기 시작했다.

칼날들이 그 공격범위를, 서서히 하늘이나 내 주변에까지 확대시키고 있었다.

소피아가 검을 다잡았다.

"후, 후후후."

웃기네.

사실 정말 웃겨.

이렇게 영문도 모르는 채로 죽을 수 있을까 보냐!

모처럼 생긴 동료들의 도움도 받지 못 하고, 혼자서 갑자기 전쟁터에서 죽임을 당한다니 그런 결말은 절대로 사양하겠다.

힘 조절 따위는 생각 안 해.

처음부터 그런 짓을 할 여유는 없었지만, 이제부터는 그야말로 전혀 고려하지 않을 거야.

도망치기 위한 시간을, 최대한 벌어주마.

무슨 수를 써서라도 말이지.

왼손에서 아직도 피가 조금씩 흘러나오고 있다.

기분도 점점 불쾌해지고 있다.

빌어먹을 여신 녀석.

갑자기 이런 황당한 장소에 소환하다니.

그 녀석의 소환에 저항할 수 있는 수단을, 어떻게든 확보해야겠어.

시키 같은 두뇌파들과 머리를 맞대면 무슨 수가 생기겠지.

모처럼 학원 도시로 향하고 있으니 거기서 조사해보는 것도 괜찮을지도 몰라.

이 마당에 이르러서 한 마디도 건네지 않는 여신에게 진심으로 짜증이 솟구친다.

그래도 주신이라면서 한 마디라도 해보는 게 어때!

"그럼, 간다. 여신의 간섭이 없는 상황에서는 네 터무니없는 방어력도 별 것 아닐 테니, 이제부터는 그저 학살이 벌어질 뿐이야."

어?

그러고 보니 간섭을 무효화시켰다고 했지?

……그렇다면 그 녀석, 나를 이 전장에 던져 놓고 자신은 손을 쓸 수가 없는 상황인 거야?

바보냐?

본격적으로 바보냐고?

아니, 이유가 어찌됐건 멍청한 바보인 것은 틀림없다.

애초에 「찾았다」라는 말 이외에 용건도 같이 전달하라고.

만약 그랬다면 나도 마음의 준비를 할 수 있었고…… 온힘을 다해 반대 방향으로 내달렸을 텐데.

"용사도 마장(魔將)과의 전투에서 궁지에 몰렸다고 들었다. 이 자리에서 여신이 내린 가호나 축복의 잔재 따위, 남김없이 쓸어버리도록 해라."

아무래도 이 세계에도 여신의 안티는 존재하는 것 같다.

나는 그 사실을 깨닫고 안심하면서도, 자신이 보살피는 세계에서 반대 세력이 발생할 정도로 멍청한 그 버러지의 실상을 확인하고 진심으로 기가 막혔다.

츠쿠요미 님께서 부탁하시기도 했으니, 용사가 궁지에 몰렸다는 상황도 솔직히 말해 조금 신경 쓰였다.

하지만 지금은 역시 내 목숨 쪽이 더 아쉬운 상황이야.

미안한데, 이번 일은 스스로 해결해다오.

하여간―.

이제 겨우, 방심해준 것 같군.

두 사람의 분위기가 아까 전보다 명백하게 느슨해진 것이 느껴졌다.

그 반지의 효과에 어지간히 자신이 있는 모양이다.

여신의 간섭을 무효화시켜서, 멋대로 내가 약체화됐다고 상상하는 건 너희들 자유야.

내가 여신과의 관계를 부정해도 들은 척도 안 하는 녀석들이고, 자신들의 행동에 자신도 있는 모양이니 멋대로 하시라고.

하지만 말이다?

너희들이 바라는 전개는 찾아오지 않을 걸.

아이러니한 얘기지만, 나도 반지를 사용할 거야.

방금 전까지와 달리, 나는『강화』될 거거든.

임전 태세를 유지한 상태로, 나는 서서히 마음속에서 끓어오르는 분노를 느끼면서 왼손에 남아있는 반지와 오른손에 낀 반지들을 전부 뽑아 버렸다!

"우오오오쌰아아아아!!"

『아닛?!』

나는 몸 안으로부터 폭발적으로 부풀어 오르는 마력을 억누르지 않고, 방출할 수 있는 모든 양을 영창도 없이 전방을 향해 한꺼번에 해방시켰다.

2

◇◆◇◆◇

용사가 아닌 세 번째 이세계인이 세계의 끝에서 활동을 시작했다. 하지만 아직 눈에 보이는 파문을 일으키지는 않고 있었다.

같은 시각, 세계는 츠이게의 상인 렘브란트가 예상했던 하나의 계기를 맞이하고 있었다.

리미아 왕국 그리토니아 제국 양국이 스텔라 요새 공략 작전을 실행하기로 한 것이다.

공방전은 양방향에서 동시에 전개될 예정이다. 양대 국가에 강림한 두 사람의 용사와 그들의 출현으로 인한 사기 진작, 그리고 십 수 년 동안 단절되어 있던 여신의 축복이 부활함으로써 휴만에게 압도적으로 유리한 형태로 사태가 진행되고 있었다.

여신의 축복—.

그것이야말로 이 세계에서 휴만이 가장 강력한 세력권을 유지할 수 있는 근간이라고 할 수 있었다. 전투가 시작되기 전, 여신에게 개전을 보고하고 각 군세의 대표자가 축사를 올리는 것이다. 여신은 양 세력을 비교하여, 자신이 인정하는 편에 가호를 부여할 뿐만 아니라 인정하지 않는 편에 저주를 내린다. 구체적으로 말하자면, 인정한 편은 모든 능력이 배가되고 그렇지 않은 편은 능력이 반감된다.

말하자면 여신의 축복으로 인해, 양 군세 사이에 수치적으로 네 배의 전력 차이가 발생하는 것이다. 정말 어지간히 병력이 압도적으로 차이가 나지 않고서야, 평범한 경우엔 절망적인 숫자였다.

따라서 이 세계에서 휴만 종족끼리 전쟁이 벌어질 경우, 여신에게 축사를 올리는 단계에서 거의 승패가 갈리는 거나 다름없었다. 결과가 너무나 뻔한 나머지, 반감된 쪽이 항복하는 경우가 부지기수였기 때문이다. 여신의 인정을 받기 위해, 사람들은 아름다움을 추구했다. 그리고 신에게 축사를 올리는 이가 입기 위해, 실용성을 완전히 무시한 화려한 병장기를 제작하기 시작했다. 그녀가 인정하는 이는, 보다 아름답고 자신의 취향에 맞는 쪽이었다.

왕족이나 귀족이 승리를 거두는 이들의 외모를 연구하고, 때로는 가문에 그 피를 받아들이기 위해 비정상적인 행동을 일으키기 시작한 것도 무리는 아니었다. 아름다움을 추구하는 것이, 국가나 가문의 힘에 직결되기 때문이다.

그러나 그러한 노력은 어디까지나 휴만 종족끼리 전쟁이 벌어졌을 경우에 한정된다.

휴만끼리의 전쟁이 아닐 경우, 상황은 완전히 달랐다.

여신은 개전의 축사를 올리는 단계에서, 무조건적으로 휴만에게 축복을 부여했다. 지금까지 그녀는 단 한 번조차 전쟁터에서 아인에게 축복을 부여한 적이 없었다. 그야말로 단 한 차례도 그런 일은 일어나지 않았다는 뜻이다.

휴만의 전투력은 무조건적으로 증가되었기 때문에, 마족을 비롯한 아인 종족들은 무시무시한 열세에 몰릴 수밖에 없었다. 그렇기 때문에 마족들은 필요에 따라 전술, 전략을 주도적으로 연구하면서 휴만의 몇 배에 달하는 노하우를 획득할 수 있었다. 그럼에도 불구하고, 상황은 휴만에게 유리하게 돌아갔다. 여신의 침묵이 찾아오기 전, 그들은 그런 식으로 어려운 싸움에 몸을 던질 수밖에 없었다.

여신의 침묵이 찾아온 후, 당연하게도 축사는 의미가 없어졌다. 설령 정식으로 순서를 밟아서 축사를 올려도, 여신은 축복이나 저주를 내리지 않았다.

마족들은 이를 절호의 기회로 판단하고, 수많은 마수들이나 아인들에게 호소함으로써 한계까지 세력을 끌어 모았다. 그리고 휴만을 상대로 대규모 전쟁을 선포했다. 정면충돌부터 시작해서, 병력과 전력을 소모하는 전쟁이 시작된 것이다. 여신으로부터의 가호를 통해 승패를 겨루던 기존의 전쟁이 사라지고, 새로운 개념의 전쟁이 시작되자 휴만은 마족들에게 어처구니없을 정도로 패배하기 시작했다. 승리, 승리, 승리, 승리, 승리. 마족의 기세는 멈추지 않았다. 그들은 5대국 중 하나까지도 멸망시켰고, 광대한 영토까지 손에 넣을 수 있었다.

스텔라 요새는, 바로 마족들에게 멸망당한 강대국인 엘리시온의 남단에 위치한 요충지였다.

리미아가 남쪽으로부터, 그리토니아가 동쪽으로부터 여러 차례에 걸쳐 공격을 감행한 바 있다. 스텔라 요새는 그 모든 공격들을 남김없이 물리칠 수 있을 정도로 굳건했다.

휴만 측의 경우, 이 요새를 무시하고 군세를 북상시킬 수는 없었다. 행군에 불리한 강이나 늪, 산맥이 진로를 가로막고 있기 때문이다. 마족의 방해도 만만치 않았다.

실질적으로 마족의 영역을 공략하기 위해서는, 우선 스텔라 요새를 함락시키지 않으면 더 이상 진군시킬 수가 없는 상황이었다. 휴만 지식인들 중에서도, 양대 강국이 요새까지 진입할 수 있는 루트까지 친절하게 마련해준 것이야말로 마족의 지략 가운데 하나라는 사실을 깨닫는 이들이 나타나고 있었다.

그러나 리미아와 그리토니아가 이 요새를 공략하기 위해 지금까지 낭비했던 대량의 인명이, 그들로부터 마족의 책략에 대한 가능성을 고려할 이성을 앗아가고 있었다.

증오스러운 마족의 상징이자 반드시 함락시켜야만 하는 요새.

스텔라 요새는 그런 존재였다.

"난공불락의 요새. 셀 수도 없을 정도의 휴만을 죽인 악마의 요새, 스텔라라고? 당연히 최우선적으로 탈환하고 싶은 장소겠지. 용사의 강림과 축복의 부활…… 그야 절망적인 상황에서도 탈환작전을 고려해볼 만도 해."

황혼이 지나 어둠의 장막이 내려오기 시작한 와중에 우뚝 선 요새의 그림자가 보였다.

한 그림자가 문 앞에 넓게 펼쳐져 있는 군세의 모습을, 화톳불 곁에서 바라보며 중얼거렸다. 그 주위에 몇 명 정도의 그림자가 모여 들었다.

"그래. 학자들 중에는 이 요새 자체가 마족의 덫이라고 주장하는 이들도 있다고 하더군. 하지만 이곳은 이미 너무나 수많은 피를 빨아들였어. 리미아와 그리토니아, 아니 휴만은 이미 물러설 수가 없는 거지."

방금 전의 발언을 내뱉은 그림자를 따르듯이, 또 하나의 그림자가 늘어섰다. 날씬한 몸매의 여성이 내뱉은 그 말에, 어딘지 모르게 질린 듯하면서도 자조적인 분위기가 섞여 있었다.

"다른 장소로부터 공격할 수도 있다고, 머리로는 알고 있지만요. 그래도 저 역시 심정적으로는 이 작전에 찬성합니다. ……제 친구들 중 몇 사람도 이 땅에 잠들어 있으니까요."

약간 뒤에서 대기하고 있던 그림자도 입을 열었다. 남자였다. 그는 이 요새를 공략하는 작전에 찬성하고 있었다. 그러나 그것은 감정적인 요인으로 인한 의견이라고 덧붙였다.

"기사들 역시 셀 수도 없을 정도로 많이 전사했습니다. 이 요새는, 우리가 마족을 쓰러뜨리기 위해서는 피해갈 수 없는 장소지요."

또다시 두 개의 그림자, 맨 처음에 발언했던 여성의 등 뒤에서 목소리가 드려왔다. 목소리의 장본인은 이번에도 남자였다. 금속이 서로 스치는 소리로, 그가 갑옷을 착용하고 있다는 사실을 알 수 있었다.

"네 배의 축복과 반감의 주박. 거기다 용사…… 유리한 상황인 건 알겠지만, 아무래도 조금 불길한 예감이 든단 말이지."

"또 무슨 멍청한 소리냐. 이제 곧 제국 측과 만찬이 있다는 것을 모르진 않겠지, 히비키? 너의 불길한 예감은 잘 들어맞는 걸 알면서 그런 소리를 하나?"

그녀의 옆에 다가온 그림자로부터 어이가 없다는 목소리가 들려왔다.

"아하하. 거미와 싸웠을 때는 별 느낌 없었으니까 그냥 기우일지도 몰라. 그리고 사실, 그 토모키라고 하는 제국의 용사가 조금 마음에 안 들어서 그런 건지도?"

히비키라고 불렸던 여성이 대답했다.

"이해가 안 가는 군요, 제 눈에는 올곧은 청년으로 보였어요. 약간 나이는 젊은 편이었지만, 빈틈이 없고 다부진 젊은이 아닌가요?"

"그래요, 저도 우디와 같은 의견입니다. 저 역시 그는 호감이 가는 청년이라고 느꼈습니다. 잘 모르겠지만, 묘하게 끌리는 구석이 있는 젊은이였어요. 그 어린 나이에 수많은 마도구(魔道具)를 자유자재로 다루면서, 전쟁터에서는 수십, 수백 단위로 마족을 사냥한다고 들었어요. 정말 용사라는 분들은 대단하군요."

"히비키의 취향은 조금 특수한 구석이 있으니까 말이야. 나 역시 만약 히비키와 먼저 만나지 않았더라면, 저 소년의 검으로 활약하고 있을지도 몰라. 나는 그에게서 너와 마찬가지로 용사의 위엄을 느꼈거든."

"……저, 저는 히비키 언니와 마찬가지로 조금 싫은 느낌을 받았어요. 그 사람과 언니는 다르다고 생각해요."

전원으로부터 빈축을 살 것이라고 예상했으나, 단 한 사람만이 히비키라고 불리는 여성의 의견에 찬성했다. 다른 멤버들보다 상당히 조그마한 그림자였다. 아직 앳된 구석이 남아있는 목소리였다.

"내 편은 치야뿐인가~. 걱정하지 않아도 전투에 사사로운 감정을 개입시킬 생각은 없어. 그럼 저녁부터 해결하고 잠시 눈이라도 붙일까? 공격은 심야라고 했지?"

히비키는 전투 전야, 정확히 말하자면 개전에 앞서 수 시간 전에 만찬회를 개최하겠다는 상대편의 의도를 이해할 수가 없었다. 제국은 그 정도로 자신과 또 한 사람의 용사를 믿고 있다는 건가? 아니면 네 배의 전력 차이를 창출할 수 있는 여신의 축복에 확신을 가지고 있는 건가?

작전의 최종 확인을 겸하고 있다고는 하나, 명목은 만찬회였다.

리미아의 용사, 오토나시 히비키는 다시 한번 화톳불로 시선을 옮겼다.

'저곳을 함락시켜야만 해. 마장은 네 개의 팔을 자랑하는 파워 타입의 거인이라고 들었어. 우리와 제국군, 어느 쪽 군단이 마장과 마주친다고 해도, 용사는 마장이 출현한 쪽으로 합류해서 공격한다고 했나? 병력은 예상에 따르면 이쪽 연합군이 마족보다 약 다섯 배 정도라고 했지. 거기다 여신의 가호가 능력치에 주는 영향까지 포함하면 실질적으로 20배? 솔직히 나도 병력 숫자를 계산하는 방법 같은 건 잘 모르지만, 20배라는 건 안심할 수 있는 숫자로 느껴져. 하지만 말이지~, 요새의 강도가 반감되는 것도 아니고 지형이 2배로 유리해지거나 그런 건 아니잖아? 네 배라는 건 어디까지나 각각의 병사에게 해당되는 숫자잖아? 이쪽이 두 배고 상대가 반감되는 거니까, 만약 마족에게 걸리는 저주가 무효화될 경우엔 그냥 두 배야.'

개개인의 전투기술로 따지고 들어가면 마족이 우세했다. 히비키는 회의에서 들었던 말들을 떠올렸다. 작전의 최종 확인이라고는 하나, 아군은 여신의 축복을 받아 두 방향에서 동시에 공격을 실시하고 적 대장이 출현할 경우에 용사가 나선다는 지극히 단순한 계획에 지나지 않았다. 그리고 이유는 모르겠지만, 제국의 희망사항으로 야습을 감행하게 된 것 정도였다.

그러나 마족들도 휴만의 동향을 어느 정도 파악하고 있을 것이다. 그렇게 치면, 지금까지와 다른 특별한 액션을 보여도 이상하지 않은 상황이었다. 그러나 적은 눈에 보이는 형태로 반응하지 않았다. 섬뜩한 예감을 불러일으켰다.

이 세계에는 마술이 존재한다. 말하자면 요새에 대포가 보이지 않아도, 개인으로부터 대포에 필적하는 공격이 갑자기 발사될 수도 있다는 것을 의미한다. 히비키는 그렇기 때문에 차라리 과도할 정도로 예민하게 작전을 추진하는 편이 알맞을 것이라고 생각했다. 기본적인 마술을 응용하는 경우까지 고려하자면, 상대가 어떤 마술을 사용할지 짐작조차 가지 않았다.

그러한 불안이, 히비키로 하여금 불길한 예감을 느끼게 하고 있는 건지도 모른다.

◇◆◇◆◇

"어서 오세요, 리미아의 용사님."

히비키 일행은 만찬회에 참석하기 위해, 식당으로 개조된 천막을 향해 이동했다. 화사한 목소리가 그녀들을 환영했다.

"어머, 릴리 황녀님. 일부러 마중까지 나오시고 정말 감사합니다. 이렇게 초청해주시다니 진심으로 영광입니다."

생긋, 히비키는 미소를 짓고 머릿속으로 준비해뒀던 말들을 반사적으로 내뱉었다. 동료들은 물론 이번 원정에 동행한 귀족들로부터 제국 측에 실례가 없도록 행동해달라는 요청을 받았기 때문에, 그녀는 정중한 말투를 사용하기 위해 최선을 다 하고 있었다.

상대가 리미아 왕국과 거의 동일한 규모의 세력을 자랑하는 강대국인 그리토니아의 황녀였기 때문이다.

아무리 용사라고 해도 무례를 저지를 수 없는 상대이기에, 히비

키도 긴장할 수밖에 없었다.

"저희 쪽이야말로 용사님을 일부러 이렇게 누추한 곳까지 찾아오시게 한 셈이니 면목이 없습니다. 지금부터 같은 전장에서 전우로 활약하실 분들께 최소한의 대접이라도 필요하지 않을까 싶어 이런 자리를 마련했으니, 부디 오늘밤은 마음껏 즐겨주세요."

릴리 황녀라고 불린 여성은 직접 히비키 일행을 안내할 생각인 것으로 보였다. 그녀는 손으로 일행을 재촉하며 천막 안으로 초대했다. 천막의 열려 있는 입구 사이로 향기로운 냄새가 감돌고 있었다.

리미아의 용사 일행은 왕족의 안내를 받는다는, 좀처럼 경험할 수 없는 사태에 당황하는 기색을 보이면서도 그녀를 따라갔다.

천막 내부의 중심에 위치한 원형 테이블 주위에, 이미 여러 사람이 착석한 상태였다.

그들은 히비키 일행을 확인하자마자, 대화를 중단하고 일어서서 황녀의 안내를 받은 그녀들을 맞이했다.

"안녕하세요! 잠깐 눈 좀 붙였다가 바로 출격할 참이긴 한데, 서로 격식 같은 건 상관없이 재밌게 즐기도록 하죠!"

"자, 히비키 님은 이쪽으로 오세요."

히비키는 황녀를 따라가면서도 벌써부터 암울한 기분을 맛보고 있었다. 지금 눈앞의 남자가 내뱉은 발언이 정말이지 경박하기 짝이 없었기 때문이다. 릴리 황녀가 그를 제지하는 기색이 없는 것도 부자연스러웠고, 자신과 함께 천막에 들어온 일행 중에 불쾌한 표정을 짓는 이가 없다는 것도 의아했다.

그 남자의 경망스러운 말투는 히비키가 예상했던 그대로였다. 릴리 황녀가 히비키를 안내한 자리는 제국의 용사인 이와하시 토모키의 옆 자리였다. 상식적으로 생각해서 용사가 앉을 자리는 틀림없이 이곳밖에 없을 것이다. 황녀가 직접 안내한 자리를 거절하는 것도 예의에 어긋나는 행위였다. 그리고 격식 따위는 따지지 말자고 떠들어대는 작자들일수록, 자신을 향한 무례한 행동은 용서하지 않는 법이다.

히비키는 마음속에서 탄식을 내뱉으면서, 황녀를 상대할 때보다도 더욱 심혈을 기울여 거짓 웃음을 지은 채로 토모키에게 시선을 돌렸다.

"신경써줘서 고마워, 토모키 군. 야간 전투가 될 테지만 서로 열심히 하자."

히비키가 토모키에게 건넨 인사는 지극히 평범한 말들이었다. 처음 만났을 때부터 연하라는 사실을 알고 있었기 때문에, 히비키는 그를 토모키 군이라고 부르기로 마음먹고 있었다.

"우리는 밤에 싸우는 것도 익숙하니까 괜찮아요. 리미아 쪽 원호까지 해줄 수 있을지도?"

"참 든든하네. 우리는 아직 대규모 야간 전투는 그다지 경험이 없었거든. 기대하고 있을게."

"거기다 이번 싸움은 중간 보스전이잖아요. 잽싸게 끝내버리고 여신에게서 칭찬이라도 듣자고요. 아, 또 추가 능력 같은 거 없나?"

"그러고 보니, 이번 축사는 토모키 군이 담당한다고 했나? 또 여신과 만날 수 있을까? 그 이후로 한번도 만난 적이 없고, 여러 가지로 물어보고 싶은 것도 많거든."

히비키는 여신이 설명해줬던 상황과, 실제로 자신이 놓여있는 상황에 적지 않은 낙차를 느끼고 있었다. 그렇기 때문에 히비키는 여신과의 재회를 희망하고 있었다. 여신의 힘이나 가호는 느껴지지만, 당사자와 직접 만나서 대화를 나눈 것은 결국 처음 만났을 때뿐이었다.

히비키는 토모키의 중간 보스전이라는 발언에 조금 위화감을 느꼈지만, 여신 쪽으로 생각을 집중시키면서 겨우 미소를 유지할 수 있었다.

"아, 글고보니 히비키 선배는 지금 레벨 몇이죠?"

토모키가 당돌하게, 레벨에 관해 물어왔다. 다른 멤버들도 시종의 안내를 받아 착석한 후, 제각각 담소를 나누면서 식사를 시작했다. 히비키도 요리를 입으로 옮기고는 있지만, 맛이 거의 느껴지지 않았다. 식사를 즐길 만한 기분이 아니기 때문일 것이다.

토모키에 대한 불쾌한 감상에 동의했던 치야는 언뜻 보기에 거북해 보였지만, 제국 측 용사 일행에 소속된 그녀와 비슷한 나이대의 소녀와 대화를 나누면서 조금씩 마음을 열기 시작한 것 같다.

"나? 난 지금 430인데?"

"그래요? 난 지금 605거든요."

"헤에, 굉장하구나. 그만큼 전장에서 활약하고 있다는 거지?"

"예. 그러니까 히비키 선배? 나이는 세 살 연상이지만, 토모키 군이라고 부르는 건 좀 아니지 않나요? 뭐 토모키 님이라고 부를 것까지야 없겠지만 최소한 토모키 씨라고 부르는 게 옳지 않을까요? 실력으로 웃도는 상대와 얘기할 때는 말이죠.”

‘격식 같은 건 따지지 말자고 지껄인 건 어디의 누군데?!’

히비키는 걸고넘어지고 싶은 속마음을 필사적으로 억눌렀다. 거짓 미소가 입술 부근부터 붕괴의 조짐을 보이고 있었다.

“미, 미안해. 아무래도 아직 원래 세계의 감각이 남아있는 것 같아. 앞으로 조심할게.”

“아니, 신경 쓰진 않지만요. 아, 그리고 미안한데 나 사실 존댓말 같은 게 서툰 편이라서.”

‘끝에 요만 붙이고 1인칭도 어설픈 너한테 존댓말 같은 건 기대 안 하거든! 그리고 정말 신경 쓰이지 않는다면 말을 꺼내지 마! 그냥 흘려 넘기면 되잖아! 중3!’

“말투 같은 건 딱히 신경 안 쓰니까 괜찮아. 네 마음대로 하면 되지 않을까?”

“그래요? 후아, 정말 다행이다. 말하다가 언제 실수를 저지를지 불안했거든. 우리가 오늘밤에 속공으로 마장을 유인해낼 테니, 히비키 선배 일행은 차라리 처음부터 우리하고 합류한 상태로 출격해도 문제없지 않아? 어때?”

지금, 자신들은 각 나라의 대표라는 입장으로 만나고 있는 셈이다. 말하자면 외교의 일환이다. 그런데도 불구하고, 토모키의 발언은 너무나도 예의에 어긋나 있었다. 히비키는 그와 대화하면서 정신이 아찔해질 정도의 멍청이를 상대하고 있다는 느낌을 받고 있었다.

만약 원래 세계에서였다면, 상하 관계에 엄격한 히비키는 이런 후배를 발견하자마자 즉석에서 엄청난 설교를 시작했을 것이다.

"……반가운 제안이기는 한데, 우리도 리미아 병사들의 사기를 북돋우면서 출격해야 하거든. 그 때가 찾아오면, 곧바로 달려가도록 할게."

히비키는 스스로 양쪽 뺨이 움찔거리고 있다는 것을 느끼면서, 겨우 만찬회라는 이름의 인내심 대회를 이겨냈다.

치야는 일행 가운데 오직 혼자서 만찬회가 열리는 동안 히비키의 상태를 신경 쓰고 있었다. 치야는 만찬회가 끝나자마자 천막에서 나와 자신들에게 배당된 야영지로 빠르게 발걸음을 옮기던 히비키를 걱정스러운 눈길로 바라보고 있었다.

"히비키 언니, 괜찮아? 마음이 진정되는 차라도 타올까?"

"치야, 넌 정말 왜 그렇게 착하니?! 저 멍청이한테 이만큼만 애교가 있었어도!!"

다른 멤버들은 왜 히비키가 화를 내는지 알 수 없다는 표정으로 고개를 갸웃거리고만 있었다.

"왜 그러지, 히비키? 혹시 제국 요리는 입에 안 맞았나?"

"만약 그러시다면 미리 상대편에게 전하셨어야죠……. 참으시는 건 반대로 실례라고요, 히비키 공."

동료들의 엉뚱한 지적을 듣자, 히비키도 발길을 멈추고 되물어볼 수밖에 없었다.

"저기 말인데?! 정말 어디까지 진심인 거야?! 저 토모키란 녀석의 어떤 구석을 보고 내가 결례를 저질렀다는 거지? 너희들, 이상하다는 생각 안 들어?!"

치야가 히비키의 발언에 동의하면서 몇 번이나 고개를 끄덕였다.

"어, 어째서 그렇게 화내는 거지? 토모키 공은 훌가분한 식사 자리를 마련해줬을 뿐만 아니라, 전투가 벌어지면 우리를 원호해준다고 하지 않았나? 거기다 히비키가 윗사람을 상대로 낮춰 부르고 있던 것을 무안하지 않도록 은근슬쩍 지적까지 해줬어. 그 이후로도 믿음직스러운 발언의 연속이라 무척 호감이 가는 젊은이라고 느꼈는데?"

나바르는 전장에서 자신의 파트너나 다름없는 위치의 전사였다. 그런 그녀가 히비키의 입장에서 보면 콩트로밖에 느껴지지 않는 소리를 내뱉고 있었다.

"저 무례하기 짝이 없는 녀석의 대체 어디를 보고 그런……!"

히비키는 일행의 의아한 시선이 자신을 향하고 있다는 사실에 경악했다. 벨더와 우디는 평소에 히비키가 심하게 스스럼없는 태도를 보이기라도 하면 곧바로 지적하지 않고서 견딜 수가 없는 두 사람이었다. 그런데 그런 두 사람조차, 나바르의 발언에 동의하고 있는 것 같다.

'이건 대체 뭐지? 저 녀석하고 만나면 다들 이상해지기라도 하는 거야?'

하지만 치야와 자신은 무사했다. 이건 대체 무슨 조화란 말인가? 그러니 히비키는 적어도 이 일에 관해 그들과 아무리 대화를 시도해 봐도 별 소용없을 거라는 생각이 들었다. 아직 잘 모르겠지만, 다른 이유가 있는 것 같은 느낌이 들었기 때문이다.

"뭐, 일단 넘어가도록 하자. 사실 나도 조금 고집을 부린 구석이 없지 않아 있었어. 응, 자자. 전투도 가까워 졌으니까. 치야, 언니하고 같이 잘래?"

현재 시점에서 그들을 더 이상 추궁해봤자 아무런 이득도 없다. 자고 일어나면 전쟁이 시작된다. 히비키는 여기까지 와서 동료들 간에 불화의 씨앗을 키울 필요가 없다는 사실을 이해하고 있었다. 히비키는 치야를 데리고 침소로 돌아가자마자, 곧바로 잠이 들었다.

3

전투는 조용히 시작되었다.

의식적인 여신에 대한 축사는 별 문제 없이 끝났으며, 왕국과 제국 양군에 여신의 축복이 내려왔다. 동시에 마족을 상대로 반감의 저주가 걸렸을 것이다.

히비키는 마음속으로 은근히 그리토니아의 용사가 무슨 실수라도 저지르지 않을까 불안을 느끼고 있었지만, 거의 정형문이나 다름없는 축사는 싱거울 정도로 담백하게 끝났다.

왕국군은 예정대로 진군을 개시하여, 적군과 격돌했다. 히비키 일행은 최전선에서 약간 후방에 위치해 있었으나, 전장의 공기를 피부로 느끼고 있었다.

그러나 전황은 히비키의 예상과 조금 어긋나고 있었다.

틀림없이 아군의 능력은 상당히 강화된 상태였다. 히비키는 원래 반신반의였지만, 그녀의 눈에도 마술의 화력 등이 증가한 것은 확실하게 보였다.

그러나 적의 상황을 확인해 보면, 능력이 반감된 듯한 감촉이 느껴지지 않았다. 실제로 히비키가 직접 상대하고 있는 것은 아니었지만, 반감이라고 할 정도로 약체화된 것처럼 보이지는 않았던 것이다.

그러나 전황으로 보건데, 아군이 우위에 서 있는 것은 확실했다. 야전에서는 여러 차례의 돌격을 감행하여 마치 종잇조각을 가르듯이 마족 군단을 압도하고 있다. 아군이 역습을 당할 듯한 기색은 전혀 보이지 않았다.

현재 남아있는 고지는 요새 내부뿐이다. 왕국과 제국은 이미 그 세력을 요새 전방까지 진군시키고 있었다. 마족들 스스로 요새 전방을 넓게 개척했기 때문에, 엄청난 숫자의 병사들이 요새를 향해 세차게 몰려들고 있었다.

그리토니아 제국과 리미아 왕국의 연합군은 높은 사기를 유지하고 있었으며, 요새 내부로 진입하는 것도 이미 시간문제나 다름없었다.

그러나 이러한 일련의 전투 목적들이 히비키 일행을 투입하지 않고도 달성되었으며, 제국 측으로부터 네 팔의 장군이 출격했다는 보고가 아직도 도착하지 않고 있었다. 히비키는 이런 상황에 의문을 품고 있었다. 그녀의 정신이 경종을 울리며, 사태의 이상함을 호소하고 있었다.

"저기, 나바르. 뭔가 이상하지 않아? 아무리 그래도 적의 반응이 너무 약해. 여기는 난공불락의 요새라면서?"

"그래, 우리가 나가지도 못 하고 전투가 끝날 리가 없다. 소문으로 알려진 스텔라 요새의 내구력이 과장되었던지, 제국의 용사님이 어지간히 엄청난 활약이라도 펼치고 있는 건가?"

히비키는 나바르의 발언 중에서 후반을 깔끔하게 무시하고, 요새에 대한 견해만을 머릿속에 입력시켰다. 나바르는 용병으로서 전쟁 경험이 풍부한 인물이었다. 그런 그녀조차 이변을 느낄 정도니, 바야흐로 무슨 일이 벌어지리라는 것은 틀림없어 보였다.

직감이 어떤 예감을 계속해서 전해오고 있는데도, 실제로 어떻게 하면 좋을지 알 수 없었다. 히비키는 자신의 경험이 부족하다는 사실을 답답하게 느끼고 있었다.

"하지만! 성문을 열 수만 있다면 전황은 결정 나는 거나 다름없습니다! 이제 곧, 스텔라를 함락시킬 수 있다고요! 엘리시온 해방의 첫걸음을 드디어!"

벨더는 완전히 흥분한 상태였다. 이래가지고서는 이성적인 판단이 가능할 리가 없다. 치야와 함께 한 줄 뒤에 서 있던 우디조차 좀처럼 보이지 않는 흥분한 표정으로 전장을 바라보고 있었다.

치야는 이제 겨우 익숙해졌다고는 하나, 여전히 전장의 공기에 공포를 느끼고 있었다. 일행의 곁에서 간신히 마음을 다잡고 있는 모양새였다.

벨더와 우디의 흥분한 모습이 이 전쟁터를 그대로 표현하고 있었다. 연합군은 성문을 향해 정면으로부터 돌격해 들어갔다. 이미 전장에 왕국과 제국이라는 구분은 필요 없었다. 당초에 출격한 위치의 차이가 있을 뿐, 양군은 현재 일치단결하여 성문을 열기 위해 요새에 총공격을 감행하고 있었다.

"아무래도, 불길한 예감이 멈추질 않아. 우디, 치야. 만일을 위해 방어 장벽과 고속 이동용 부유 술식을 완성시켜줄래?"

막상 일이 닥쳤을 때, 적의 공격을 순간적으로 방어하지 못하면 상대에게 치명적인 빈틈을 노출시키게 될 것이다. 군단이라는 단위로 보자면 더 말할 것도 없다. 따라서 히비키가 현재 선택할 수 있는 방법은, 방어와 이동을 위한 수단을 확보하고 나서 상황을 지켜보는 것뿐이었다. 그녀가 형세를 관망하자고 제안한다 한들, 이 상황에서 받아들여질 리가 없었다. 객관적으로 승리가 눈앞까지 당도했기 때문이다.

"하지만 언니, 모든 사람들에게 쓰는 건 무리야. 한껏 마력을 쏟아 부어도 겨우 이 주위 사람들밖에 포함시키지 못 할걸?"

치야의 발언은 자신이 없다는 취지였다. 마력의 많고 적음이, 구사할 수 있는 술식의 범위에 직결되는 것은 아니다. 그녀는 마술의 범위를 확대시키는 기술이 서툰 편이었다.

"저는, 파티 정도의 범위를 대상으로 할 경우엔 부유와 고속 이동 술법을 전개할 수 있습니다. 하지만 부대 단위로 전개시키는 건 불가능해요. 저는 정령이 아니니까요."

우디의 경우, 사용할 수 있는 마력의 양이 치야 정도로 많지 않았다. 그는 마력 제어의 전문가였으나, 그렇다고 해서 마력의 절대적인 양으로 직결되는 것은 아니었다.

"그렇다면 우리 일행에게만 사용해도 상관없어. 어차피 당장 할 일은 없으니까. 부탁해."

두 사람의 술사는 의아하게 생각하면서도 용사의 요청을 받아들였다. 두 사람은 술법을 영창하면서 대기 상태를 유지했다. 두 사람도 용사의 파티 일원으로서 손색이 없는 실력자였다. 당연히 이 정도 수준의 기술은 구사하고도 남았다.

'내가 마족이라면 무슨 전략을 준비할까? 왕국군과 제국군이 집결한 상태에서 사용할 수 있는 계책은…….'

히비키는 생각했다. 스텔라 요새의 좌우로 절벽이 보였다. 이곳은 원래 좁은 길을 가로막는 형태로 건설된 요새였다. 오히려, 마족이 왜 협소했던 요새 전방을 드넓게 개발해서 공략하기 쉬운 지형으로 조성했는지 짐작이 가지 않는다. 요새와 절벽 위에 병사들을 배치함으로써 동시에 공격을 실행하기 위해서? 하지만 그건 이미 하고 있잖아? 이미 연합군은 요새 상부는 물론, 절벽 위로부터 끊임없는 공격을 받고 있었다.

히비키가 다음으로 떠올린 것은 지형의 높낮이를 이용하는 전략이었다. 요새의 위치는 높은 편으로, 휴만의 군세는 밑으로부터 비탈길을 공략하고 있다. 그러나 이 비탈길은 전략에 활용할 수 있을 정도로 경사가 급하지는 않았다. 요새의 성문이 열린 참에 바위를 떨어뜨리는 장치 정도야 준비할 수 있겠으나, 이미 요새 눈앞까지 공격이 도달한 상황에서 그 수법은 사용할 수 없을 것이다. 수공(水攻) 역시 사용하지 못 할 것은 없겠으나, 방대한 양의 물이 필요할 것이다. 뿐만 아니라 바위 공격과 마찬가지로 이미 시기를 놓친 것처럼 보였다.

'그 이외에 고려할 수 있는 방법은, 보물찾기 영화 같은 데서 자주 나오는 좌우의 벽이 동시에 들이닥치는 덫이라든가? 하지만 그거야말로 상대가 협소한 계곡 길을 진군하고 있을 때 사용할 방법이지. 대체 무슨 짓을 할 생각이지? 일단 아군 진영까지 즉시 귀환할 수 있는 상태로 만들어두면, 거의 모든 사태에 대응할 수 있을 거야.'

애초에 이번 작전은, 히비키의 입장에서 이해할 수 없는 일들이 너무 많았다. 지금 골머리를 썩게 하고 있는 적군의 묘한 행동뿐만이 아니다. 제국의 용사와 관여하자마자 그를 절찬하기 시작하는 동료들의 상태도 이상했고, 야습을 시도하자고 해놓고 달빛이 휘황찬란하게 빛나는 날을 선택하는 것도 이해할 수 없었다. 히비키는 야간 전투의 경험이 적었다. 그러나 어차피 밤에 공격할 생각이라면 달뿐만 아니라 별들까지 숨어있을 정도로 흐린 날을 선택하는 편이 작전의 의도에 적합할 것이라는 생각이 들었다. 제국측에서 상당히 억지를 써 가면서 이 날짜를 주장했다고 들었다. 그러나 히비키는 작전이 개시되고 나서도 그들의 진정한 의도를 파악할 수 없었다.

히비키는 거기까지 생각하다가 아군의 상태를 재확인했다.

광기였다. 그야말로 광기가 지배하는 공간이 눈앞에 펼쳐졌다. 휴만 종족 전체가 염원하던 요새 탈환이 눈앞까지 당도한 상황이라는 사실을 감안해도, 이미 전선의 병사들은 이성을 잃고 오직 성문의 개방과 요새의 함락을 위해 돌격하고 있을 뿐이다. 뿐만 아니라 기본적으로 전선의 병사 이외에 존재할 수 없는 성문 앞

전장에, 중간 위치나 후방의 부대까지 나와 있는 상태였다. 이런 현상은 왕국군뿐만 아니라 제국군도 마찬가지인 것처럼 보였다.

그들에게 있어서, 이곳은 가족과 친구를 앗아간 마족의 요새였다. 히비키는 이곳에서 누군가를 빼앗긴 적은 없었으나, 그들의 광기를 목격하고 나서야 그 말의 묵직한 의미를 이해하기 시작했다.

'이게, 전쟁인가……. 지식으로 알고는 있었지만, 역시 견디기 어렵네. **사람의** 죽음을 칭송과 환희가 담긴 절규로 받아들이다니.'

그 냉정한 나바르조차, 눈동자에 미처 숨기지 못한 불꽃을 피우고 있었다. 히비키는 이 자리에서 순수한 공포를 느끼고 있는 것은 아마도 본인과 치야뿐이라는 생각이 들었다.

그녀는 스스로가 여러 가지 경험을 거쳐 마족을 토벌해야만 하는 적으로 결론을 내렸다고 생각했다. 그러나 그녀는 결국 사소한 계기만 있어도 마족의 죽음 역시 무의식중에 **사람들의 죽음과 동등하게 취급하고 있다.** 그 사고방식은, 그녀가 원래 살던 세계의 상식이었다. 히비키의 본심은 결국, 마족도 외모가 특징적인 **사람**이라고 판단하고 있었던 것이다.

'아니, 어쩌면 토모키 군도 그럴 지도 몰라. 원래 같은 일본 출신이니까. 저 막 나가는 태도가 허세일 경우의 얘기지만.'

히비키는 본인의 레벨에 대해 자부심을 숨기지 않던 소년을 떠올렸다. 사람의 죽음이 흔치 않던 세계에서 살아온 인간이, 이 전장에 적응하는 것은 간단한 일이 아니기 때문이다.

"아, 성문이!"

"열린다!"

나바르와 벨더가 동시에 고함을 질렀다. 히비키는 스스로의 말과 생각이 기우로 끝나리라는 생각이 들어 안심했다. 휴만 연합군의 포효가 솟아올랐다. 그들의 고함소리가 질풍노도와 같이 전장에 울려 퍼졌다.

그 순간—.

히비키가 순간적으로 내려놓았던 기우가 현실로 나타났다.

지상이, 무너진 것이다.

◇◆◇◆◇

두 방향으로 뻗은 비탈길 위에 위치한 요새의 성문 앞에 펼쳐져 있던 평지—.

그 모든 지역이—.

휴만 연합군에서 솟아오른 승리의 포효를 신호로 삼은 듯—.

단번에 무너져 내렸다. 정확히 표현하자면, 사라졌다. 그 밑은 새까만 어둠뿐이었다. 시각이 밤이라는 사실을 고려해도, 너무나도 깊고 어두운 구렁텅이가 시야에 들어왔다.

수 초 정도의 침묵이 흘렀다. 그 대지 자체가 이미 마술의 산물이었을지도 모른다. 소멸한 대지는 무너지는 소리조차 내지 않았다.

'땅바닥이, 사라졌다고?!'

경악으로 인한 것인가, 아니면 그저 망연자실했을 뿐인가? 그 누구의 목소리도 들리지 않는 기묘한 공간이 전장에 펼쳐져 있었다.

히비키처럼, 땅바닥이 사라졌다는 사실을 이해할 수 있었던 이는 과연 몇 명이나 있었을까?

"우디! 치야!"

히비키는 돌발 상황에 대비하고 있었기 때문에 가장 먼저 반응할 수 있었다. 지금은 치야와 우디에게 부탁한 술법 두 가지를 전부 활용할 수 있는 상황이었다.

기본적으로 고속 이동용 지원마술만을 사용할 상황에서, 히비키는 돌다리도 두들겨보고 건너자는 의도로 공중으로 회피하는 방안까지 고려한 끝에 추가로 부유 마술을 지정했다. 이는 그야말로 히비키의 파인 플레이였다.

다시금 몇 초가 경과한 후, 술법이 전개되어 히비키 일행은 낙하를 모면할 수 있었다. 어슴푸레한 물빛 장벽이 전개되어 방어 마술의 돔이 완성됐다.

"아, 아아아, 아아아!"

아군이 추락하고 있다. 파티 중 누군가의 목소리가 들려왔다.

이 구렁텅이가 얼마나 깊은지 아무도 알 수 없었다. 하지만 아무런 대책도 준비하지 못한 아군 병사들이 맞이했을 결말은 그 누구라도 예상할 수 있었다.

아무리 적게 추산해도, 연합군 중 절반 가까이가 전선에 집중된 상태였다. 그리고 그 전선이, 한 순간에 소멸한 것이다.

히비키는 너무나 비현실적인 현장에 마주치면 오히려 말이 나오지 않는다는 사실을 깨달았다. 왕국군 가운데 생존자는 술사를 중심으로 이루어진 후방 부대와 궁수 부대, 그리고 귀족 중심으로 편성된 기사 부대의 일부 정도일 것이다.

반파(半破), 아니 그 이상의 피해가 발생한 것으로 추정된다.

추락하는 아군이 제발 스스로의 힘으로 대처할 수 있기를 기도하면서, 히비키는 사방에서 들려오는 비명소리에 저항하듯이 일행을 독려했다.

“우디, 일단 위로 돌아가자! 가능한 한 후방으로 이동하는 거야. 나바르와 벨더는 나와 함께, 남아있는 부대들이 가능한 한 멀리까지 후퇴할 수 있도록 지시해야 해. 치야는 장벽 유지를 부탁해!”

히비키는 공중으로 시선을 돌렸다. 사전에 예상 가능한 사태였지만, 화살과 투석기뿐만 아니라 각양각색의 마술이 쏟아져 내리고 있었다.

“……나바르, 벨더. 예정을 변경할게. 지상으로 탈출할 수 있을 때까지 반격! 호른도 나와! 우리는, 반드시 살아남을 거야!!”

히비키는 은띠에서 자신의 수호수(守護獸)인 늑대, 호른을 소환했다. 그녀의 외침은, 일행을 격려하고 있을 뿐만 아니라 본인의 사기를 스스로 북돋기 위한 의도인 것처럼 들렸다.

◇◆◇◆◇

제국의 영웅, 이와하시 토모키는 혼란스러웠다. 그는 방금 전까지 하늘을 날면서 신창(神槍)의 빛으로 마족들을 쓸어버리고 있었다.

이제 곧 성문이 열리고, 요새를 공격해서 장군의 수급을 취하기 위한 최종 단계의 카운트다운이 시작되기 직전이었다.

그러나 그 순간—.

주위에서 사람들이 사라졌다.

발밑을 내려다보자, 어처구니없을 정도로 광대한 검은 구덩이가 펼쳐져 있었다. 사람과 무기, 일부의 마족들까지도 그 구덩이로부터 벗어날 수 없었다. 토모키는 마치 CG 영상이라도 보고 있는 듯한 착각에 빠졌다. 거대한 구렁텅이가 사람들을 집어삼키고 있었다.

그는 예리한 적의를 느꼈다. 열린 성문 사이로 토모키를 향해 엄청난 살기가 날아든 것이다. 그는 신창으로부터 파괴의 빛을 발사해서 문으로부터 시전된 마술을 제거했다.

그는 동시에 중요한 사실을 떠올렸다. 다름 아닌 동료들의 생존 여부였다.

기네비아와 모라, 그리고 유키나츠—.

그를 지키면서, 함께 싸워왔던 동료들이다.

토모키는 목걸이 형태의 마도구를 기동시켜서 주위를 탐색했다. 그는 곧바로 세 사람의 반응을 확인할 수 있었다.

그는 여신으로부터 하사받은 은 구두의 효과로 마력을 사용하지 않고도 부유가 가능했기 때문에, 이 터무니없는 트랩의 영향을 받지 않았다. 그러나 그의 일행인 그녀들의 경우, 땅에 발을 붙이고 있었다.

혼자서 떠다니고 있었기 때문에, 토모키는 항상 우선적으로 공격의 표적이 되는 일이 많았다. 그러나 그가 걸치고 있는 압도적인 장비들이 어중간한 공격 정도는 전부 튕겨내고 있었다.

"세 사람 다 떨어졌단 말이야?!"

토모키는 매섭게 내뱉으며 그녀들의 반응을 쫓아갔다. 세 사람의 반응은 약간 밑으로부터 느껴졌다. 다행히 세 사람은 거의 같은 장소에서 대기하고 있었다.

토모키가 그녀들을 따라잡고 보니, 세 사람은 한 덩어리로 모여 들어 부유 술법을 사용하고 있는 상태였다. 그러나 그 술법이 불완전하여 천천히 하강하고 있는 것으로 보였다.

"토모키, 너무 늦잖아! 은 구두의 레플리카는 아직 불완전해서, 정신을 집중하지 않으면 부유 효과를 발동시킬 수 없는데다가 무거운 물건이 매달려 있으면 떨어진다고!"

"이봐, 유키나츠. 그 무거운 물건이라는 건 혹시 나를 두고 하는 말인가? 그냥 들어 넘길 수가 없는데?"

기사 기네비아가 장비하고 있는 판금 갑옷의 무게를 고려하면 틀림없이 그녀가 가장 무거울 것이다. 기네비아가 눈썹을 치켜 올리며 동료의 폭언에 즉각적으로 반응했다.

"싸우지 마, 두 사람 다 나보다 무겁잖아!"

『당연한 소리!』

말다툼으로 발전할 뻔했던 두 사람의 목소리가 세 번째 목소리를 듣고 동시에 같은 말을 내뱉었다. 아직 어린 아이에 지나지 않는 모라에 비하면, 체중의 차이는 명확했기 때문이다.

연금술사 계열인 유키나츠의 작품이 제대로 활약한 덕분에, 세 사람 다 무사할 수 있었다. 토모키도 가슴을 쓸어 내렸다.

세 사람의 만담 같은 대화를 통해, 토모키도 마음을 가라앉힐 수 있었다.

"무사해서 다행이야."

"토모키…… 나는 너의 방패다. 너를 지키지 못 하고 죽을 수는 없지 않겠나."

"정색하고 그런 표정 짓지 말아줄래? 창피하잖아."

"전혀 문제없어!"

세 사람은 그의 진심으로 안심한 듯한 목소리를 듣고 뺨을 붉히면서도, 제각각 건재하다는 사실을 강조했다.

"일을 아주 화려하게 벌려 놓네. 중간 보스 주제에 겁도 없는 자식. 모라, 나기를 소환해. 일단은 후퇴하자. 우선 상황을 확인하지 않으면 전투 계속 여부를 판단할 수가 없어."

"……그 말이 맞다. 대체 어느 정도의 병력을 잃은 거지?"

"정말 터무니없는 트랩이야. 이걸 계획한 녀석은 머리가 돈 게 틀림없어."

"알았어, 나기를 부를게."

"그래, 부탁해. 아마 공중에서 엄청나게 공격이 들어올 거야. 나하고 기네비아, 둘이서 전부 막아내자. 할 수 있지?"

"물론이다. 너는 물론 나기에게도 상처 하나 입힐 생각은 없다. 로열 가드를 얕보지 마라."

"고마워, 기네비아."

모라는 보옥(寶玉)을 향해 영창을 계속하면서도, 도중에 기네비아에게 감사 인사를 잊지 않았다. 그리고 그녀는 천천히 낙하하던 일행의 아래에 한 마리의 용을 소환했다. 커다란 날개를 지닌 비룡의 일종이었다. 모라가 다스리는 나기였다.

에메랄드그린의 빛깔을 자랑하는 비늘이 아름다운, 중형 클래스의 용이었다. 모라가 소환할 수 있는 용 가운데, 그녀와 가장 사이가 좋은 개체였다.

"나기, 위로 올라가! 구덩이 위까지 도착하면 뒤로 물러나야 해. 부탁해!"

"갸우!"

토모키는 비행 중인 용에 올라탄 채로 쏟아지는 공격들을 튕겨내면서 성문 앞으로 나아갔다.

"이럴 수가, 구멍이 상당히 뒤쪽 길까지 집어삼켰잖아? 정말 후방 부대 정도밖에 안 남아있어."

"토모키, 병사들을 조금이라도 나기에 태워서 구하는 게 어떤가?"

기네비아가 제안했다. 용의 등에서 떨어지지 않도록 결계를 전개할 경우, 나기로 옮길 수 있는 인원수는 아직 여유가 있는 편이다. 기네비아도 나름대로 생각한 끝에 떠올린 방책이었다.

"기네비아, 그럴 수는 없어. 우선 우리가 가장 먼저 돌아가서, 릴리에게 보고해야만 해. 그게 최우선 사항이야."

토모키는 그녀의 제안을 거부했다. 그는 현재 상황에서 기동력이 저하되는 사태를 바람직하지 않다고 판단했다.

"하지만!!"

"아까부터 릴리와 통신이 연결되지 않아. 거기다, 이건 전쟁이야. 전쟁이니까, 죽어가는 병사들의 몫까지 우리가 싸움으로써 그들에게 보답할 수밖에 없어."

"토모키…… 미안하다. 내가 그만 감정적이 되고 말았다."

그와 만난 이후로 지금까지 쭉 그래왔듯이, 토모키의 말이 기네비아의 몸과 마음 깊은 곳까지 스며들었다. 기네비아는 그의 뜻이야말로 올바르다는 사실을 지극히 당연하게 받아들일 수 있었다.

“아니야, 평소의 기네비아로 돌아와 줄 수만 있다면 문제없어. 그럼, 돌아가자!”

“기다려, 토모키.”

“또 왜 그래, 유키나츠?”

“리미아의 용사들은 찾지 않아도 되는 거야?”

유키나츠는 현재 혼전 양상을 띠고 있는 전장이 그야말로 혼란스럽기 짝이 없는 상황이기는 해도, 양대 간판 가운데 나머지 한 쪽의 생존 여부를 확인하지 않아도 되겠냐고 질문했다.

아무리 용사라고 해도, 이 상황에서 냉정하게 대처할 수 있을지는 확실하지 않았다. 그렇기 때문에 후퇴가 최선의 방책이라고 해도, 리미아의 용사의 생존에 관해서 아무런 대책을 세우지 않느냐고 묻는 것은 전혀 이상할 일이 아니었다.

“히비키 말이야? 그 녀석도 용사잖아. 아마 스스로 해결하지 않을까? 내가 걱정하는 건 오히려 실례라는 거겠지. 연상 누님이라고 하시잖아.”

토모키는 본인이 없는 틈을 타서, 불과 몇 시간 전까지만 해도 선배라고 불렀던 또 한 사람의 용사를 그 녀석이라고 지칭했다.

“그래? 토모키에게 생각이 있다면 그걸로 충분해. 가자.”

“좋아. 모라, 부탁한다.”

“응! 나기, 가자!!”

“좋았어, 하지만 이왕 여기까지 왔으니.”

토모키는 나기가 진행하던 방향의 반대쪽, 요컨대 요새를 향해 고개를 돌렸다. 그가 애용하는 신창을 들고 자세를 잡았다. 원뿔 형태의 기병창에 빛이 차오르더니, 바야흐로 창 전체가 눈부시게 빛나기 시작했다.

"되갚아주마!!"

토모키는 닫히고 있는 성문을 겨냥해서 창의 힘을 해방시켰다. 눈부신 빛이 똑바로 나아가더니, 닫히고 있는 성문 사이로 비집고 들어갔다. 이윽고 토모키 일행이 있는 위치에까지 굉음이 들려왔다.

"대단한 명중력이군."

"역시! 스나이퍼!"

"오빠, 진짜 멋지다~!"

토모키는 세 사람으로부터 제각각 갈채를 듣고, 썩 만족스러운 표정을 지어 보였다. 그는 경계가 소홀해지지 않도록, 일단은 목걸이의 탐지 기능으로 전방을 주시하고 있었다.

"어라, 아무래도 리미아의 용사 일행도 무사했던 모양이군. 저기 봐."

"응? 헤에, 정말이네. 다음번엔 그 목걸이의 레플리카라도 제작해볼까? 참 편리해 보여."

유키나츠가 토모키보다 조금 늦게 쌍안경 같은 도구로 리미아 일행을 확인했다.

토모키가 마도구로 전장을 탐지하고 있다는 사실을 알고 있는 유키나츠는, 연구자로서의 욕구를 숨기지 않았다. 그녀가 조금 여유를 되찾은 증거였다.

"그래, 다음에."

토모키는 유키나츠의 실험용 생쥐 같은 역할을 할 때마다 약간 짜증이 났기에 애매하게 대답했다. 레플리카를 제작하기 위해서는 마도구를 발동시킨 상태로 장시간에 걸친 관찰이 필요하다. 그는 그 시간이 고통스러웠다.

"릴리 님과의 연락은 아직 닿지 않나?"

기네비아가 끼어들었다. 로열 가드인 그녀의 입장에서는, 또 한 사람의 주인인 황녀의 안부에 신경을 쓰는 것은 당연한 일이었다.

"그래, 아까부터 계속 시도해보고는 있는데. 설마 이 세계에도 재밍(Jamming) 같은 기술이 존재한다는 건가……?"

토모키가 내뱉은 말의 후반부는 거의 혼잣말이나 다름없었다. 토모키 일행은 그럭저럭 대화를 나누다가 히비키 일행을 따라잡았다. 용에 타고 있었던 만큼, 토모키 일행은 미리 대처해서 탈출할 수 있었던 히비키 일행보다도 신속했다.

"무사해서 다행이야. 히비키, 선배? 그쪽 움직임이 둔하던데 무슨 일이라도 있었어?"

"……그쪽이야말로 너무 둔한 거 아냐? 기다려 마지않았던 마장이 행차했잖아."

토모키는 후방 부대가 비탈길로 올라오는 모습을 보고 히비키 일행이 전황을 제대로 전하지 못 했다고 판단해서, 그들 파티의 둔한 움직임을 지적했던 것이다. 그러나 그의 표정은 히비키의 대답을 듣고 굳어버렸다.

히비키의 말투는 어딘지 모르게 매우 냉정하게 들렸지만, 그보다도 마장이라는 단어가 마음에 걸렸다.

"마장이라니…… 후방에 말이야? 대체 어느 사이에 돌아 들어간 거야!"

"그래. 뿐만 아니라 정중하게 이쪽이 진형을 정비할 때까지 기다려준다는군. 이렇게 황당한 함정을 준비한 녀석이 지껄였으리라고는 생각되지 않는 말이야. 그래서 신속하게 이쪽으로 후퇴시키고 있는 도중이야. 알겠니?"

신속하게—. 히비키는 토모키의 무신경한 발언을 되갚아줬다.

"아니, 대체 어떻게?"

"글쎄? 우리가 알지 못하는 수단을 사용한 건 틀림없어. 참고로 말해두는데, 마장이 거느리고 있는 군세보다 후방에 있던 아군 부대와의 연락은 전혀 닿지도 않아. 굉장하지 않아? 마족들은 이쪽의 통신을 방해하는 기술까지 지니고 있는 것 같아. 말하자면 염화를 사용한 의사 전달은 도청당할 위험이 있다는 얘기야. 정말 징글맞네."

"재밍 뿐만 아니라 작전 계획이 새고 있었다고? 치명적이잖아!"

토모키도 사태를 파악하고 어두운 분위기로 대답했다.

"그래서? 그쪽은 어떻게 할래?"

"어떻게? 뭘?"

"마장과 격돌하게 되면 협공한다고 하지 않았나?"

히비키가 이 순간에 지은 미소는 이 날 보인 미소, 아니 토모키를 상대하면서 처음으로 보이는 진심이 담긴 미소였다.

"상황이 변했잖아! 일단 지금은 한시라도 빨리 적진을 가르고 탈출하는 장면이라고! 이대로 전투를 계속하다가는 배드 엔딩 직행 코스잖아!"

"장면, 장면이라고? ……그래, 그럼 너희들은 도망치도록 해. 우리는 후방 부대가 호응해줄 것으로 믿고 녀석을 공격할 거야. 물론 연락이 닿기만 하면 협력해서 탈출하는 쪽이 정답이겠지. 전략적 측면에서 보면 아군이 완전히 패배했다는 사실을 인정할 수밖에 없겠지만, 사실 그 장군이 어떤 녀석인지 개인적으로 흥미가 생겼거든."

토모키는 이런 상황에 이르러서도 여전히 어이없는 꿈이나 환상 같은 소리나 주워섬기고 있었다. 히비키는 그와 대화하면서 결정적인 인식 차이를 느낄 수밖에 없었다. 히비키는 어딘지 모르게 냉정한 시선으로 그를 바라볼 수밖에 없는 자신을 느끼고 있었다.

그리고 이유는 몰라도 즐거운 듯이 말하는 그녀를 보고, 토모키 역시 난생 처음 보는 생물과 마주쳤을 때처럼 의아한 눈빛을 띨 수밖에 없었다.

"당신, 바보야?"

"설마 그럴 리가 있나. 그리고 협력하라는 말은 안 했잖아? 애초에 나하고 너는 조합이 별로 좋지 않아. 너희들의 특기는 중거리로부터 강력한 화력을 적진에 퍼붓는 거고, 우리는 파티 단위의 근접전이 주특기야. 그쪽은 다수를 상대로 할 때, 이쪽은 소수를 상대로 할 때 최대의 효과를 발휘하지. 같은 적을 상대로 할 경우에도 방향성이 전혀 다르다고 생각해."

'그리고, 기본적인 자세도 여러 가지 의미로 다르지.'

히비키는 속으로 살며시 덧붙였다.

“말하자면 우리와 협공할 수 없다는 소리야?”

“이번 전투에서 의미가 없을 뿐이야. 적어도 당장 협력함으로써 얻을 수 있는 이점이 보이지 않아. 난, 아군의 공격을 받고 싶진 않거든.”

“……정말로 상관없는 거지?”

“그래. 다만, 단 한 가지. 아군 부대를 이끌고 그 화력을 사용해서 반대편의 적을 가능한 한 소탕해 줄래? 그래주기만 하면 그쪽에서 아직 무사했던 부대도 보다 많이 탈출할 수 있을 거야. 우리는 너희가 열어준 길로 대어를 유인할게. 역할을 분담하는 셈이야. 이번엔 이런 식으로 가자고.”

“알았어. 그렇게까지 말한다면야. 마장은 제대로 유인하라고.”

“물론이야.”

두 사람의 용사가 대화를 끝냈다.

서로의 파티에서 잠시 동안 논쟁이 벌어졌다.

반론하는 목소리가 여러 차례 들려왔다.

그 소리들의 음량도 이윽고 줄어들고, 강한 결의가 그들에게 깃들었다.

양군이 다시 충돌할 순간이, 다가오고 있었다.

◇◆◇◆◇

“토모키, 이와하시 토모키! 기다려, 내 이야기를 듣지 않은 거야?!”

"이야기는 전부 들었고 내용도 정확히 이해하고 있어! 아군 후위가 느릿느릿 후퇴하고 있는 지금이 상대가 가장 방심하고 있는 순간이야! 길은 내가 열어줄 테니까 닥치라고!"

히비키 일행이 앞서 가는 용을 추격하고 있었다.

"후퇴가 끝나지 않은 상황에서 공격을 걸었다가는 아군의 피해가 확대될 뿐이야! 이미 상대는 진형을 전개한 상태로 기다리고 있어. 방심 같은 걸 기대할 수 있을 리가 없잖아!"

"약간이라도 느슨해져 있으면 그걸로 충분해! 여기는 전장이야. 다들 죽는 것 정도는 각오하고 있어! 히비키 선배, 당신 너무 순진하다고!"

"웃기지 마! 괜히 아군의 혼란을 초래해서 뭘 어쩌겠다는 거야! 그런 상황에서 탈출구를 열어봤자 살아남은 아군 부대 중에 대체 얼마나 도망칠 수 있을 거라고―!"

"아아, 정말! 시끄럽다고! 아직도 모르겠어?! 용사라는 간판이 살아나는 거하고! 여기서 조금 더 많은 사람들이 살아나는 거! 어느 쪽이 유익할지는 뻔하잖아! 우리는 특별하다고! 선택받은 인간이야! 당신이 죽고 싶다면 맘대로 해. 그 따위 자기만족 같은 건 아무래도 좋아. 내가 리미아도 한꺼번에 책임지고 용사 노릇 해줄 테니 안심하셔!"

히비키 일행은 후퇴하는 후방 부대 사이를 누비면서 이동하고 있었고, 토모키 일행은 용을 타고 공중으로 이동하고 있었다. 두 파티는 기본적인 스피드부터 달랐기 때문에 그들의 거리는 점점 벌어지기만 했다.

이미 서로 말도 들리지 않는 거리였다. 토모키 일행이 지나간 자리는 불타고 남은 잔해들이 쌓여있을 뿐이었다. 전투를 벌이면서 동시에 행군하는 경우와 비교조차 되지 않는 속도라고는 해도, 용과 사람의 차이는 명확했다.

"어떻게 저럴 수가. 병사들의 사기를 진작시키고 스스로 선봉에 서서 기수를 맡는 게 용사의 역할 아냐? 무슨 수를 써서라도 자신이 살아남는 것만을 우선시하다니, 난 인정 못 해."

"하지만 토모키 공의 말도 일리가 있다. 이 싸움에서 너를 잃기라도 하면, 설령 수백의 병사를 구할 수 있다고 해도 돌이킬 수가 없어."

"나바르, 입 다물어. 그 이상 듣고 싶지 않아. 듣지 않을 거야. 너와는 아직 파트너이고 싶으니까."

"히비키 공……."

벨더가 끼어들었지만, 히비키는 조용히 고개를 가로저었다.

"저 용사의 자세도 하나의 방법론이라는 건 알아듣겠어. 반드시 살아서 돌아가는 게 역할이란 말이지. 하지만 나는 싫어. 그리고 죽고자 하면 산다는 말도 있잖아? 적 장군과 전투를 벌이다가, 조금이라도 빈틈이 생기면 단번에 빠져나갈 생각도 하고 있어. 너무 안일한 생각이라는 생각도 들지만."

히비키의 생각은 너무나도 희망적인 관측이라고 할 수 있었지만, 그렇다고 해서 철저하게 절망적인 상황이라는 사실을 인정하고 싶지 않았다. 제대로 믿을 수 있는 보고가 전달되지 않는 상황이다. 그렇다면 적어도 이런 희망사항 정도는 입에 담을 수 있는 것 아닌가? 현대 사회에서 자란 히비키가 아직 버리지 못한, 순수한 부분이기도 했다.

“손해 보는 역할, 인 것은 틀림없지만…… 누군가가 하지 않으면, 아군이 마장의 통솔을 받은 적군에게 포위당할 가능성도 있습니다. 그게 바로 용사의 역할이라고 하신다면, 분명히 납득은 가네요. 하, 이것 참.”

우디가 말했다. 그는 히비키의 자세로부터 용사의 긍지를 엿본 듯, 이제 곧 시작될 전개에 각오를 다지고 있었다.

“나, 열심히 할래. 요전처럼 도중에 쓰러지지 않을 거야!”

치야가 외쳤다. 그녀는 검은 거미와의 일전에서 히비키를 남기고 도중에 기절해버렸던 과거를 떠올리며 정신을 가다듬고 있었다.

“미안했다. 내가 선택한 용사는 히비키다. 마지막까지 함께 하겠다.”

“저도 그때처럼 손도 못 써보고 당하는 추태를 보이진 않을 겁니다. 우리 다섯 사람은 재앙을 물리쳤던 경험이 있어요. 마장 따위는 처치하고도 남지요.”

그리고 나바르와 벨더가 덧붙였다.

압도적인 화력으로 마왕군을 격퇴하면서 도중에 속도를 떨어뜨린 토모키 일행의 모습이, 히비키의 시야에 들어왔다.

그들은 히비키 일행을 기다릴 생각인 걸까? 아니면 그저 적을 처리하는데 시간이 걸리고 있을 뿐인가? 어찌됐건, 히비키는 토모키와 같은 용사의 자세를 인정할 생각은 없었다. 그녀는 이미 결심했다.

그녀는 한층 속도를 올리면서 완만한 비탈길을 달리다가, 왕국

전령병의 모습을 발견하고 그에게 다가갔다.

"요, 용사님 아니십니까! 지시하셨던 대로 현재 전 병력을 후퇴시키고 있습니다!"

구름 위의 사람이나 다름없는 용사가 그의 어깨를 두드리자, 전령병 청년은 감격에 겨워 직립부동 자세로 경례했다.

"수고했어. 명령을 계속 변경하느라 미안한데, 각 부대의 장군들에게 다시 한번 전령을 전달해줄 수 없을까? 후퇴를 중단하고 부대를 신속하게 재편한 후, 우리와…… 그리토니아의 용사가 활로를 열 테니까 뒤를 따르라고."

"하오나!"

"알고 있어. 그렇게 간단히 병력의 흐름을 바꿀 수는 없지. 하지만 부탁해. 그리고 제국군에게도 똑같은 내용을 전달해줬으면 해. 정말 최악의 상황이야. 왕국이건 제국이건 상관없어. 반드시, 빠져나가야 해."

"……예, 알겠습니다!"

히비키는 크게 숨을 들이쉬고, 천천히 내뱉었다.

그리고 서둘러 전령을 전달하기 위해 질주하는 청년의 뒷모습을 바라보면서 한 차례 심호흡을 내쉬었다.

히비키는 천천히 눈을 감았다가, 다시 호흡을 시작하기 전에 떴다. 그녀가 검도에서 강적을 상대로 시합에 출장하기 전, 항상 빼놓지 않던 버릇이었다.

"가자!"

히비키 일행은 토모키가 열어놓은 시체의 산을 질주했다. 분하지만, 이 섬멸 능력은 틀림없이 놀랄 만한 가치가 있었다. 히비키가 지닌 능력으로는 불가능한 활약이다. 적어도 이 정도로 단시간 안에 토모키 일행처럼 활약하는 것은 무리였다.

모라가 소환한 용의 기동력과 기네비아의 굳건한 방어 능력, 그리고 신기(神器)를 비롯한 토모키의 높은 화력은 인정할 수밖에 없었다. 그리고 유키나츠의 레플리카 아이템들이 기네비아의 방어력과 토모키의 화력을 지원하고 있었으며, 그녀의 연금술에 의해 대량으로 출현한 골렘들이 마족들을 공격하고 있다.

토모키 일행이 마족들의 장벽을 파괴하고도 남을 정도의 화력을 내세워 돌진하는 모습은 그야말로 엄청났다. 평균적인 병졸이 전개하는 장벽이 의미가 없는 이상, 그들을 막을 수 있는 존재는 적어도 동등한 힘 이상을 지니고 있어야 한다는 뜻이다. 말하자면, 그들은 현재의 마족 군단을 상대로 그야말로 무쌍이나 다름없는 활약을 펼칠 수 있다는 것을 의미한다.

저 남자가 그저 자신의 안위만을 위해 퇴로를 만들고 있다는 사실에 위화감을 느끼는 이들이, 이 전장에 과연 얼마나 있을까? 히비키는 이미 멀리 떨어져있는 그의 뒷모습을 바라보며 문득 그런 생각이 들었다.

◇◆◇◆◇

"이걸로, 끝이다아!"

네 팔의 장군을 지키고 있던 비교적 고급스러워 보이는 장비를 걸친 부대조차, 토모키의 창으로부터 강화된 이후에 발사된 광역 공격 광선에 속수무책으로 소각당하고 말았다.

나기가 추가타로 내뿜은 브레스도 그들에게 다가서려던 병사들을 찢어발기고 있었다. 마치 보이지 않는 바람의 칼날이 내뿜어지고 있는 것만 같았다.

골렘이 비룡에게 달라붙어 움직임을 방해하려고 시도하던 적들을 짓밟았다. 사람이나 짐승 등 다양한 형태의 생명이 없는 인형들이 나기에 대한 접근을 허용하지 않았다.

"용사 중엔 예의를 모르는 이도 있던 모양이군. 쓸데없이 난동을 부리는 삼척동자 같구나."

마장이 그렇게 중얼거리면서 팔짱을 풀었다. 연보랏빛 피부의 거인이 주먹을 움켜쥐었다. 3미터 정도의 육체는 거인족치고 작은 체구였으나, 그 몸을 가득 채운 근육들과 발산되는 위압감은 분명한 존재감을 과시하고 있었다. 그가 장군이라는 지위에 틀림없이 적합한 인물이라는 사실을 보여주고 있었다.

그가 내뱉는 말에서도 조용하고, 묵직한 무게감이 느껴졌다. 그리고 그가 움켜쥔 네 개의 주먹이 발산하는 존재감도 대단했다.

"예의 같은 소리 하고 있네! 실전에서 맨손이라니 미친 거 아냐!"

토모키가 인사 대신 빛을 발사했다.

"흠!!"

마장이 어둠을 가르는 빛을 팔 하나로 후려갈기며 반격했다.

마장의 주먹과 토모키의 빛이 충돌을 일으키면서 빛이 소멸했다. 그러나 마장이 반격에 사용한 팔도 검게 그을려, 무참한 몰골을 드러내고 있었다.

"……역시 일격으로 보내버릴 수는 없나? 흥, 아저씨 상대는 따로 있다고. 난 이만 자리를 뜰 거야. 싸워도 절대 지지는 않지만 약속은 지켜야 되거든!"

여유만만한 토모키 일행은 방향을 전환해서 마장이 지키는 정면을 피해, 왼쪽 부대를 표적 삼아 공격하기 시작했다.

"그럴 수는 없을 거다! ……음!"

마장은 토모키를 추격하려고 했지만, 또 다른 기척을 느끼고 토모키 일행이 지나왔던 길로 시선을 돌렸다. 붉은빛을 휘감고 초승달 모양의 물체가 들이닥치고 있었다. 마치 토모키가 타고 있던 용을 쫓아온 듯한 모습이었다.

"호오, 이쪽은 무인(武人)인 모양이군. 네 녀석들의 언어를 배운 보람이 있었나?"

마장이 흥미롭다는 듯이 중얼거리더니, 붉은 공격을 팔 하나로 날려버렸다. 후방으로부터, 검에 붉은빛을 휘감고 있는 히비키의 모습이 보였다. 이 정도의 충격만 가지고는, 그의 팔에 상처 하나 낼 수 없었다. 토모키와 히비키 사이에 존재하는 공격력의 격차가 나타나고 있었다.

"너무 기다리게 했나? 방금 전엔 일행이 실례를 저지른 모양이니 사과라도 할까?"

마장은 이미 이 자리에서 벗어난 남자 용사로부터 흥미를 잃은 듯이, 얼굴에 흉악한 미소를 지은 채로 히비키의 도착을 당당히 기다리고 있었다.

"아니, 그야말로 휴만다운 용사였다네. 말이 통해도, 대화가 안 되니 말이야."

마장이 매서운 비아냥을 입에 담았다.

"저 녀석을 휴만의 기준으로 삼다니 몹시 유감이네."

"그렇다면 자네가 증명하도록. 다만, 입이 아니라 실력으로!"

거인이 주먹을 앞으로 내밀자, 히비키도 그의 얼굴을 올려다보며 바스타드 소드를 다잡았다.

"물론 그럴 생각이고말고. 리미아 왕국의 용사, 오토나시 히비키야."

"이거야 정말 정중한 아가씨로군. 나는 마왕군 제3군단 장군, 데미 기간트 이오다."

마장이 히비키의 자기소개에 순간적으로 두 눈을 크게 떴다가, 곧이어 스스로의 소속과 이름으로 대답했다.

"중과부적(衆寡不敵), 하지만 우리는 그래도 이길 거야. 이래봬도 재앙을 물리친 적도 있거든?"

"거미 말인가. 보고는 들었다. 상당히 실력이 괜찮다더군. 그러나 중과부적이라는 것은 자네의 착각이다. 부하들을 물리고 나 혼자서 용사님 일행을 상대할 것을 약속하지."

"……?! 잠깐, 저 녀석한테 팔 한쪽을 당해놓고 그런 소릴 할 생각이야?"

그녀는 더 이상 써먹을 수 없을 것처럼 보이는 거인의 그을린 팔을 보고 동작을 멈췄다.

"응? 아아, 이 정도는 핸디캡도 아니다. 흠!"

검게 그을린 팔에 세세한 금이 가기 시작했다. 거인이 팔을 한 차례 휘두르자, 그 검게 그을린 피부가 쓸려 나가더니 새로운 팔이 나타났다.

"……고속 재생이라는 건가?"

"그런 셈이다. 물론, 검은 거미만큼 터무니없는 능력은 아닌 관계로 자네의 기대에 보답하지는 못 할지도 모르겠다만."

"불쾌한 기억을 상기시켜 주는군. 거기다 여러 가지로 박식해 보이는데? 아주 악독한 함정까지 준비하는 걸 보니!"

"흠, 이번 전투에선 여러 가지로 떠맡은 것들이 많았다. 나의 개인적인 의사로 싸우고 있는 것도 아니니 어쩔 수 없지. 저 함정은 책사를 자처하는 암여우의 소행이야."

이오가 히비키의 날카로운 비아냥을 듣고 조금 겸연쩍은 표정으로 변명했다.

이오 본인은 정정당당히 힘이 다할 때까지 싸움에 임하는 것을 선호하는, 좋건 나쁘건 순수한 무인이었다.

"책임은 다른 녀석 몫이란 말이야? 너무 치사하지 않아?"

"후후후, 도발이라도 할 셈이냐? 딱히 책임을 전가할 생각은 없다. 그리고 나는, 이제 곧 수만의 휴만을 격퇴한 영웅이 될 예정이지 않나? 공을 일부러 놓칠 필요도 없다는 것이다. 다만 나름대로 입장이 생기고 부하를 거느리게 되면, 그저 자신의 욕망에 따라 싸울 수도 없는 노릇이다. 단지 그것뿐이야."

이오는 히비키의 말을 가볍게 받아넘겼다. 그리고 그 두꺼운 손가락에 끼고 있던, 심플하면서도 고급스러워 보이는 반지를 보였다.

"뭐지? 결혼반지 자랑이야?"

"아니, 참 재미있는 농담이군. 하지만 유감스럽게도 나는 독신이야. 이 반지도 방금 전에 말했듯이 떠맡은 것들 중 하나라네. 용사가 사정거리에 들어오면 사용하라고 하더군. 지금 바로 두 사람 다 영향권 하에 들어온 상태니 안성맞춤이겠어. —ghjkop₩kkjjgf"

그가 의미를 알 수 없는 언어를 중얼거리자, 반지가 마치 흙먼지와도 같이 으스러졌다.

"윽, 이건?"

몸에서 힘이 빠져나가고 있었다. 축복의 의식이 거행된 이후로 느껴졌던 보강된 능력이, 그녀의 몸에서 빠져나가기 시작했다. 뿐만 아니라 그녀를 지키려는 듯이 따라다니던 늑대의 모습이 투명해지더니, 이윽고 사라졌다.

"호오, 정말로 효과가 있었단 말인가. 이거야 드디어, 마족의 세계가 보이기 시작했는지도 모르겠는걸."

"무슨 짓을 한 거지?"

"너희들이 여신으로부터 받은 축복을, 무효화시켰다. 단시간밖에 효과가 없다고 들었지만 성과는 확실하군. 상당히 미심쩍은 계획이었지만 성공했다. 정말 굉장한 일이야."

"그래도 신의 힘인데, 겨우 그런 반지 하나만 가지고?!"

"말도 안 되는 비용을 투입했을 뿐만 아니라 1회용이고, 한정된 상황에서 겨우 사용할 수 있을 정도의 불완전한 기술이다. 애초에 네 배의 저주라는 어처구니없는 상황을, 우리 종족이 대체 언제까지 손가락이나 빨면서 쳐다보고 있을 것이라고 생각했나? 이 전투에서 우리의 힘은 반감되지 않았다. 미안하지만 저주 쪽은 이미 대책을 끝난 상태야. 상대가 10년 전과 마찬가지일 것이라고 가정하다니, 그래가지고서야 단순한 멍청이가 아닌가?"

"큭."

이오의 말이 맞다.

만약 자신이 항상 네 배의 열세에 몰려 있는 상황이라면, 히비키 본인도 우선 거기서부터 해결하려고 움직일 것이다.

"자, 용사 히비키여. 시작하자. 용사의 힘을 보여다오. 정말로 우리의 왕에게 필적할 정도의 잠재력을 숨기고 있는지, 나에게 증명해 보여라!"

진심으로 기쁜 듯한 목소리가 전장에 울려 퍼졌다.

히비키와 나바르는 그의 말에 대답하는 대신, 질주하기 시작했다. 철수조차 곤란한 상황에서, 마장과 용사의 생사를 건 결투가 시작됐다.

◇◆◇◆◇

"히비키, 그 녀석 대체 무슨 짓을 하고 있는 거야!"

토모키의 초조한 목소리가 전장을 날아다니는 용 위에서 들려왔다.

몸이 갑자기 무거워졌다. 평소보다도 조금 무겁게 느껴질 정도의 제한이 걸린 상태였다. 하지만 중요한 문제는 그게 아니다. 창과 구두, 갑옷이 전혀 반응을 보이지 않고 있다는 것이 문제였다.

목걸이와 창고 대용으로 쓰고 있는 반지는 발동시킬 수 있다. 하지만 다른 장비가 전혀 반응하지 않았다. 지금까지 무게도 느껴지지 않았을 뿐만 아니라 각종 우수한 방어 효과를 발휘했던 갑옷이 그저 평범하게 무겁기만 한 갑옷으로 전락했다. 일이 이렇게 되니 밑에 입고 있는 고무 재질의 바디슈트조차 불쾌하게 느껴졌다.

반지에서 불러낸 무기들 중 대부분이 침묵을 지키고 있었다. 반응을 보인 무기는 가느다란 검 한 자루뿐이다.

그는 근접전을 거의 소화하지 않기 때문에, 그 검은 거의 의미가 없었다. 적어도 용에 탄 상태로 사용할 수 있는 무기는 아니었다.

이 이상사태를 발생시킨 장본인은, 아마도 그 마장일 것이다. 그것은 그를 막아내고 있던 히비키가 제대로 대처하지 못 했다는 뜻이다.

'여신의 힘이 봉인당한 건가?! 초반 보스가 신의 능력을 방해한다니 말이 돼?! 아니 잠깐, 여신으로부터 부여받은 힘을 사용하지 못 할지도 모른다면 설마? 마안도 쓸모없는 건가?! 당장 여기서 벗어나야 해!'

그러나 토모키는 거기까지 계산하다가, 더욱 중대한 사실을 깨달았다. 여신의 가호를 잃어버렸다고 가정한다면, 가장 중요한 전제조건이 무너졌을지도 모른다. 토모키는 하늘로 시선을 돌렸다.

'설마, 설마! 설마, 그럴 리가! 혹시 지금 나, 불사 상태도 해제되어 있는 거야?!

토모키의 얼굴에서 핏기가 가셨다.

이건 말도 안 된다. 혹시 예상대로라면, 밤을 선택한 의미가 전혀 없었다. 만약 최악의 상황에 처한다고 해도, 밤에 싸울 경우엔 자신만큼은 불사신이라는 특전이 있었기 때문에 이런 대규모 작전에도 참가하기로 결정했던 것이다.

확증은 없었다. 하지만 추론만으로도 충분했다. 어쩌면 빗나간 탄환 한방에 목숨을 잃을지도 모른다.

죽음의 공포가 그를 지배하기 시작했다.

'안 돼, 이런 곳에서 얼쩡거리다가는 죽고 말 거야! 하지만 지금 돌아가기라도 하면 주위의 의심을 사지 않을까? ……지금까지 실컷 호감도를 올렸으니 강제로 철수해서 조금 내려간다고 쳐도 이 상태에서 벗어나기만 하면 곧바로 만회할 수 있을 거야. 나기 녀석이 만약 죽기라도 하면 다음 녀석을 잡아오면 되잖아. 억지로라도 후퇴해야만 해!'

강경했던 태도가, 죽음을 실감한 것만으로도 단숨에 나약한 본심을 드러내고 있었다.

그는 불사의 힘으로 죽음을 멀리 하고, 최강 클래스의 장비를 몸에 걸치고 나서야 겨우 전장에서 강경한 태도를 보일 수 있었다. 아무리 레벨이 높다고 해도, 그에 걸맞을 정도의 고비를 넘긴 적도 없었다. 따라서 이런 반응을 보이는 것도 무리는 아니었다.

지금까지도 그는, 반격당할 가능성이 있는 상황에서는 오직 달이 뜬 밤만 골라서 출격했다.

"토모키, 왜 그러지?"

"기네비아, 상황이 변했어! 곧바로 릴리에게 돌아가자!"

기네비아가 그의 몸을 염려하자, 토모키가 고함을 지르며 대답했다.

"하, 하지만 히비키 파티는 어떡하고? 그리고 제국군 병사들도…… 아직 원호 정도는 가능할 거야."

"닥쳐, 유키나츠! 릴리 쪽 상황이 걱정된다고, 불길한 예감이 들어. 어쨌든 서두르자! 나기, 서둘러!"

물론 릴리의 상황이나 불길한 예감 따위는 전부 헛소리에 지나지 않았다. 토모키는 지금, 그저 자신의 안위만을 바랄 뿐이었다.

"오빠……."

모라는 그의 갑작스러운 변모에, 할 말을 잃고 그저 멍청히 중얼거릴 수밖에 없었다. 그녀가 이런 그를 목격하는 것은 처음이었다.

세 사람은 토모키가 완고하게 귀환을 주장하기 시작하자 당연히 수상하다는 생각이 들었다. 그러나 세 사람은 처음부터 토모키의 방침에 따라 탈출하기로 결심한 상태였다. 그 예정이 어느 정도 빨라진다고 해도, 이제 와서 반대할 수 있는 상황이 아니었다.

"서둘러! 당장 여기를 벗어나야 해!"

"아, 알았어. 나기, 단숨에 빠져나가자! 힘내!"

"어쩔 수 없지, 토모키가 진정할 때까지 제대로 싸울 수 있을 것 같지도 않아. 기네비아, 부탁해. 아— 정말!! 나도 적자를 각오하고 레플리카와 골렘을 대량 방출할 테니까!"

"알겠다!"

세 사람은 거의 노예나 다름없는 레벨로 마안에 물든 상태였다. 따라서 지금 그 주박이 일시적으로 풀렸다고 해도, 기존에 축적된 효과가 곧바로 상실되는 것은 아니다. 토모키의 계산대로, 지금까지 실컷 쌓아온 애정이 그녀들을 속박하고 있었던 것이다.

히비키 일행이 이오와 격전을 치르고 있는 와중에, 그리토니아의 영웅은 적진을 가로질러 제국군 야영지의 릴리 황녀가 기다리고 있는 천막으로 돌아갔다.

적진을 빠져나가고 나니, 아무런 방해도 없었다. 아무래도 마왕군은 전방으로 진군했던 연합군 뒤에 세력을 전개시킬 수는 있었으나, 후방까지 지배할 수는 없었던 모양이다.

야영지로부터 출격한 부대와 접촉할 때까지, 그다지 오랜 시간이 필요하지는 않았다.

"토모키 님, 무사하셨군요! 아아, 다행이다!!"

나기는 많은 상처를 입으면서도 겨우 목적지에 도착한 후, 날개를 거둬들이지도 못 하고 대지 위에 엎어졌다. 황녀는 나기의 등에서 내려온 일행 중에 용사를 발견하더니, 곧바로 토모키에게 달려가 포옹하면서 그의 귀환을 반겼다.

토모키의 몸이 죽음으로부터 도망칠 수 있었다는 안심감 때문에 힘을 잃었다. 땀이 한꺼번에 솟아나고 경련이 멈추지 않았다.

"황녀 전하, 이와 같은 추태를 보이다니 면목이 없습니다!"

기네비아가 무릎을 꿇으면서 토모키를 끌어안고 있는 릴리에게 사죄했다. 승리를 약속하고 출격했는데도 불구하고, 자신들만 살아서 귀환했다. 이렇게 처참한 결과를 맞이할 줄이야. 그녀는 기사로서 이보다 더할 수 없을 정도의 굴욕적인 결과에, 입술을 깨물 수밖에 없었다.

"기네비아, 천막으로 따라와서 상황을 보고해. 그리고 아무도 없나! 모라의 용에게 응급조치를! 가엾어라……. 상당히 쇠약해진 상태야. 모라, 사람들을 구해줘서 고마워."

"응? 잠깐! 나한텐 아무 말도 없는 거야?!"

유키나츠가 끼어들었다. 황녀가 여러 가지 지시 사항을 척척 처리하면서도 자신에게만 아무 말이 없으니 끼어들 만도 했다. 두 사람의 가까운 관계를 엿볼 수 있는 모습이었다.

"유키나츠, 그 모습을 보아하니 상당히 적자가 큰 모양이네. 하지만 돈보다 동료들을 선택해준 걸로 보이니 무척 반가운데? 목록을 제출하면 내가 전액 지불할 테니 안심해. 일단 마음 편히 쉬는 게 먼저야."

"적자는 일이 이왕 이렇게 됐으니 아무래도 좋아. 하지만 그보다 이 작전 전체의 재검토가 필요한 국면이야. 릴리, 할 수 있겠어?"

유키나츠가 의외로 진지한 표정을 짓자, 기네비아도 고개를 들고 동의했다.

"알고 있어. 나는 그러기 위해서 나온 거야. 결국, 곧바로 돌아가게 됐지만 말이지. 토모키 님. 자, 돌아가죠. 저에게도 무슨 일이 있었는지 가르쳐주세요."

릴리가 전쟁터를 향해 시선을 돌렸다. 그리고 곧바로 발걸음을 돌려 야영지로 돌아갔다.

릴리는 기네비아의 보고를 들으면서 토모키를 타이르고 격려하며, 위로하고 달랬다. 물론 그의 입을 통해서도 전황을 전해 들었다.

'완전히 패배한 거나 다름없네. 전황이 이렇게 돌아가면, 제국이 얼마나 손해를 보지 않고 퇴각할 수 있을지가 중요해. 다행히 왕국의 용사는 아직 싸우고 있는 모양이니, 왕국군에게 후퇴 시의 후위를 맡겨서 방패로 써먹도록 할까? 왕국의 힘도 약화시킬 수 있고, 일석이조야. 욕심 같아서는, 여기서 리미아의 용사가 전사한다면 전후에 여러 가지 일이 편해지겠지만……. 그건 과욕인가? 간신히 우리 용사도 **고장나지 않고** 돌아올 수 있었고, 마족의 자세나 전술도 조금은 알아낼 수 있었어. 이 정도면 수확은 충분해. 원래 이번 전투는 못 이겨도 별 문제 없었고, 일단 이걸로 만족하도록 하자. 그리고 지금쯤 왕국은…… 후후후.'

"토모키 님, 많이 놀라셨죠? 저의 정보 수집이 부족했던 바람에 혹독한 상황에 처하셨으니 정말 죄송해요!"

"릴리. 괜찮아. 리미아도 아는 게 전혀 없었어. 그보다 나 말인데, 역시 리미아의 용사와 협공하는 편이 좋았을까? 역시 둘이서 함께 싸우는 쪽이 이길 가능성이 높았는지도 몰라."

"아니요! 어리석은 건 히비키라는 가짜 용사지요. 용사가 계속 존재한다는 것이야말로 사람들의 희망이에요. 자기만족으로 사지에 뛰어들다니, 그건 사명을 포기한 거나 다름없어요. 토모키 님은 특별하신 분이니까요. 10,000명의 병사를 희생시킴으로써 토모키 님을 구할 수 있다면 이득인 걸요. 당연히 올바른 판단이죠. 아무쪼록 자신을 잃지 마세요."

"……그런가? 역시 그렇지! 내가 죽으면 다 끝장이잖아! 고마워, 릴리. 나, 자신을 가질게. 그래서 좀 더 강해질 거야!!"

"예, 마음껏 강해지세요. 릴리는 토모키 님께서 바라시는 대로, 영원히 곁에 있을 테니까요."

'마족이 여신의 가호를 억제하고 있는 현 상황에서, **이 도구**에 이용가치는 거의 없는 거나 다름없어. 사용 가능한 마도구의 적성을 확인해서, 신창과 동일한 숙련도로 다룰 수 있는 무기를 늘려야만 해. 쓰지도 못 하는 무기를 반지에 수납하고 있어도 걸리적거릴 뿐이고…… 정말 번거로운 녀석이야. 이번 사태처럼 불특정 다수의 병사들에게 추한 몰골을 보이는 건 논할 가치도 없는 실패, 뒤처리도 만만치 않아. 그만큼 풍족한 환경과 장비뿐만 아니라 레벨까지 갖추어졌는데도 꼴사납게 떨고 있다니. 여신이 파견한 용사는 그야말로 쓰레기로군.'

릴리는 다시 한번 토모키를 세게 끌어안았다. 그녀의 어렴풋이 뜬 실눈 사이로 다른 세 사람과 차원이 다를 정도로 냉랭한 빛이 깃들어 있었다.

'제국의 병사들 가운데 용사의 몰골을 직접 목격한 이는, 어차피 저 전장에서 거의 다 전사할 거야. 만에 하나 귀환하기라도 하면 실험용 재료로 활용할 뿐이지. 그럼 어차피 결과는 마찬가지. 우리에게 필요한 침묵을 얻을 수 있어. 총은 아직 폭발이 많아서 완성될 때까지 많은 사람들이 필요한 걸. 재료가 아무리 많아도 나쁠 건 없지. 스텔라 요새는 앞으로 3개월, 아니 반년 정도는 내버려둘까? 설령 저쪽의 작전에 말려든 결과였다고 해도, 일시적으로 요새의 성문을 열기 직전까지 공략할 수 있었던 것도 사실이야. 우리에게 유리한 쪽으로 이야기를 꾸며대면, 그 정도의 시간은 벌 수 있어.'

릴리는 머릿속에서 생각을 정리하고 있었다.

스텔라 요새 탈환전은 실패했다. 리미아의 용사가 스스로 적장을 유인하는 역할을 자처했다. 제국군은 그 호의를 받아들여 전선에서 이탈할 것이다. 왕국군은 용사의 탈출을 기다리면서 후위를 담당하다가 퇴각한다. 마족의 비겁한 계책에서 겨우 벗어난 그리토니아의 용사가 대국민사과 후에, 모두와 힘을 합쳐 다시 일어날 것을 기약하는 것이다.

이 시나리오를 이번 작전의 결과로 삼도록 하자. 황녀는 마음속에서 내린 결론을 실현시키기 위해 아군의 정보를 조작하고, 왕국의 장병에게 연락해서 퇴각 절차를 밟기 시작했다.

황녀는 정보가 혼선을 일으켜 전선과 연락이 불가능한 상황을 이용해서, 유일하게 귀환한 그리토니아의 용사 일행으로부터 획득한 정보를 무기로 삼았다. 그 결과, 황녀의 계략은 눈 깜짝할 사이에 효과를 거두기 시작했다.

리미아의 용사인 히비키의 행위가 완전히 역효과를 초래하고 있었다. 리미아의 장병들이 용사로부터 직접 주어진 정보가 허위일 리가 없다는 고정관념에 입각하여 정보를 받아들이고 있었기 때문이다. 그들은 탄식에 잠기면서도, 히비키의 결단을 칭송했다. 그리고 기꺼이 퇴각 시의 후위 역할을 받아들였다. 뿐만 아니라 일부 부대의 젊은이들은 결사대를 조직해서 히비키를 구출하자고 상관에게 허가를 요청하기도 했다. 릴리 황녀도 용감한 청년들의 말에 감동을 받아 눈물을 흘리며, 그저 그들의 요구를 긍정하고 있었다.

이리하여, 새벽하늘이 밝아오기 시작할 즈음해서 연합군의 퇴각이 시작된 것이다.

◇◆◇◆◇

또다시 여러 시간이 지나갔다.

"아침인가, 꽤나 끈질기구나."

"궁지에 몰리면 말이지, 누구든 실력 이상의 힘을 내는 법이거든!"

이오의 말은 여유가 넘쳤다. 히비키가 그의 공격을 회피하면서 거의 될 대로 되라는 식으로 고함을 질렀다.

"그건 잘못된 생각이다. 궁지에 몰린 상황에서 한층 더 힘을 발휘하려면, 그 자에게 수련을 통한 성장의 여지가 분명하게 구축되어 있어야만 한다. 자네들은 전사로서 실로 우수하기 그지없는 이들이다. 나는 용사에 대해 크나큰 오해를 하고 있었던 것 같다."

그의 입에서 담담한 찬사가 새어 나왔다. 3미터, 평범한 사람의 입장에서 보면 충분한 거구라고 할 수 있었다. 마장 이오는 그 육체를 가볍게 다루면서, 일류 격투가도 탄식할 정도의 놀라운 동작을 선보이고 있었다.

대체 누가 파워 타입의 허수아비라고 지껄인 거지? 히비키는 그렇게 분석한 멍청이에게 진심으로 분노를 느끼고 있었다. 이오의 동작은 그야말로 철저하게 세련된 체술이었다. 지금의 히비키는 왕국의 마장 분석이 엉터리였다고 단언할 수 있었다. 히비키는 왕국의 분석을 듣고 당연히 각각의 팔에 도끼나 곤봉 같은 무기를 들고 휘두르는 것밖에 능력이 없는 거인이라는 인상을 가지고 있었다. 그러나 실제의 이오는 그 분석과 전혀 비슷하지도 않았다.

"공격이 전혀 통하지 않아! 이 녀석, 그 거미보다도 악질인데?!"

나바르가 비명을 질렀다.

그럴 수밖에 없는 것이, 그녀의 일섬(一閃)은 전부 빗나가고 있었기 때문이다.

전투가 시작된 직후에 몇 번 정도는 팔에 공격이 들어갔다. 그러나 나바르의 검은 이오의 피부조차 가를 수 없었다. 뿐만 아니라 그는 같은 부위를 두 번 다시 내주지 않는다. 몸을 교묘하게 비껴나가면서, 특별한 수단으로 피부를 경질화(硬質化)시켜 칼날은 그 위를 미끄러져 나갈 뿐이다.

"그렇게 스스로를 비하하지 마라, 하얀 계집. 힘은 부족하나 대단한 검기다."

"무예 사범이라도 된다는 거냐?! 큭, 으으으으!!"

벨더가 나바르를 향해 들이닥치는 육중한 팔뚝 하나를 가로막기 위해 공격 궤도로 스스로 끼어들어 공격을 받아냈다.

"사범이라! 그거 괜찮군. 너희들만큼 나의 공격을 받아낼 수 있는 이들도 흔치 않다. 어떠냐? 우리 마족에 투항하지 않겠나? 응?"

이오가 몸을 순간적으로 비껴 나가는 것처럼 보이는 스텝으로 위치를 바꿨다. 어디선가 발사된 마력이 방금 전까지 그가 서 있던 공간을 통과했다.

"보이지 않는 바람을 어떻게 피한 거지?! 영창을 읽기라도 했다는 건가?!"

"아니다, 바람 술사. 어느 정도의 마력으로 술법을 조합하고 있는지만 알아내면, 들어오는 공격의 성질도 어느 정도 읽을 수 있을 뿐이다. 겨냥한 위치나 발동 장소는 너의 시선이 가르쳐주고 있지."

방대한 경험치로 인한 고도의 예측이다. 그의 말을 그대로 실행할 수 있는 이들은 그리 많지 않을 것이다.

"이제 슬슬, 앞으로 나아가겠어!"

"큭! 놀랍군!"

히비키가 시작한 더욱 예리한 연속공격에 이오가 조금 밀리기 시작했다. 그러나 히비키가 마장이 도달한 영역까지 오를 수 있었던 것은 결코 아니다. 그가 애당초 예상했던 히비키의 실력 수준이 있었고, 그녀가 그 범위를 아주 약간 초월했을 뿐이다.

역전의 장군이 예측했던 범위를 초월했으니, 그녀의 초월적인 잠재력을 엿볼 수 있는 순간이었다. 그러나 이오의 입장에서 보면, 결국 조금 놀란 것에 지나지 않았다.

히비키는 손에서 틀림없는 반응을 느꼈다. 검이 뼈까지 도달한 감촉이다. 히비키의 검이 이오의 팔 가운데 하나, 가운데쯤에 파고 들어간 상태였다.

"오오, 훌륭하다. 하지만 다음 관문은 어떻게 통과할 생각이냐, 용사여."

"윽, 뽑히질 않아?!"

"근육으로 압박하고 있으니, 당연히 칼날은 뽑히지 않는다. 그리고 너의 동작도 멈추지!"

"……!!"

히비키는 이제 곧 들이닥칠 전개를 이해했다.

순간적으로 검에서 손을 뗐다. 히비키의 직감에 따른 행동이었다.

둔탁한 소리가 울려 퍼졌다. 이 전투에서 그녀가 처음으로 당하는 일격이었다. 그리고 지금까지 이세계 생활을 겪으면서 처음으로, 여신의 가호가 전혀 없는 상태에서 당한 일격이다.

이오가 히비키를 마치 돌멩이처럼 걷어찼다. 곧바로 치야가 그녀에게 달려갔다.

"커, 헉! 으, 그헉, 으으……."

'아파, 아파……. 아파, 아프다고!'

통증이 히비키의 머릿속을 지배했다. 이게 여신의 힘을 잃어버린 영향이란 말인가? 그런 생각이 잠시 히비키의 뇌리를 스쳐 지나갔다.

'아파, 아파, 아파! 하지만! 여신의 가호는 상관없어! 포기하지마! 내 동작이나 속도는 평소와 별로 다를 바 없었어. 문제는 저 녀석이야. 이오, 단지 저 녀석이 너무 강할 뿐이야!'

히비키는 고통에 침식당하려는 마음을, 이성적인 분석을 통해 조금이라도 다잡으려고 했다. 생각해야 한다. 아무튼 생각해야 했다. 히비키는 이성을 통해 평정을 유지하려고 필사적으로 발악하면서 계속 생각했다.

'뼈도 부러졌어. 당한 부위는 배야. 여자의 배를 걷어차다니 신사하고는 거리가 머네. 당연히 응징이 필요하겠지? 아아, 피 맛이 입안 한 가득이야. 목구멍에서부터 치밀어 오르는 것 같아. 여긴 마술이 있어서 참 다행이야. 보통 이 정도로 당하면 오늘 저녁밥

은 글러먹은 건데 회복 마술이 있으니까 갑자기 고기도 먹을 수 있잖아? 정말 재수 좋네.'

히비키는 머릿속에서 두서없는 생각을 떠올리면서 고통을 외면하고 있었다. 즉시 전개한 자가 회복 마술이 서서히 효과를 발휘하면서, 통증이 가라앉고 있었다. 치야의 회복 마술도 중복되어 회복 속도가 상승효과를 일으키고 있었다.

자세는 아직 불안정했지만, 히비키는 짧은 시간 만에 일어섰다.

"그 짧은 순간에 검을 버리고, 불완전하게나마 장벽까지 전개했단 말인가. 나는 산산조각을 낼 생각이었다. 그야말로 훌륭하다. 천재적인 센스야."

"애 못 낳게 되기라도 하면 책임질래? 그리고 말인데, 산산조각 같이 끔찍한 건 안 키우거든!"

"기운이 넘치는 소녀로군. 검을 돌려주마. 자네에게는 그다지 의미가 없는 소리인지도 모르겠다만, 조금이라도 더 강력한 검을 찾아보는 게 어떻겠나?"

이오가 던진 검을 히비키가 받아들었다. 당연하게도, 그 검이 파고들었던 팔에는 이미 상처 하나 없었다.

"……내일쯤 되면 그 충고를 따르도록 할게."

여전히 긴박감이 느껴지지 않는 침착한 조언을 듣고, 히비키는 간신히 빈정대면서 대답할 수 있었다.

"내일, 자네들의 목숨이 남아있고, 돌아갈 장소가 있어야겠군. 전제조건 두 가지가 전부 무리로구나."

『……?!』

마장이 무심코 내뱉었다. 그러나 히비키 일행은 돌아갈 장소라는 단어를 듣고 일제히 두 눈을 크게 떴다.

"호오, 역시 놀랄 일인가? 지금쯤 별동대가 리미아 왕도로 진격하고 있을 시간이다."

"웃기지 마! 왕도가 그런 부대 하나에 함락당할 리가 없어!"

벨더가 앞서 나가 반론했다. 마족에 대항하는 쌍벽 가운데 하나인 리미아 왕국이 그렇게 간단히 함락당할 리가 없었다.

고향에 전쟁의 포화가 다가가고 있다는 사실을 알고, 그의 분위기가 명확하게 변했다.

"보통은 그럴 것이다. 규모는 2000명 정도이니, 기본적으로 대국의 수도를 공략할 수 있는 전력은 아니지."

이오의 말은 어딘지 모르게 동정하는 기색이 엿보였다. 그는 탄식하고 있었다. 그는 벨더의 반론을 긍정하면서도, 태도로 불안을 조장하고 있었다.

"무슨 짓을 하신 겁니까?"

우디는 왕도에 가족이 살고 있으니, 그야말로 마른하늘에 날벼락을 맞은 거나 다름없는 사태였다. 그는 무슨 일이 있어도 가족들을 전쟁으로부터 멀리 떨어지게 하고 싶었기 때문에, 지금 일어나서는 안 되는 일이 벌어지고 있었다.

"흠, 믿음직한 지원군이 따라갔을 뿐이다. 이 나조차 압도할 수 있는 강자가 그들과 동행하고 있다."

"마왕군은 깜짝 상자라도 되는 거야? 너 같은 괴물이 여기 저기 굴러다니고 있을 정도면 휴만 종족 따위는 예전에 전멸했을 것 같은데?"

히비키가 비아냥거렸다. 그러나 그 말에서 여유는 느껴지지 않았다.

"……용사여. 그만큼 우리도 필사적이란 말이다. 자, 막을 내리도록 하자. 자네들의 건투는 잊지 않겠다. 사람의 몸으로 겨우 다섯 명이서 거미를 퇴각시키고 전원이 살아남았다는 실력은 진실이었다. 나 역시 친구와 함께 두 사람의 협공으로 녀석을 물러나게 했으나, 그 친구는 죽고 말았다. 젊은 혈기의 소치였으나, 지금은 후회될 뿐이다."

『……?!』

이오는 히비키의 말에 대답하지 않고, 조용히 이 싸움의 종결을 선언했다. 그리고 히비키 일행이 마음의 보루로 삼고 있던 재앙의 거미 격퇴가, 그녀들만의 경험이 아니라는 사실을 언급하면서 쐐기를 박으려 하고 있다.

그 효과는 굉장했으며, 명확한 동요가 용사 파티에 퍼져 나갔다. 이오는 마족 별동대의 리미아 침공과 거미 격퇴가 절대적인 기적이 아니었다는 사실을 시사했다. 이 정도로 충격적인 사실을 전해 듣고 리미아의 용사 일행이 흔들리지 않을 리가 없었다.

'……하나부터 열까지, 모든 게 부족했어. 10의 노력을 하면 반드시 10의 결실을 얻을 수 있을 거라고. 그런 생각을 가지고 있었어. 목숨을 걸고 있는 거잖아. 나는 100이건 1000이건, 10000이건! 노력해야 했어. 더욱 더 노력해야 했어!'

이렇게 압도적으로 불리한 상황에서 무슨 수로 벗어날 수 있단 말인가?

이오를 쓰러뜨리고 왕도를 구해야 한다. 그 두 가지를 동시에 달성하는 것은 절대적으로 무리였다. 히비키도 장담할 수 있었다.

부족했다. 절대적으로 힘이 부족했다. 지금 상황은 사실, 히비키가 그렇게 바라 마지않던 좌절이었다. 죽을힘을 다해 노력한 끝에 그녀가 이루고 싶었던 소원이었다. 그러니 이 좌절을 그대로 받아들일 것인가? 그 명제의 해답은 정해져 있었다. 절대 받아들일 수 있을 리가 없다.

땀 때문에 뺨을 비롯한 얼굴에 달라붙는 머리카락이 그저 성가시게만 느껴졌다. 자신이라는 개인이 온힘을 다 했는데도 패배하는 것은, 그야말로 히비키의 바램 그대로였다. 그러나 그녀는 자신이 패배한 끝에 찾아오는 결과에 대해 깨닫고 있었다.

그렇다, 용사가 패배한다는 현실의 결과—.

희망의 상징인 오토나시 히비키의 죽음이 의미하는 바—.

그녀의 패배는, 이미 히비키 개인의 것이 아니었던 것이다.

전장에서는 절대로 패배할 수 없는 싸움도 있다. 평화로운 나라에서 성장한 히비키는, 이렇게 전장에 서 있는 상황에서도 모든 것들을 어딘가 머나먼 세계에서 벌어지고 있는 일로 여기는 구석이 있었다. 그러나 현실이 경종을 울리기 시작하고 있었다. 기존의 사고방식으로 이겨나갈 수는 없다고.

하지만 검은 거미와 격돌했을 때보다도 더욱 처절한 패배감이 히비키를 휘감고 있었다. 그나마 파티 전체는 아직도 전투 가능한 컨디션을 유지하고 있다. 그럼에도 불구하고 승산이 보이지 않았다. 히비키의 마음은 점점 꺾이고 있었다.

『……!!』

머나먼—.

저편의 장소에서—.

틀림없이 리미아의 왕도가 있는 방향이다.

방대한 마력을 발산하는 황금색 빛이, 하늘로부터 구름을 가르고 지상을 꿰뚫었다.

물론 머나먼 저편에서 벌어진 일이다. 육안으로 확인할 수 있었지만, 그 빛이 어느 정도의 마력을 지니고 있는지의 여부까지는 히비키 일행이 있는 장소에서 측정할 수 없었다.

그저 강렬한 빛기둥이 출현했으며, 황금색으로 빛나고 있을 뿐이다.

하지만 새로운 현상이 벌어진 것은 틀림없다. 이미 더 이상 나쁜 쪽으로 굴러갈 수가 없을 정도로 최악의 상황이었다. 히비키는 억지로라도 정신을 고양시켰다.

"저건 뭐지?!"

이오의 입장에서도, 완전히 예상 밖의 사태가 벌어진 것 같다. 어쩌면 조금 기대할 수 있을지도 모르겠다. 마장이 처음으로 당황하는 기색을 보였다. 히비키의 눈에 희망의 빛이 깃들었다.

"저게 혹시 역전의 비책일지도 몰라. 다들! 조금만 더, 발악을 해볼까!!"

"함께 하마!"

"물론입니다!"

"마력은 아직 바닥나지 않았습니다!"

"힘낼게!"

물론 전원이 그렇게 편리한 역전의 계책이 존재할 리가 없다는 사실을 이해하고 있었다.

그러나 동료들은 히비키의 고함에 대답했다. 마지막 순간까지 포기하지 않는다. 그것이 바로 리미아의 용사와 그 동료들이 지니고 있는 최강의 무기였다.

'우디 공, 미안하네. 잠시 괜찮겠나?'

'나바르 공, 무슨 일이시죠?'

히비키의 곁에서 검을 다잡고 있던 여성 전우로부터의 염화를 받고, 우디는 집중을 유지한 상태로 대응했다. 그녀와 단 둘이서 나눈 대화는 손가락으로 셀 수 있을 정도였기 때문에, 우디는 나바르와의 갑작스러운 콘택트에 놀라움을 금치 못하고 있었다.

'이 상황을 타개할 방법이 있을지도 모른다.'

'예?! ……저의 협력이, 필요한 방법이군요?'

'그래. 치야에게…… 부탁할 수는 없다.'

'……말씀하시지요.'

'나는, 견고한 방어력을 보유한 적을 상대로 할 경우엔 파티의 공격수단을 아주 약간 늘리는 정도밖에 활약할 수가 없다. 공격력이 부족해. 강력한 무기를 찾아보기는 했지만 별 도움은 되지 않았다.'

나바르는 아까와 다를 바 없는 예리한 동작으로 이오의 공격을 회피하면서 참격을 날리고 있다. 방어력이 약해 보이는 장소를 연이어 노리는 그 모습에 염화로 들리는 발언과 같은 주눅 든 기색은 전혀 보이지 않았다.

'마장을 기준으로 그렇게 단정 지으셔도 무의미하지 않습니까?'

'아니. 스스로 인정하고 있는 사실이다. 하지만 고민 끝에 무기를 수소문했던 것이 이런 국면에서 도움이 될 줄이야.'

'그 말씀은?'

우디도 그녀에게 되물으면서도, 지원 및 공격 마술을 쉴 틈 없이 시전하고 있다. 두 사람 다 전투에 필요한 집중을 유지한 상태에서 염화로 대화할 수 있는, 우수한 인재였다.

'그래. 폭발적으로 힘을 증폭시킬 수 있는 비책을 입수했지. 그리고 절대적인 공격력을 획득할 수 있는 수단까지 포함해서. 양쪽 다 1회용이라는 게 단점이야.'

'……나바르 공, 혹시 그건?'

'술사인 우디 공이라면 지식으로 알고 있을지도 모르겠군. 장미의 파편(로즈 사인)과 사신(死神)의 부적(데스리워드)이라는 장비들이다. 발동 준비에 어느 정도 마력이 필요한 관계로 나 혼자서 사용할 수는 없지만, 당신이라면 간단하게 발동 조건을 만족시킬 수 있을 터.'

'거절하겠습니다. 히비키 공은 그러한 방법을 인정하지 않으실 겁니다.'

'말할 것도 없이 히비키가 반대하리라는 것은 알고 있어. 하지만, 당신도 알고 있지 않나? 여기서 용사가 죽는 사태만큼은 반드시 피해야만 한다는 사실을. 그런 의미에서 보자면 토모키 공은 히비키보다 성숙한 판단을 내린 셈이야.'

'크! 그 말씀은 틀림없습니다만…….'

용사 오토나시 히비키는, 절대로 잃어버릴 수 없는 존재였다. 용사로서의 전투력 이외에도 그 카리스마와 사고방식, 무심코 내뱉은 말로부터 얻을 수 있었던 번뜩임까지 포함해서 그녀는 이미 왕국에 필요불가결한 존재였던 것이다.

'그러니, 부탁이야. 나로 하여금 히비키를 도울 수 있는 기회를 줘. 당신도 가족과 살아서 재회하고 싶지 않아?'

'……?! 그 대사는 비겁하십니다, 나바르 공. ……어느 쪽을 사용할 생각이시죠?'

'고맙다! 모처럼의 기회가 찾아온 셈이니 양쪽 다 사용하지. 장미로 아슬아슬할 때까지 싸우다가 사신으로 결정타를 날릴 생각이야.'

'양, 쪽. 당신은 그 정도의 각오를……. 알겠습니다. 저도 사력을 다해 지원하겠습니다. 신호를 주시면 적군이 반응할 수 없는 속도로 전장을 가로질러 빠져나가겠습니다.'

'마지막 소원은 굳이 말할 필요도 없었나? 고맙다, 정말로……고맙다.'

나바르가 거인의 공격을 회피하더니 전방에서 비교적 후방의 벨더가 버티고 있는 위치까지 물러섰다.

"미안하다. 히비키, 벨더. 문득 계책이 하나 떠올라서 말이야, 잠시 동안 맡겨도 괜찮겠나!"

"나바르! 이 괴물을 단 둘이서 처리하라고 할 정도니 어지간히 자신이 있는 거겠지?!"

"귀신이야, 당신은 정말로 귀신이라고!"

당연히 두 사람으로부터 차례차례로 불평불만이 쏟아졌다. 두 사람은 불평하면서도 기대가 깃든 표정을 짓고 있었기 때문에, 진심으로 반대하는 것이 아니라는 사실은 분명했다. 나바르는 두 사람의 태도를 확인하고 미소를 지어보였다. 전장에서 거의 웃지 않는 그녀로서는 흔치 않은 일이었다.

"잠시만이다, 부탁한다!"

나바르가 우디와 치야가 버티고 있는 후방으로 물러섰다. 우디는 긴장과 각오가 깃든 표정을 짓고 있었고, 치야는 순수한 의욕으로 가득 찬 표정을 짓고 있었다.

나바르는 두 사람의 얼굴을 확인하고, 온화한 미소를 지었다.

"우디 공, 부탁한다."

나바르가 허리춤의 휴대용 주머니에서 코인과 비슷한 크기의 흙빛 물체를 꺼냈다. 사막의 장미라고 불리는 식물이 작아진 듯한 형상이다.

그리고 연이어 한 장의 부적을 꺼냈다. 나름대로 두툼하고, 천을 연상시키는 옷감에 특수한 문양이 새겨져 있다.

우디는 그녀가 건넨 두 가지 아이템을 번갈아 바라보고, 눈썹을 일그러뜨리며 크게 한숨을 내쉬었다.

두 가지 다, 나바르가 앞서 말했던 장비들이 틀림없는데다가 위조품이 아니라는 사실을 확인했기 때문이다.

"저, 저기! 저는 어떻게 할까요?"

치야가 상황을 미처 파악하지 못 하고 진지한 표정으로 대화를 시작한 두 사람에게 자신의 역할을 물었다.

아직 어린데도 불구하고, 거인과 대적하고 있는 동료들에게 신경을 쓰면서 이렇게 대화까지 가능하다. 치야 본인은 아직 몰랐지만, 그녀도 상당히 빠른 속도로 성장하고 있었다.

길면 걸리적거린다는 이유로 머리카락도 짧게 잘랐고, 니비르에게 검을 배우고 우디로부터 마술까지 배우고 있다. 치야는 친언니처럼 따르는 히비키를 올려다보면서, 언제까지나 그녀와 함께 하고 싶다는 마음으로 노력하고 있었다. 거듭 실전을 경험하면서, 치야의 노력은 순조롭게 결실을 맺고 있었다.

"치야는, 상관없어. 저 두 사람에게……."

"아니요. 치야, 나바르 공에게 온힘을 다해 지원을 부탁합니다. 당분간 다시 사용할 필요가 없을 정도로 강력한 마술을 걸어 주세요."

"아, 알겠어요!"

"……우디 공."

"그럼, 남은 건 로즈 사인이군요. 부적은 어디에 사용하시겠습니까?"

"칼자루에 감겠다."

"추가로 고정화 마술도 걸어두지요. 기동 키는 기억하고 계십니까?"

"아무리 그래도 그 농담은 좀 재미없군. 문제없고말고."

나바르는 분위기를 누그러뜨릴 생각이었는지는 모르겠으나, 시답잖은 질문을 입에 담은 파티의 마술사를 향한 표정을 미소에서 쓴웃음으로 바꿀 수밖에 없었다.

"……딱히 농담으로 드린 질문은 아니었는데요. 일생일대의 무대로 향하실 생각이시라면 만에 하나의 사태라도 대비해야하지 않겠습니까?"

우디의 손바닥에서 마력이 분출되어, 나바르가 움켜쥐고 있던 흙색 아이템이 액체로 녹아서 그녀의 몸에 빨려 들어갔다.

치야도 심혈을 기울인 지원 마술을 나바르에게 시전했다.

나바르는 온몸에 넘쳐흐르기 시작한 힘을 느끼고 어깨를 떨기 시작했다. 그녀는 처음엔 치야의 지원 마술이 효력을 발휘하기 시작한 것으로 착각했지만, 인체의 형편을 완전히 무시하고 끝없이 증폭되는 폭력적인 힘을 느끼고 그쪽이 아니라는 사실을 깨달았다.

"발동을 확인했습니다. 개시됩니다."

우디의 사무적이면서도 굳은 목소리가 나바르의 귀에 도달했다. 그가 말할 것도 없이, 그녀의 시선은 이미 전장의 이오를 포착하고 있었다.

그녀의 흰 머리카락이 바람에 흔들리며 목덜미가 드러났다. 그녀의 목덜미 옆에 진홍색 장미의 문양이 보이고 있었다.

"……로즈 사인. 가능하면 지인이 사용하는 모습만큼은 보고 싶지 않았습니다."

"……우디 공, 이게 바로 나의 바램이다. 그런 표정을 지을 필요는 없어. 그럼…… 간다!"

질주하기 시작한 나바르의 온몸이 어슴푸레하게 빛나기 시작했다. 우디는 그녀의 아름답게 빛나는 뒷모습을 애처로운 표정으로 지켜보고 있었다.

"저기, 계책이란 건 뭐였나요?"

"필살기를 사용하기 위한 준비 같은 거였답니다."

"굉장해! 나바르 씨는 그런 기술을 감추고 계셨군요!!"

우디는 천진난만하게 기뻐하는 치야의 모습을 보고, 잠시 마술 시전 준비를 멈추고 하늘로 시선을 돌렸다.

"……예, 단 한 번 만이지만요."

그리고 작은 목소리로 중얼거렸다.

그 목소리는 어둠 속으로 녹아 들어갔다.

◇◆◇◆◇

"뭐라고?!"

한번 물러났던 나바르가 빛을 휘감은 모습으로 돌아왔다.

나바르는 이오가 날린 견제 공격을 방금 전까지와는 명확히 다른 속도로 회피하더니, 그대로 내달리면서 그 옆구리를 검으로 베어 넘겼다.

지금까지 이오가 복근을 조이기만 해도 튕겨 나갔던 그 일격이, 뚜렷하게 거인의 육체를 찢어 피를 흩뿌렸다.

"벨 수 있다!"

"나바르, 그거 대체 무슨 마술이야?! 나도 뒤로 가서 받고 올게!"

"하하하, 히비키! 그건 무리다. 이 마술을 사용하려면 특수한 촉매가 필요하거든! 당장은 얌전히 내 원호에 집중해라!"

나바르가 후방으로 물러나려는 히비키를 말렸다.

"으으으, 그런 비장의 수단이 있으면 빨리 쓰라고!! 반짝이기까지 하니까 좀 예뻐 보이잖아~."

"아직도 멀었다, 이오!"

원래부터 속도는 나바르가 압도하고 있었다. 화려한 체술을 통해 경질화된 육체를 자유자재로 조종하는 것이 이오의 기본적인 전술이었지만, 사이즈가 다른 휴만인 동시에 속도로 우세를 점하고 있는 나바르를 상대로 완벽한 회피는 불가능했다. 공격이 확실한 대미지로 이어지기만 해도, 기존의 도식은 역전될 수밖에 없었다.

나바르가 너무 다가서지도 않고 떨어지지도 않은 적절한 거리를 유지하면서 철저하게 마장 이오를 몰아세움과 동시에 연이어 참격을 가하는 일방적인 전개가 시작됐다.

이오에게 히비키의 공격까지 신경 쓸 여유가 없었기에, 히비키의 공격도 전부 명중하고 있었다. 나바르를 쫓으려고 해도 그 스피드에 농락당해 여러 차례에 걸쳐 참격을 허용했다.

미처 회복되지 않는 깊은 상처의 수가 늘어나기 시작했다. 다만 이 상황이 계속된다고 해도 그가 치명상을 입지는 않을 것이다. 나바르가 최초로 베어 넘긴 옆구리는 이미 재생된 상태였다. 따라서 히비키 일행이 현재 노릴 수 있는 전개는 고작 대량 출혈로 이오의 전투력을 저하시키는 정도였다. 여전히 목이나 가슴, 배 등의 급소는 완벽하게 방어하고 있었다.

히비키의 공격도 양손으로 얕게 잡아당겨 끊는 식으로, 이오의 근육으로 막을 수 없는 공격으로 전환되고 있었다. 그녀는 일단 상대의 피부를 찢는 것을 목적으로 삼아, 아까 전의 전철을 밟지 않기 위해 주의를 기울이고 있었다.

그러나 이러한 전개가 계속되는 와중에, 공격을 방어하는 역할이 거의 필요 없어진 기사 한 사람이 넋 나간 표정으로 전황을 지켜보고 있었다.

"……저건 설마, 로즈 사인? 이럴 수가, 왜 그녀가 저런……?"

벨더가 어떤 사실을 깨닫고, 후방의 우디를 향해 고개를 돌렸다.

우디는 그의 왕자라는 지위를 알고 있었기에, 벨더의 캐묻는 듯한 시선을 피할 수밖에 없었다.

벨더가 왕자라는 사실은, 우디 이외의 동료들은 알지 못했다.

벨더는 평범한 사람들이 알 수가 없는 특수한 정보를 접할 기회가 많았다. 그렇기 때문에 그의 지식 중에 나바르의 변화와 겹치는 존재가 있었던 것이다.

장미의 파편—.

겉보기엔 코인 정도 크기의 흙덩이에 지나지 않았다. 그러나 그 실상은 엄청난 효력을 발휘하는 매직 아이템 가운데 하나였다.

1회용이며, 사용자의 목덜미에 진홍의 장미를 본뜬 문양이 떠오른다. 장미의 문양은 명칭의 유래이기도 했다. 그 효과는 단순했다. 생명의 근원을 재료로 삼아 힘을 강제로 출력시키는 것이다. 기본적으로 태어나고 나서 죽을 때까지 천천히 소모하는, 결코 회복되지 않는 힘을 게걸스럽게 잡아먹음으로써 사용자의 한계를 초월한 강대한 힘을 부여한다.

효과 시간은 사용자가 죽을 때까지였다. 그러나 그 시간은 결코 길지 않았다. 짧을 경우엔 몇 분에 지나지 않으며, 길어도 몇 십분 정도였다. 말하자면, 사용자가 현재 상태로 결코 발휘할 수 없는 힘을 얻는 대신 결정적인 죽음이 확정된다.

"저런 게 계책이라고? 나바르, 당신은……!"

순수한 검사인 그녀가 혼자서 로즈 사인을 발동시킬 수 있을 리가 없었다. 벨더도 그 정도 지식은 지니고 있었다. 이윽고 우디나 치야가 협력했으리라는 데까지 생각이 미쳤다.

'아마도 우디일 거야. 치야가 발동시켰다면 신이 나서 응원할 리가 없지. 저 녀석, 히비키 공과 나를 지키기 위해서라고 지껄일 생각인가?!'

분명히 현재 상황은 아무런 희생도 없이 극복할 수 있는 국면이 아니었다.

하지만 모든 책임을 한 사람에게 떠넘기고 죽음을 강요하다니, 벨더는 도저히 용납할 수가 없었다. 그는 신분을 속이고 일개 기사 신분으로 일행에 참가하고 있었지만, 왕족으로서 대(大)를 위해 소(小)를 희생해야 한다는 사고방식까지 터득하지는 못한 상태였다.

희생이 필요한 때도 존재한다는 사실은 정치의 세계에서 피해나갈 수 없는 사고방식이다. 하지만 벨더는 아직 그 사실을 용납할 수가 없었다.

실제로 로즈 사인은 절대적인 효과를 발휘하고 있었다. 지금까지 우세를 내주지 않던 이오가 방어 일변도였다. 그는 과거에 네 배의 축복이라는 핸디캡까지 초월해서 일기토에 이겼다는 일화까지 전해져 오는 맹장이었다.

"앗, 나바르! 안 돼, 그 공격은!"

나바르가 히비키의 충고를 제대로 들었는지는 알 수 없었다. 나바르가 공중으로 도약한 후, 검으로 마장의 팔을 똑바로 내리 찍었다. 그리고 검은 그 팔의 가운데 부분까지 파고 들어가, 멈추고 말았다.

"걸려들었구나!"

이오가 검이 파고든 팔의 근육을 조이고, 반대쪽 팔로 강력한 어퍼컷을 나바르에게 날렸다.

"아직이야!!"

나바르가 공중에서 오른손으로 내리찍었던 검의 등에 왼팔부터 체중을 실으면서 힘을 가했다.

일단 팔 근육에 가로막혀 있던 검이 이오의 몸을 박차고 체중을 실은 그녀의 기세를 타고, 이오의 뼈와 나머지 살점까지 잘라 버렸다.

나바르는 밑으로부터 자신을 향해 들이닥치던 어퍼컷을 상대로, 놀랍게도 그 주먹을 밟고 도약하면서 그 위력을 상쇄시킨 것이다.

이오는 팔이 잘려나간 상태에서도 비명조차 지르지 않았고, 주먹도 멈추지 않았다. 그러나 그는 육안으로 확인할 수 있을 정도로 땀을 흘리고 있었으며, 땅에 떨어진 자신의 팔을 확인하고 그제야 표정을 일그러뜨렸다.

이 격전이 시작된 후, 최초의 피보라가 일어났다.

"무서운 녀석이구나, 하얀 계집. 나바르라고 했나. 공격이 들어오는 걸 알면서도 끈덕지게 팔을 노리다니. 뿐만 아니라 나의 주먹을 박차고 올라 위력을 상쇄시키기까지 했다. 너는 흡사 검의 귀신이구나."

"마장에게까지 귀신이라고 불리다니. 나쁘지 않구나. 팔을 베는 방법은 알아냈다. 막아낼 팔이 없어지면 네 목도 무사하지 않겠지."

나바르가 대담한 미소를 지으며, 검에서 피를 털어냈다.

이미 검까지 어렴풋한 빛에 휩싸인 채로, 그녀의 몸 안에서 발산되는 흰빛의 아우라가 점점 강해지고 있었다. 그 빛나는 아우라는 끝 부분에서 비늘가루가 흩어지듯 사라지고 있었다.

"휴만들의 세상에 내가 모르는 마술이 존재했을 줄이야. 솔직히 말해서 진심으로 놀랐다."

"그러냐? 사실 나도 놀랐다. 이렇게까지 했는데도 네 녀석의 힘을 압도할 수가 없다니. 과연 네 팔의 거인족이구나. 우리의 관점에서 보자면 천재인가?"

"……나는 원래 두 개의 팔밖에 없었던 평범한 거인(기간트)에 불과하다. 네가 지금 잘라버린 팔은 본래 나의 팔이 아니었다."

이오가 나바르의 찬사를 듣고 목소리의 톤을 낮췄다.

"거미의 습격을 받았을 때, 나는 친구를 구하지 못 했다. 거미를 격퇴한 후, 그나마 남아있던 친구 녀석의 팔을 가지고 돌아와 내 몸에 이식했다. 제대로 움직일 수 있을 때까지 상당한 시간이 필요했지."

"그래? 그만 실례를 저질렀네. 미안하지만 바로 끝을 내주마. 너 이외에 암여우라는 녀석도 있다고 했지? 네 녀석은 네 사람의 마장 중에서도 최약이라고 들었다. 더 이상 상대하고 있을 시간이 없어."

나바르의 몸에서 나오던 빛이 최고조를 넘어 조금씩 약해지기 시작했다.

그녀가 자각하고 있는지는 알 수 없었으나, 다시금 서둘러 공격을 시작했다.

“내가 최약이라고? 흠, 자네들은 아무래도 묘한 고정관념이 있는 것 같군. 왜 약한 장군부터 전선에 투입될 거라고 생각하나? 나는 전투 부문에서는 마장 중에 최강이다. 마장 가운데 1 대 1로 나를 이길 수 있는 녀석은 없다.”

나바르의 맹렬한 공격에, 이오는 방어할 장소를 급소로 한정시켜서 경질화를 강화했다. 따라서 그가 입는 상처는 깊지 않았다. 온몸에서 피가 솟는 광경은 이오의 열세로 보였지만, 사실은 조금씩 전세를 가다듬고 있는 상황이었다.

“그건 듣던 중 반가운 소리구나! 네 녀석을 처치하기만 하면 우리는 크게 전진할 수 있다!!”

그녀는 최강이라는 단어를 듣고도 주저하는 기색이 없었다. 나바르는 온힘을 다해 이 자리에서 마장 이오를 토벌하기 위해 내달렸다.

주먹의 연속 공격을 받아내면서, 검을 든 팔에 힘을 담아 조금씩 전력의 일격을 시전하기 적합한 위치로 이동했다.

나바르는 그 작업을 실행하면서, 한 차례 스텝을 밟아 몸을 이동시켰다. 마치 약속대련과 같이, 이오의 의도대로 움직이고 있다는 감각이 느껴져서 불쾌했기 때문이다.

‘이런! 나바르는 눈치채지 못 했단 말인가?!’

벨더는 일련의 공방전을 복잡한 심정으로 바라보고 있다가, 나바르의 현재 상태로 마장의 다음 공격에 대처할 수 없을지도 모른다고 직감했다.

벨더는 공격을 받아낼 기회가 많았기 때문에, 상대의 호흡을 파악하는 기술이 능숙했다.

이번에 이오는 나바르가 공격의 흐름을 불쾌하게 여겨 물러서는 것까지 계산하면서 움직이고 있었다.

"바, 발차기?!"

그렇다. 이오는 지금까지 거의 사용하지 않았던 발차기를 공격에 투입하기 시작한 것이다.

주먹보다 공격 범위가 넓고, 나바르는 당연히 그 거리에 들어와 있었다.

그녀는 적의 공격 범위 밖으로 벗어났다고 판단했기 때문에 인식의 공백이 있었고, 거구에 어울리지 않게 엄청난 속도의 발차기가 들이닥치고 있었다. 회피는 불가능했다.

"방심은 금물이다!"

"그렇고말고!"

이오가 시전한 발차기 공격을 가로막는 그림자가 하나 있었다.

벨더가 이오의 의도를 깨닫고 원호를 위해 나선 것이다. 이 공격을 정면에서 방어하는 것은 위험한 행동이었지만, 다리를 옆에서 공격해서 간신히 비껴 나가게 할 수는 있었다. 벨더의 판단은 정확했다.

이오의 발차기가 예상치 못한 방해로 인해 빗나갔고, 당연히 몸 전체의 밸런스도 무너졌다. 나바르의 눈이 공격할 기회를 놓칠 리가 없었다.

"끝이다!!"

나바르가 이오의 다리와 위치를 맞바꾸듯이 그에게 돌진했다. 빛나는 가루를 사방으로 흩뿌리는 그녀의 모든 동작이, 마치 아름다운 무용을 방불케 했다.

이오는 그녀의 표적을 정확히 간파하고, 몸을 지탱하는 팔을 남긴 채 목을 방어하기 위해 나머지 두 팔을 움직였다.

"그럴 순 없을 걸! 지금이라면 반격도 못 하겠지?!"

히비키가 그 팔 중 하나를 향해 온몸의 체중을 실은 참격을 시전해서 이오의 동작을 억지로 봉쇄했다. 그녀의 힘으로 그 팔을 베어 넘길 수는 없었지만, 목을 지키는 팔 하나를 줄이는 것은 가능했다.

"히비키, 잘 했다!!"

나바르가 나머지 한쪽 팔 밑으로 파고 들어가, 그 검으로 이오의 목을 찔렀다.

"으으윽! 크!!"

그 목을 벨 수는 없었다. 나바르가 생명을 걸어도, 거인의 팔 사이로 파고 들어가 찌르기 공격을 시전하는 정도가 고작이었다. 그러나 그녀의 검은 그 목을 틀림없이 꿰뚫고 있었다.

검까지 휩싸고 있던 흰색 빛은, 이제 나바르의 몸을 얇게 지키고 있을 뿐이었다.

하얀 여검사는 남아있는 힘으로 거인의 목을 자르기 위해 가로 방향을 향해 있는 힘껏 검을 휘둘렀다.

움직이지 않았다.

목을 꿰뚫은 검이 털끝만큼도 움직이지 않았다.

"훌륭하다. 설마 이 정도일 줄이야. 정말로 절실하게 자네들을 우습게 본 무례를 사과하겠다."

"……네 녀석, 그 육체는 설마!"

이오의 연보랏빛 피부가, 새까맣게 물들고 있었다.

"이 결투에서, 설마 나의 모든 힘을 해방할 상대와 만나게 될 줄은 상상도 하지 못 했다."

나바르는 검은 거인의 말을 듣고 등줄기에 소름이 돋는 것을 느꼈다. 양손에 있는 힘껏 힘을 줘서 목구멍을 확실하게 꿰뚫었던 검을 가로 방향으로 걷어냈다. 검이, 부러졌다.

나바르는 부러진 검에 얽매이지 않고 히비키와 벨더를 향해 눈짓을 보낸 후, 이오로부터 거리를 벌렸다. 그는 굳이 쫓아오지 않았다.

"……말이 돼? 지금부터 제2단계라는 소리야?"

히비키가 쉰 목소리를 내고 있었다. 지금까지도 차고 넘칠 정도로 실력 차이가 느껴졌던 상대가, 한층 더 강력해진다는 것이다. 이만큼 절망적인 상황도 흔치 않았다.

"이런 어처구니없는, 저 상태의 나바르를 상대하면서도 모든 힘을 낸 상태가 아니었다고?"

벨더가 내뱉은 말도 분통한 기색이 역력했고, 끔찍한 절망을 숨기지 않고 있었다.

"미안하군."

이오가 조용히 자세를 잡았다.

"우디이이이이!!"

나바르의 절규가 이오의 말을 삼켜 버리고 그 일대에 울려 퍼졌다.

우디가 그 절규를 듣고 번뜩 정신을 차리더니, 준비하고 있던 술법을 신속하게 전개했다.

"치야, 고속 이동합니다. 지원을!"

"아, 예!"

우디가 앞으로 내민 상태로 피고 있던 손바닥을 가슴 앞으로 되돌린 동시에 움켜쥐었다. 그 시선은 히비키와 벨더를 향하고 있었다. 나바르 쪽은 쳐다보지도 않았다.

"어?"

"응?"

히비키와 벨더 두 사람의 몸이 보이지 않는 힘에 의해 우디에게로 끌려갔다.

우디는 결의를 위해, 두 눈을 지끈 감았다.

적이 예상 밖의 사태를 일으키고 있었지만, 우디는 나바르와 염화를 통해 이미 예측하고 있던 미래를 받아들였다.

이윽고 두 눈을 크게 뜨자 드러난 그의 눈동자는, 단지 그리토니아의 영웅이 지나간 길만을 바라보고 있었다. 현재 어느 정도 마족 병사들이 돌아와서 가로막고 있다고는 하나, 여전히 가장 방어가 어설픈 루트인 것은 틀림없었다.

그는 지팡이를 치켜들었다.

"잠깐, 우디?"

우디는 히비키의 항의를 무시했다.

그뿐 아니라, 치야의 지원까지 추가된 술법을 발동시키자 일찍이 유래가 없을 정도의 고속으로 전장을 가로질러 이탈하기 시작했다.

"저, 우, 우디 씨! 나바르 씨가 아직!"

"치야, 절대로 지원을 중단해선 안 됩니다."

"우디! 이게 무슨 짓이야!"

"벨더 님, 용사님을 제지하여 주십시오. 잠시만이라도 상관없습니다."

그는 그 누구의 의견도 묻지 않았다.

우디는 나바르와의 약속을 지키고 파티를 전투 구역에서 이탈시키기 위해 전력으로 마술을 행사했다. 그가 전개한 파티를 에워싸고 있는 부드러운 초록빛 에리어가 접근한 마족 병사들을 찢어발겼다. 마족 병사들은 비명을 지르며 쓰러졌다.

히비키를 구하기 위해 전선으로 전진하고 있던 왕국 잔존 병력과 합류하고 나서도, 행렬 복판에 이르기까지 그 기세는 줄어들지 않았다. 술법이 해제된 순간, 그는 말없이 기절했다.

한편—.

이오는 나바르의 절규가 의미하는 바를 깨닫고 병사들에게 추격을 명했다. 그러나 용사 파티는 상당한 스피드로 전선을 이탈하고 있었다. 충실하게 명령을 수행한 병사들은 그들을 쫓다가 무참하게 썰려 나갔고, 용사 파티는 마족의 화살이나 마술을 가로질러

나아갔다.

“우디 공, 정말로 감사한다.”

“이것이 너의 작전이었나?”

이오가 씁쓸한 표정으로 눈앞에 남아있는 휴만 여자에게 물었다.

“그래, 맞다. 나에게 남아있는 비장의 카드는 조금 요란스럽거든.”

나바르가 부러진 검을 다잡았다. 그녀의 몸에서 넘쳐흐르던 빛은, 이미 그 허망한 잔재를 주위에 뿌리고 있을 뿐이었다.

“이미 싸울 수 있는 몸으로 보이지 않는데, 그런데도 계속할 생각이냐.”

거인의 탄식이 전장에 울려 퍼졌다.

“당연하지 않나. 아직 모든 힘을 다 쓰지는 않았거든!”

나바르의 눈은 이 상황에서 더욱 강하게 빛나고 있었다. 그녀는 부러진 검을 움켜쥐고 이오를 향해 내달렸다.

“죽을 생각이냐!”

“나는 어차피 전장에서 무자비하고 무가치하게 산화할 수밖에 없는 운명이었다! 그런 내가 죽을 장소와 죽을 의미를 얻었을 뿐만 아니라, 진정한 친구의 기억에 남은 채로 떠나갈 수 있는 거다! 검의 귀신이 죽기에는 과분할 정도로 최고의 무대야!!”

“아니!”

이오는 나바르가 자신이 똑바로 뻗은 주먹을 회피한 후에 가까이로 파고들 것이라고 예상했다. 그 예측이 완전히 빗나갔기 때문에 무심코 목소리가 나온 것이다.

그녀는, 피하지 않았다. 마장의 주먹이 그 몸을 꿰뚫고 있었다.

그 누구의 눈에도 치명상인 것이 틀림없는 일격이 들어갔다. 등으로 주먹이 뚫고 지나간 상황에서 나바르가 이 이상 무슨 짓을 할 수 있단 말인가?

피를 토한 여자의, 입꼬리가 올라갔다.

"오너라, 사염(死炎)."

"……?!"

"히비……키. 고마워……."

나바르가 쉰 목소리로 중얼거렸다. 그녀의 눈동자에서 의지의 빛이 사라진 순간, 그 얼굴은 웃고 있었다. 이오의 눈에, 그녀의 마지막 모습이 똑똑히 새겨졌다.

나바르가 생명을 잃기 직전에 중얼거린 한 마디는, 이오 역시 똑똑히 듣고 있었다.

그러나 그런 소리가 들렸다고 해서 그가 할 수 있는 일은 아무것도 없었다.

직후, 순간적으로 주위를 향해 확산된 파란 불꽃이 그의 시야를 뒤덮었기 때문이다. 불꽃은 서서히 나바르와 이오를 에워싸듯이 모여들면서, 주위의 모든 사물을 재로 만들고 있었다.

두 눈이 확 뜨일 듯하게 선명한 하늘의 파랑이 아니다.

황혼이 지나간 뒤에 모습을 드러내는, 어둡고 가라앉은 푸른빛이다.

"이건, 이것은?!"

이오는 그녀가 마지막으로 사용한 수단이 생명을 희생해서 발동시키는 계통의 마술이라는 예측에 생각이 미쳤다. 그녀가 검사였기 때문에 미처 예상치 못 했던 가능성이었다. 마술을 구사하는 두 사람이 사라진 이상, 나바르의 선택지에 마술은 없을 것이라고 단정하고 있었다.

초고밀도의 푸른색 불덩어리가 나바르의 시체와 검은 거인을 에워쌌다.

당장이라도 파열할 듯이 표면이 오그라들면서 압축되더니 주위를 향해 이오의 절규가 울려 퍼졌다. 그가 유달리 큰 목소리로 비명을 내지르자 창염(蒼炎)이 그에 호응하듯이 변화했다.

엄청난 빛을 내뿜는가 싶더니, 다음 순간 단번에 대폭발을 일으킨 것이다.

폭발은 광범위로 뻗어나가, 주위의 마족이나 퇴각 중이던 휴만까지 휩쓸어 버렸다.

◇◆◇◆◇

무지막지한 굉음과 전장을 소각하는 불꽃이 그 일대를 지배하고 있었다.

그 두 가지가 사라지고 나니, 검게 그을린 대지에 하나의 검은 덩어리가 남아 있었다.

그것은 이오, 였던 존재였다.

웅크리고 있는 듯한 형태로 녹아버린 육체는 커다란 바위처럼 보이기도 했다.

어디선가 출현한 파란 피부의 여성이 그 바위에 손을 댔다.

아마도 마족인 것으로 추정되지만, 그 얼굴에 종족의 특징인 뿔이 없었다. 호리호리한 체형에 최소한의 부위를 가리는 과격한 복장을 입고 있었다.

그녀는 지루해 보이는 눈빛으로 검은 덩어리를 바라보고 있었다.

"이오, 일어나. 죽은 건 아니잖아?"

"……."

"이쪽은 「나락(奈落)」의 보수 작업도 버티고 있다 보니 시간이 없거든. 아무리 어이가 없을 정도로 깔끔하게 성공했다고 해도, 일단 제대로 된 점검이 필요해. 그러니까, 일어나!"

마족 여자는 그의 생존을 티끌만큼도 의심하지 않는 표정으로 바위를 걷어찼다. 그녀는 비위가 사나워 보였다. 토모키에 의해 숯덩이로 변했던 팔을 히비키의 눈앞에서 재생해 보였던 그 광경이, 몸 전체로 재현되기 시작했다.

"녀석, 설마 이런 방법을 사용할 줄이야."

"……역시 살아있었네. 너를 죽이려면 상당히 성가시겠어. ……돌아가자, 여러 가지로 보고 사항도 있거든."

"그래, 먼저 가 다오."

마족 여자는 이오의 대답을 듣고 부루퉁한 표정을 짓더니, 차갑게 내뱉었다.

"아, 그러셔? 그럼 걸어서 오시던가. 모처럼 생각해준답시고 마중을 나왔더니 보람도 없네."

"……나바르였나. 그 이름, 기억하겠다."

이오는 한 사람의 휴만을 꿰뚫었던 팔을 감회가 깊은 표정으로 바라보고 있었다. 그녀의 모습은 이미 어디에서도 찾아볼 수 없었다. 육체는 물론이고 그 검과 방어구조차 전부 한줌의 먼지로 돌아갔다.

이오가 움직일 기색을 보이지 않자, 가만히 쳐다보고 있던 여자가 입을 열었다.

"아, 그렇지. 리미아 왕국을 공격하기로 했던 전격 작전은 실패했어."

"뭐라고?!"

이오가 예상 밖의 소식을 듣고 거친 목소리로 되물었다. 나바르라는 여자의 행동은 예상 밖이었지만, 전체적인 작전은 거의 계획대로 진행되고 있는 거나 다름없었다.

그가 가장 확실하다고 예상했던 부분이 실패했다는 소식을 듣고 무심코 당황한 목소리를 내는 것도 무리는 아니었다.

"네가 못 생긴 돌덩이로 변해 있던 동안에 예상 밖의 사태가 몇 가지나 일어났거든. 그 결과, 저쪽에선 실패했다고 하더라고. 나중에 대충 파악한 정보라도 전해줄게."

"그 괴물들이 실패했단 말인가?"

"그래, 지금이라면 나와 네가 협공해서 죽일 수 있을 정도로 약해진 상태야. 대체 무슨 일이 있었던 건지, 나도 저쪽을 따라갔으면 구경할 수 있었을 텐데."

"믿어지지 않는군."

"이 세상엔 무슨 일이 벌어질지 알 수 없다는 거 아니겠어? 나도 마지막의 마지막에 이런 꼴을 당해서 굉장히 유쾌하지 않은 기분이야. 이럴 줄 알았으면 그리토니아의 용사라도 죽여 둘 걸 그랬나? 그 녀석은 반지가 완전히 특효약이더라. 단숨에 잔챙이 꼴로 추태를 보였으니."

이미 하늘을 날고 있던 그녀도 불쾌한 기색을 숨기지 않고 표정으로 드러내며 약간 적당한 태도로 대답했다. 그리고 아까 선언했던 대로 혼자서 스텔라 요새로 돌아갔다.

이오는 부상당한 몸을 질질 끌면서도 병사들에게 전령을 보내 휴만 잔당을 소탕하라고 명령한 후, 여성의 뒤를 따라 요새로 돌아갔다.

이리하여 이번 스텔라 요새 공략전은 끝났다.

휴만에게 커다란 상흔을 남기고—.

세계가 조금씩, 움직이기 시작했다.

4

"우오오오쌰아아아아아아아아아!!"

『아닛?!』

부풀어 오르는 마력을 있는 힘껏 집중시켜, 영창도 없이 전방을 향해 해방시켰다.

마술로 구성조차 되지 않은 상태의 마력은 양이 많은 것치고는 위력이 상당히 낮았지만, 만만치 않은 규모의 충격파를 발생시키면서 그녀들을 향해 나아갔다. 아무 생각도 없이 쓸 수 있다는 게 최고의 장점이지.

소피아와 랜서는 전혀 예상치 못한 공격을 받아, 기세 좋게 날아갔다.

흥, 내가 약체화됐다는 건 너희들이 멋대로 상상했을 뿐이야. 세상일이라는 건 그렇게 마음먹은 대로 굴러가지 않거든요?

랜서가 만들어낸 것으로 추정되는 칼날의 벽과 반짝이고 있던 그 외의 칼날들도 흔적도 남기지 않고 날아가 버렸다. 충격파가 미친 듯이 휘몰아치면서 내 주위와 전방의 땅바닥을 깎아내고, 엄청난 양의 흙먼지를 일으키면서 시야가 단숨에 나빠졌다.

지금까지 만났던 휴만들 정도의 레벨밖에 안 되는 상대였다면, 이 틈을 타서 도망칠 참이야. 하지만 이 두 사람, 그 중에서도 특히 소피아는 그 한계를 가늠할 수가 없다. 그야말로 절대 반격을 당할 리가 없다는 확신이 들고 난 다음에 아공의 문을 열고 싶어.

그건 그렇고—.

아침에 일어나 한껏 기지개를 폈을 때 같이—.

꼼꼼히 스트레칭을 한 직후처럼—.

이루 말할 수 없는 상쾌한 느낌이 내 몸을 천천히 에워싸고 있었다.

기분도 어느 정도 고조된 상태였다.

오랜만에 반지를 빼고 자연스럽게 움직이고 있기 때문일까? 코트가 상당한 양의 마력을 흡수하고 있다고는 해도, 방금 전과 비교하면 방출 가능한 마력은 물론 가다듬을 수 있는 마력의 양도 차원이 다르다. 물론 최대 양을 감안하면 아직도 낮은 편이기는 해.

나는 강화와 탐색의 계를 동시에 전개했다.

강화된 탐색의 힘으로, 다시금 거리가 떨어진 두 사람의 상태를 알아낼 수 있었다.

하지만 착각하면 안 되지. 난 저 두 사람과 근접전을 펼칠 수 있는 기량이 없거든.

강화된 방어력으로 몸을 지킬 수 있어도 도망치지 못 한다면 의미가 없어. 저 두 녀석이 드래곤 슬레이어와 상위 용이라는 영문을 알 수 없는 콤비라는 사실을 알게 된 이상, 아공으로 데리고 가는 사태만큼은 반드시 피해야 한다. 일시적 흥분에 몸을 맡긴 행동은 당치도 않아.

결론을 내리자면—.

원거리에서 오로지 포격만을 퍼붓는다! 그리고 두 사람을 무력화시키거나, 최악의 경우엔 죽여 버리고 도망친다!

왼손은 이미 무용지물이나 다름없다. 혈색도 점점 쳐다보기도 힘든 색으로 변하고 있다.

기껏해야 마술 발사에나 써먹을 수 있을까? 손으로 방향을 지정해주기만 해도 이미지에 상당히 도움이 된다. 왼손은 일단 마술 전용이야. 그리고 지금 나는 오른손에 칼자루로부터 끈이 늘어진 볼품없는 단검을 한 자루 지니고 있었다. 상황을 고려하자면 좀 더 빨리 꺼냈어야 했어. 경험이 부족했다고 밖에 달리 할 말이 없네.

타근(打根)[#2]이라는 무기였다.

지금까지 사용했던 단검만 가지고는 조금 불안하다는 생각이 들어서 드워프에게 부탁해서 완성시킨 나의 새로운 무기다. 롯츠갈

#2 타근(打根, 우치네) 일본의 무기. 손으로 투척할 수 있도록 개량된 활이나 소형 칼, 창 등을 가리킨다.

드로 여행을 떠나기 전에 받아두길 잘 했네.

사실 나는 원래 세계에서도 이 무기를 사용했던 적이 있다.

무나카타 선생님으로부터 기본적인 사용법을 배웠기 때문에 미오와 한 판 치렀을 때도 별 문제없이 단검을 써먹을 수 있었단 말이지.

근거리에서는 단검, 중거리에서는 사슬낫, 원거리에서는 투척용 화살처럼 사용할 수 있는 무기다. 물론 호신용이 아니라 메인 무기로 사용하기에는 여러 가지로 문제가 있어서 빛을 보지 못 하는 무기이기도 하다. 선생님이 활로 싸우는 상황에서 사용할 수 있는 베리에이션 중 하나로 가르쳐주신 기술인데, 배우기 전에는 그 존재조차 알지 못 했다. 활 끝에 부착해서 창처럼 사용할 수도 있다.

다만 지금은 활이 없어서 의미가 없다. 그리고 선생님은 단검으로 사용하거나 투척용으로 사용하는 방법 이외에 나에게 급제점을 주신 적이 없다. ……끈을 잡고 휘두른다는 건 완전히 분야가 다르단 말이지. 손에 익지 않은 방법으로 써먹다가는 아마 큰 코만 다칠 거다.

선생님이 가르쳐주신 타근의 사용방식에 아무래도 나이프 사용법이 섞여있는 것 같이 느껴지는 이유는, 선생님의 독창적인 방식까지 편입되어 있기 때문인 것으로 여겨진다.

선생님은 한때 전장에서 활약했던 경험도 있다고 들었다. 다행히 나는 해외에 따라가거나 끌려갔던 적은 없었다. 스승으로서 존경하기는 해도 동행만큼은 삼가고 싶다. 아니, 당연히 거절해야지.

하지만 이 단검으로 저 녀석들과 근접전을 치르는 건 무리야. 엘드워의 방어구가 저 검을 막아냈으니 무기 레벨로 밀리지는 않겠지만, 정작 중요한 내 실력이 절대적으로 부족해. 아니, 그 이전에 저 소피아라는 녀석이 보통 녀석이 아니야. 공중에서 머리를 찍으려다가 동작을 전환시켜서 횡 베기라니 곡예 수준을 초월했다고. 내가 보기엔 저 녀석이야말로 사람과 고양이 과의 합성수로 보인다. 그리고 아마 그 고양이 과는 애완동물로 키울 수 있는 사이즈를 훨씬 능가하는 야성적인 녀석임이 틀림없다.

그러니 이 단검은 만약의 경우에 일격이라도 받아내는 데라도 써먹을 수 있다면 감지덕지다.

팔로 막는 것보다야 낫겠지. 타근 특유의 방식을 사용하면 동작을 잠시 지연시키는 정도는 가능할 것이다.

이게 내 비장의 수단이다.

나는 활을 쏠 때처럼 시위를 잡아당기는 자세를 취했다. 오른손에 단검을 지닌 채로 실행할 수 있다는 것이 마술이라는 기술의 장점이지.

이번엔 아까 대충 설치했던 즉석 불릿이 아니다. 나는 필중(必中)의 일격을 시전할 것이다.

한 마디로 말해, 어느 정도 집중한 후에 발사한 불릿은 아까 선보였던 그것과는 위력부터 다르거든. 비껴 나가게 할 수 있다면 해 봐.

베어 넘길 수 있다면 베어 보셔.

속도는 물론 위력도, 아까처럼 만만하진 않을 걸!

게가, 시야가 악화된 상태에서도 나에게 상대의 정확한 위치를 알려주고 있었다.

—좋았어.

두 사람이 자세를 다잡을 때까지 기다릴까 보냐? 먼저 소피아! 가능하면 그대로 계속 자빠져 있어!

나는 압축된 불릿에 명중하는 이미지를 전달했다. 발사!

곧바로 다음 탄환이 압축되어 화살로 변신했다. 나는 충분히 마력을 투입한 후에 오른손으로 당기고 있던 활시위를 놓는 이미지로 발사했다. 이번 탄환의 표적은 랜서다.

속성은 불꽃이다. 그 자리에서 폭발해주기만 하면 아무리 저 녀석들이라도 어느 정도 히트 스톱을 기대할 수 있을 거라는 생각이 들었거든.

내가 발산한 마력의 파동이 일으킨 모래먼지가 아직도 시야를 가리고 있는 상황인데도 불구하고, 소피아는 큰 동작으로 측면 스텝을 밟았다.

나는 계 덕분에 그녀가 회피했다는 사실을 알 수 있었다. 아까 랜서도 장벽을 전개하면서 후방의 아군이 어찌되건 신경도 안 썼는데, 이 녀석도 마찬가진가?

……하지만 헛수고일걸?

명중의 이미지를 전달해서 조합한 불릿은, 내가 쏘는 화살과 마찬가지로 반드시 명중한다.

저 녀석이라면 방어 정도는 가능할 지도 모르겠지만, 한번 겨냥한 상대를 놓칠 리가 없다. 이 불릿은 만약에 기본적으로 통과해야할 직선 경로의 궤적을 일그러뜨리는 한이 있더라도 반드시 상대를 추격한다. 그 정확도는 그저 상대를 쫓기만 하는 자동 추격과는 격이 다르다. 적어도 토모에와 미오는 피하지 못 했다. 그런데 네가 피할 수 있을 리가 있냐!

그리고 실탄이 아니기 때문에, 그 추격 능력은 지극히 강력하다. 불릿은 그녀가 도약한 방향을 향해 감속은커녕 속도를 올리면서 파고 들어갔다.

방향을 전환하면서 속도가 빨라지다니 나 스스로도 정말 영문을 모르겠군.

필중한다고 해봤자, 지금으로서는 활과 같은 감각으로 사용하니까 명중하리라는 애매한 감각이었다. 한 마디로 말해서 제대로 된 이론적 기반 따위는 없는 거나 다름없었다. 내 입장에서 보면, 마술은 여전히 미지의 영역이야.

소피아는 고속으로 날아드는 불릿을 그 잘난 대검으로 내려찍어 두 동강을 내버렸다.

무서운 녀석이다. 저 속도로 발사한 화살조차, 그녀의 반응속도를 능가할 수가 없단 말인가. 역시 근접전은 피하고 싶은 상대다.

그건 그렇고, 아까 연사 불릿을 경험했으니 어느 정도 예측할 수 있는 상황이었다고는 해도, 그 화살을 갑작스럽게 베어 넘길 수가 있단 말이야? 너 혹시 천재냐?

하지만 이번 결과는…….

"꺄아아아아아아아!"

소피아가 그녀답지 않은 비명을 지르면서 그 폭발의 충격파를 견디지 못 하고 날아갔다.

좋아! 통한다!

"소피아?! 뭐냐, 이 위력은…… 궤도를 조절할 수가, 없다!!"

랜서도 방어용으로 전개한 방패 같은 장벽이 박살난 충격파의 후폭풍에 휘말려 날아갔다. 이쪽도 대미지를 입은 것 같다. 말해두지만, 봐 줄 생각은 전혀 없어!! 다시 공수 교대라도 했다가는 이번엔 무슨 일이 일어날지 짐작도 안 가!

"잠깐, 미츠루기?! 저 녀석 오히려 강해진 것 같지 않아?!"

"나에게도 그렇게 느껴진다! 느껴진다만, 이건 아무래도……. 설마, 저 녀석은 여신으로부터 저주받은 몸이었단 말인가?! 그럴 수가 있나, 아무리 그래도 이세계로부터 일부러 소환씩이나 한 존재를 저주하는 신 따위가 있을 리가 없어! 그런 조건으로 소환되는 멍청이도 있을 리가 없다!"

폭발을 기대하고 불꽃 속성을 선택한 게 정답이었나? 그냥 당황해서 움직임이 멈춘 것처럼 보이기도 하지만, 그런 검증은 지금 필요 없어!

이번엔 나와 상성이 좋고, 가장 위력이 강한 물 속성으로 간다. 이걸로 저 녀석들을 무력화시키고, 곧바로 안개의 문을 열어주지!

"또 온다! 이 정도 위력의 공격 마술을 제약도 없이 연사한다고?! 완전히 반칙이잖아!!"

소피아가 내 마력이 모여드는 것을 감지하고, 경계심에 찬 목소리로 고함을 내질렀다.

마지막 대사는 불합리한 현실에 대한 항의라도 되냐? 하지만 항의는 오히려 내 쪽에서 제기하고 싶은 참이야! 난 여신의 학대를 받고 있는 몸이거든!

"소피아, 검의 힘을 나에게 되돌려라! 불 속성의 공격 마술이 날아들면 내가 대응하마! 녀석이 마술을 영창하는 간격을 노려 단숨에 끝내는 거다!"

소피아가 랜서의 제안에 수긍하고 그의 곁을 향해 내달렸다.

마침 잘 됐네. 두 사람이 같은 장소에 모여 있으면 겨냥하기도 편하잖아. 덕분에 수고를 덜겠어! 받아낼 생각이라면 나도 위력을 중시한 방식으로……!

"가, 라!!"

방금 전과 동일한 간격으로 2연사 불릿을 발사했다. 명확하게 불꽃 속성보다 빠르고 강한 화살이 날아갔다. 폭발을 기대할 수는 없겠지만 제대로 작동해서 이 부근을 얼려주기라도 하면, 두 사람은 움직이기 어려운 상황에 처할 것이다. 내 생각대로 일이 풀리기만 하면, 좀 더 유리하게 일을 처리할 수 있다.

"상반된 속성으로 변환시켰다고?! 에이익, 대체 얼마나 규격 밖이란 말이냐! 하지만 어리석은 놈, 물 속성으로 변환시키다니. 그건 나에게 유리한 속성이다!"

소피아의 검으로부터 마력과 유사한 특별한 기운이 랜서를 향해 주입되는 것이 느껴졌다. 저 검은 혹시, 상위 용에 얽힌 엄청난 검이기 라도 했던 건가?

그런 무지막지한 무기로 무려 사람을 베려고 했단 말이지?

랜서의 전방에, 아까보다 강력한 기운이 느껴지는 파란 방패가 나타났다. 설마 물 속성인가? 저 녀석도 토모에와 마찬가지로 다수의 속성을 동시에 지닌 용이란 말이야? 그것도 하필이면 물 속성이라고?

파란 화살이 파란 방패와 격돌했다. 동일한 속성끼리 부딪힐 경우엔 어떻게 되는 거지? 설마 일방적으로 무효화되지는……?

『아!』

경악스런 목소리를 낸 장본인은 나와 랜서 양쪽이었다.

두 줄기의 파란 화살이 같은 색의 방패에 가로막혀 움직임이 멈춘 것처럼 보였다.

하지만 그 현상은 한 순간에 지나지 않았고, 화살은 비집고 들어가듯이 천천히 방패를 통과하기 시작했다. 파란 방패에서 내가 발사한 불릿을 중심으로 파문이 일어나고 있었다. 마치 화살을 환영하고 있는 듯한 모습이다.

동일한 속성끼리 부딪힐 경우엔 저렇게 되는 거야? 일단 공격은 들어갈 것 같으니 운이 좋았던 셈인가? 설마 공격 쪽이 유리할 줄이야, 행운도 이런 행운이 없는걸!

"이럴 수가. 전세가 불리하다, 소피아. 당장 결판을 내야 한다!! 저 녀석, 설마 현재 상태의 나보다 물 속성에 대한 적성이 높다는 건가?! 「무적」이나 「만색」이라면 몰라도, 일개 휴만 따위가 도달할 수 있는 영역이 아닐 텐데?!"

"얼어붙기라도 하면 그냥 두고 가 버린다, 미츠루기."

"발판은 조금 더 서비스해두마. 그리 되면 녹여서 구출해다오."

발판? 이봐 잠깐, 불릿의 여파가 아직 남아있다고. 공중의 칼날들을 박차고 돌진할 수 있을 리가 없잖아.

너희들 두 사람 다 거기서 움직일 수 없어. 기껏해야 사이좋게 얼음 조각으로 변하는 게 고작일걸? 그 동안 나는 유유히 집으로 가는 거고!

화살이 조용히 방패를 통과하기 시작했다.

"됐다!"

"머리라면 잘라 버릴 수 있지 않을까?"

또다.

바로 머리 위에서 목소리가 들려왔다.

굳이 그쪽으로 시선을 돌릴 필요도 없었다. 나는 반사적으로 뒤쪽을 향해 도약했다.

소피아의 칼날이 내 코끝을 살짝 스쳐 지나갔다. 또다시 장벽보다 빨리 공격이 들어왔다!! 나는 코끝에서 전해져 오는 뜨거운 감각에 무심코 얼굴을 찡그렸다.

온힘을 다해 공격을 하고 있다 보면, 방어 마술을 유지할 여유가 없다고! 이것도 연습이 필요한가?

나는 시야의 정면까지 들이닥친 소피아의 모습을 확인했다.

으에에?! 너, 방금 전까지 랜서하고 같은 위치에 있었잖아!

대체 무슨 수로 갑자기 바로 앞까지 들이닥친 거야?! 이번엔 내 탓이 아니야! 경계는 계속 유지하고 있었다고!

전력공격이 아니라, 만일을 위해서 장벽을 준비해두는 쪽이 옳았나? 하지만 그런 수고를 들이고 있는 동안, 이 녀석들이 똑같은 움직임으로 들이닥치면 결과는 마찬가지야. 젠장.

나는 랜서 쪽 상황을 확인하려고 움직이던 의식을 강제로 그녀에게 되돌렸다. 잘 보자, 소피아는 이미 준비 자세를 끝낸 상태야.

온다, 와. 온다고!!

내가 오른손에 타근을 들고 있는 걸 확인했을 텐데, 그럼에도 불구하고 소피아의 동작은 망설임 없이 나를 정확히 노리고 있다.

"또 반응했다!! 정말! 웃기는 물체를 다 보겠네!!"

뭐가 「또 반응했다!!」냐. 네가 일일이 목소리를 내고 있는 덕분에 간신히 피하고 있을 뿐이야! 얕보고 있는 건지, 생각이 그대로 입 밖으로 튀어나오는 멍청인지는 모르겠지만 말이야. 어처구니없는 직감을 터득하는 대가로 뇌와 입이 직결되기라도 한 거냐? 아, 진짜!

그녀의 시선으로부터 예리한 살기와 무지막지한 기백이 느껴졌다. 그녀는 지체 없이 움직이면서 순간적으로 내 품을 향해 파고들어왔다. 위험해!

나는 공격을 회피하기 위해, 반사적으로 물러섰다.

그 순간—.

내 간격으로 들어오고 있던 소피아가, 나를 향해 등을 돌렸다. 어? 왜?

나는 그 뒷모습에 잠시 정신이 팔리고 말았다. 그녀의 무기가 내 시야에서 벗어났다. 그녀는 자신의 몸으로 무기를 감춘 채, 살짝 물러선 나를 직접 쫓아오지 않았다. 그야, 저 검의 공격범위를 고려하면 여기도 충분히……. 아니야, 물러선 내 위치가 오히려 딱 알맞은 거리다!!

그녀가 고개를 돌리면서 내 옆구리부터 대각선으로 베어 넘기기 위해 검을 쳐 올렸다.

피할 수 없어! 빠르다!

반격? 아니, 방어? 하지만 이 긴장감 속에서 마술……?! 무리야! 당하는 건가?!

어떻게 그런 반응을 할 수 있었던 걸까?

혼란을 일으키고 있던 정신에 비해, 내 몸은 무의식중에 반걸음 앞을 향해 내디디면서 양손으로 고쳐 잡은 타근의 칼날을 그녀의 공격이 들어오는 궤적에 갖다 댔다.

나와 그녀가 전투를 시작한 이후, 처음으로 금속음이 울려 퍼졌다. 양손으로 강렬한 충격과 진동이 전해져 왔다. 왼손은 그저 오른손을 약간 거들고 있는 정도였는데, 충격과 진동은 아주 약간밖에 느껴지지 않았다. 슬슬 본격적으로 무용지물인 것 같네.

"……거짓말, 이지?"

내 목소리가 아니다.

……으, 살아있나?

이건 진짜 거의 기적이나 다름없었다. 선생님으로부터 받은 호된 단련이, 몸을 움직여줬던 걸까? 이딴 건 궁술도 뭣도 아니라고 불평해서 죄송했습니다, 선생님.

나는 자기도 모르게 두 눈을 질끈 감고 있었지만, 소피아의 말을 듣고 셧다운 상태였던 시야를 회복시켰다. 얼굴 방향을 밑으로 돌리고 있었으니 망정이지, 겁에 질려 두 눈을 감고 있었다는 사실을 알면 저 녀석이 뭐라고 생각할까? 다행히 그녀는 눈치채지 못한 것 같다. 그건 그렇고 꼴사납네. 하지만, 살아있어! 난 살아있다고!

무의식중에 대응하기는 어렵겠지만, 최소한 반사적으로 장벽을 전개할 정도로 단련하지 않으면 이러다가 죽을 수도 있겠네. 만약 이 녀석이 세계 최강의 괴물이자 상대조차 찾기 어려운 넘버원 겸 온리원이라면 몰라도, 비슷한 녀석이 몇 사람만 있어도 틀림없이 외통수다.

아, 그리고 장벽을 2중 내지 3중으로 발동시키든가 미리 설치해 놓을 수 있는 방어 마술 같은 것도 필요하겠네. 어라? 나 지금 방어 말고는 아무 생각도 안 하잖아?

새삼스럽게 상황을 파악하기 위해 시선을 움직였다.

으어, 이건 대체 뭐야?

소피아의 검, 무지막지하게 두껍고 장대한 양손검인 데다가 딱 봐도 비싸 보이던 명검이—.

괜히 사람을 위압할 정도로 존재감을 과시하던 칼날이—.

박살이 나 있었다. 깨끗이 베여나간 게 아니라, 산산조각으로 박살이 난 상태였다. 대체 뭐가 어떻게 된 건지 상세히 알 수는 없었으나, 산산이 부서진 무수한 조각들이 사방으로 흩어져 있었다. 칼날은 4분의 1도 남아 있지 않았다.

엘드워, 진짜 엄청나네. 이 타근은 겉모양만 단검이지 정체가 대체 뭐야? 칼날에 자그마한 흠집조차 나지 않았다. 단검 사이즈의 무기가 대검을 박살내는 날이 찾아올 줄이야……. 전 대체 왜 눈을 감고 있던 거죠? 이건 명확하게 호신용 도구의 영역을 초월했다. 굉장해, 정말 무지막지하게 엄청나.

"사, 살았나?"

나는 넋이 나가서 중얼거렸다. 또 하나 알아낸 사실이 있다. 전투 중에 필담 같은 건 진심으로 불가능하네. 여유 그 자체가 없었으니 당연하다면 당연한 얘기였다. 그 사실을 지금에 와서야 겨우 깨달았을 정도니 말할 것도 없지.

그리고 이해했다. 나는 자신이 패닉 직전에 몰려 간신히 버티고 있는 상황인 줄 알았는데, 사실 훨씬 전에 패닉에 말려든 상태였다는 사실을 말이다.

평소라면 얼마든지 고려할 수 있는 일조차 떠오르지 않았고, 항상 가능했던 일들이 불가능했다. 이런 추태를 보이다니.

……하지만, 왜 대검의 잔해만 남아있는 거지? 소피아는 대체 어디로—.

문득, 어깨에서 손의 감촉이 느껴졌다.

아뿔!

설마, 이 녀석은 더 이상 쓸모가 없는 대검을 바로 포기하고 내 등 뒤로 돌아 들어온 건가?

등 뒤로부터 공격이 들어온다. 내가 그렇게 각오한 순간, 순식간에 어깨로 힘이 가해지는 것이 느껴지더니 시야가 어두워졌다.

"너 정말, 보면 볼수록 가관이다."

그리고 소피아의 목소리가 들려왔다. 갑자기 부드러운 감촉이 얼굴에 느껴졌다.

……어?

이유는 모르겠지만, 나는 소피아에게 안긴 상태였다. 뭐야, 이거? 가슴?

아, 그렇구나. 이 녀석의 흉갑(胸甲)은 아까 불릿을 맞고 부서졌구나.

아니 잠깐, 응?

고개를 간신히 위로 들었다. 물론 그곳에는 당연히 그녀의 얼굴이 보였다. 영문을 모르겠지만 만면의 미소를 짓고 있었다. 그녀는 금속제 방어구를 거의 걸치고 있지 않았기 때문에 몸의 감촉이 직접적으로 전해져 오고 있었다.

바바리안 같은 근육녀라고 생각했는데 꼭 그런 것만도 아닌 것 같다. 내 예상보다 훨씬 여성스러운 몸매였다.

이 녀석이 입고 있는 셔츠나 숏팬츠도 평범한 금속 갑옷보다 강력한 효과를 지닌 옷이겠지, 내 코트처럼—.

아니, 그게 아니고! 우선 지금 상황을 해결해야 돼!

배후를 잡아놓고 왜 일부러 또 내 정면으로 돌아왔는지 모르겠지만 이건 찬스야. 오른손에 지니고 있는 타근으로 소피아를…….

"윽! 정말 엄청난 괴력이네. 굳이 표현하자면 신의 육체에 평범한 사람의 정신이 들어있는 셈인가? 아, 2 대 1로 우리와 대결하면서 제 정신을 유지했으니 정신도 튼튼한 건가? 용의 포효나 위압감에도 대항할 수 있지 않을까? 반면에 기술 쪽은 형편없었지만."

이거야 황송한 소리를 다 하는군. 물론 나는 일부러 용하고 싸우는 취미 같은 건 없으니까, 무의미한 정보였다. 소피아는 내 팔까지 한꺼번에 껴안고 있었기 때문에, 마음대로 손을 움직일 수 없었다. 하지만 그럭저럭 구속은 풀 수 있을 것 같네. 엄청난 검을 마구 휘두르는 것치고 완력은 그다지 강하지 않은 건가? 신기하군.

미안하지만 이런 의미를 알 수 없는 상황에 처한 상태로 언제까지나 영문을 모르고 있다가 선수를 빼앗기고 싶지 않아. 난 이만 탈출하도록 하지.

"그렇게 날뛰고 있으면, 좀 위험할걸?"

그녀가 얼굴을 나에게 가까이 들였다. 소피아가 귓가에서 속삭였다.

"뭐라고?"

"아, 말을 할 줄 모른다고 했나? 뭐 나도 설명할 생각은 없으니 오히려 간편해서 좋네. —!"

허?

지금 소피아의 마지막 대사가 들리지 않았다. 속삭이듯이 작은 목소리로 입에 담았는데…….

다만, 뭔가 바람이 갑자기 강해진 것 같은 느낌이 전해져 왔다. 바람 속성의 마술인가? 하지만 이런 밀착한 상태로 공격 마술을 시전했다가는 그녀 역시 무사히 끝날 리가 없다. 뿐만 아니라 아무리 어리바리한 나라도, 이미 계와 마술을 준비해 놓은 상태거든.

나는 주위에 눈이 닿는 범위까지 확인했다. 전쟁터의 독특한 분위기가 어느샌가 희미해져서, 구름이 약간 이상하게 보이고 있을 뿐이다. 그리고 방금 전부터 바람이 강하게 느껴지고 있을 뿐이야.

하여간, 탈출을 우선한다!

나는 온 힘을 다해서 발악했다. 어라, 발에서 느껴지는 감각도 좀……?

"큭! 그렇게 서두르지 않아도 지금 풀어준다니까!"

소피아의 말과 함께 단숨에 시야가 확 트였다. 온몸으로 느끼고 있던 그녀의 감촉도 삽시간에 사라졌다. 그 대신 강한 바람이 온몸을 뒤흔들었다.

……?!

푸른, ……하늘?!

하늘이라고?!

떠 있어?!

아니, 추락하고 있다!!

"미안하지만, 네 바람의 힘은 봉인한 상태야. 아무리 너라도 이 정도 고도에서 추락한다고 치면, 죽든지 나름대로 대미지를 입겠지? 이제 될 대로 되게 내버려두고, 우리는 작별 인사를 하도록 할게. 아—아, 결국 그 녀석의 「발판」 밖에 수가 없었다니. 녹이는 것도 귀찮은데."

소피아의 모습은 내가 올려다보는 위치에 있었다. 뭔가 마술이라도 써서 떠 있는 건가? 그녀는 나와 달리 추락하고 있지 않았다.

아니 잠깐, 발판이라니 이봐? 너 혹시 여기서 뛰어 내려갈 생각은 아니겠지? 그럴 리가 있나, 여기는 구름보다도 훨씬 위에 위치한 장소거든? 그녀의 모습이 점점 작아졌다. 하지만 그 모습이 어느 순간에 당돌하게 사라졌다.

"그럼 안녕, 라이도우."

다시금 귓가에서 속삭이는 목소리가 들렸다.

소피아의 목소리였다. 고개를 돌리자, 그녀가 틀림없이 거기에 있었다. 설마 순간 이동 같은 기술을 쓸 수 있는 건가? 그거, 경우에 따라서는 내 치트 성능보다도 치사한 거 아냐?!

다시 그녀의 모습이 사라졌다. 대충 예감은 들었지만, 밑으로 시선을 돌렸다. 그러자 내가 떨어지는 경로에 여러 개의 빛나는 물체가 떠 있는 모습을 육안으로 확인할 수 있었다. 저건 아마 랜서가 만들어낸 칼날이다.

그러고 보니, 랜서는 공중을 날아다니는 저 칼날들을 공격에 사용하지 않았다. 설마, 저게 발판이라는 건가? 하지만 소피아가 저걸 어떻게 사용하는 거지?

그녀가 손을 흔들고 있는 모습이 보였다. 하지만 곧바로 사라졌다. 그녀가 있던 자리에 남아있는 것은 칼날 하나뿐이다. 설마?!

소피아는 칼날과 자신의 위치를 바꾸면서 이동할 수 있는 건가?! 그런 기술이 가능해?!

하지만 랜서가 이런 상공까지 나를 공격하기 위한 칼날을 설치할 이유는 원래라면 있을 리가 없다. 지금의 나로서는 「바꾸기」에 써먹는 정도밖에 떠올릴 수가 없었다.

아아아아아아아!!

그보다 어떻게 하냐고! 여신에 의해 황야로 추락했을 때를 방불케 하는 상황인데요?!

낙하 루트에 반짝거리는 날붙이가 떠 있는 만큼 더욱 흉악한 취향이야!

고도가 그야말로 쭉쭉 떨어지고 있다. 지상까지 몇 분 정도 남은 거지?! 이 세계에서는 감당할 수 없는 물건을 하늘에다 버리는 습관이라도 있냐?

응, 몇 분?

……그렇구나.

이런 경험이 두 번째라서 그런지, 나는 묘하게 냉정을 유지하고 있었다. 들러붙어 있던 긴장감이 거짓말처럼 사라졌다.

1분 정도는, 있는 거구나.

아공으로 돌아가기 위한 영창을 마쳤다. 이제 언제든지 문을 열 수 있다. 하지만 아직 시간이 남아있단다.

나는 계를 전개해서 지상의 상태를 확인했다. 구름 때문에 육안으로 알아볼 수는 없었다. 지상에서는 마족들이 진군을 재개하고 있었다. 그리고 거리는 상당히 떨어져 있었지만, 북동쪽 방향에서 전투가 벌어지고 있는 것으로 보였다.

계를 사용해도 기척 정도의 정보가 애매한 정확도로 전해져올 뿐이었지만, 지표의 상황도 대충 파악할 수 있었다.

아무래도 요새를 공격해서 함락시키려는 모양이다. 요새 같은 건물 부근에서 전투가 벌어지고 있는 것은 틀림없어 보였다. 어느 쪽이 우세한지까지는 알 수 없었다. 공격군이 아직 요새에 접근하지 못 했으니, 수비 쪽이 우세한 상황인지도 모른다. 아까까지 내가 있던 장소는…… 아마 바로 아래쪽인 것 같네. 주된 전장에서 조금 거리가 떨어진 장소로 보였다.

혹시 그 말은, 지금 여러 곳에서 동시에 전장이 전개되고 있는데다가 저 소피아나 랜서를 능가하는 괴물들이 재들 말고도 우글거린다는 얘긴가?

나 혹시, 우물 안 개구리였나? 이번 일을 겪으면서 실제 경험이라는 게 얼마나 중요한지 절실하게 깨달았다. 다음 기회 같은 건 당연히 없는 편이 좋겠지만, 대책은 일단 확실하게 세워두자. 실전에서 제대로 써먹을 수 없다면, 마력이 아무리 많아도 무용지물이야.

냉정하게 상황을 분석할 수 있었던 것은, 어디까지나 황당한 방어력 덕분이다. 상황을 분석한 결과를 나 자신의 행동에 곧바로 반영시킬 수 없다면, 그냥 허수아비나 다름없다.

행동을 일으킬 때마다 또 다른 성가신 일이 발생해서, 정말 대책을 세울 의미가 있기는 한 건지 일말의 불안까지 느껴진다. 하지만 그래도, 언젠가는 결과가 따라올 거라고 믿으면서 나아갈 수밖에 없잖아?

그건 그렇고…….

소피아는 바로 이 아래에 있을 거란 말이지. 박살난 검과 랜서가 기다리고 있을 테니까.

기왕에 이렇게 된 거, 내 선물이나 가져가라.

나는 지상을 향해 손을 내밀었다. 잘려나간 손가락과 굳어서 검붉은 색으로 변한 핏자국이 눈에 들어왔다. 전체적으로 색깔이 보라색인데다가 감각도 거의 없는, 상당히 심각한 상태였다. ……이래가지고 잘도 움직였네.

오른손은 주머니 속이다. 모처럼 기회가 왔으니 코트도 벗어던지고 전력을 전개한 마술을 퍼부어 주고 싶은 참이지만, 공중에서 탈의하는 재주는 없어. 마구 들이닥치는 강풍 때문에 자세를 제어하기도 힘들다.

나는 오른손으로 주머니 속에 들어있던 반지의 감촉을 확인하고 자연스럽게 입 꼬리가 올라가는 것을 느꼈다. 긴장감에 지배된 상태였기 때문에 지금까지 미처 깨닫지 못 했지만, 나 역시 현재 상태에 대한 어둡고 추악한 분노가 쌓이고 쌓인 상태였을지도 모르겠다. 감정을 숨기지 않고 고함이나 마구 질러서 해소하고 싶을 정도의 순수한 분노가 끓어오르고 있었다.

나는 일부러 마력을 주입해서 안 그래도 포화 상태였던 반지를 거의 파열하기 직전까지 악화시켰다.

그리고 계를 사용해서 랜서가 지상과 공중 사이에 배치한 칼날들의 위치를 파악했다. 나는 그 모든 칼날들을 겨냥해서 불릿을 발사했다. 불릿은 왼손에서 발사되자마자 몇 십 개나 되는 작은 탄환으로 분열해서 랜서의 칼날— 아마도 소피아의 발판 —을 파괴했다.

확실하진 않지만, 두 사람이 경악하는 반응을 보였던 불릿보다도 조금 더 위력이 강한 버전일 거야. 여기서는 아무 방해도 받지 않고 집중할 수 있었거든. 낙하 도중이긴 하지만.

이제 녀석들은 아마 여기까지 못 올 거다.

다음으로 아공에서 대참사를 일으켰던 반지를, 최대한 마력을 집중시켜서 생성한 불릿과 융합시켰다.

이만큼 섞어 놓으면, 아마 여기서 발사해도 지상의 낙하지점에 폭발을 일으켜 후폭풍을 발생시킬 정도의 위력을 낼 수 있을 것이다.

여섯 개의 반지가 아직 화살로 변하기 전의, 구슬 형태의 불릿 안에서 불규칙적으로 돌아다니는 모습을 확인할 수 있었다.

맛있게 먹어라, 드래곤 슬레이어와 상위 용. 나를 실컷 가지고 놀아준데 대한 보답이다!

남의 말을 전혀 안 듣는 천방지축은 말이야! 여신 하나만으로 족하다고!

그야말로 다이너마이트 화살! 반지 불릿이다!

"그리고! 굳이 정성들여 봉인할 필요도 없이! 난! 바람 마술 같은 건 원래부터 못 쓴다고오오오오오오오!!"

고도가 어느 정도 하강한 덕분인지, 계의 정보를 통해 바로 밑의 지상으로부터 두 사람의 존재를 감지할 수 있었다. 나는 누구더러 들으랄 것도 없이 내뱉은 혼잣말이나 다름없는 마지막 대사와 함께, 역대 최대급의 위력을 집중시킨 불릿을 발사했다. 동시에 낙하 예측 궤도 도중의 공간에 안개의 문을 개방했다.

나는 드디어 아공 귀환에 성공한 것이다. 전개하는 순간에 내가 통과하고 나서 뒤처리까지 할 수 있도록 술식을 조합했으니, 문은 즉시 스스로 소멸하기 위해 움직이기 시작했다. 제대로 작동해서 다행이다.

구름이 방해하지만 않았다면, 백발백중의 실력을 보여줄 수 있었을 텐데. 하지만 구름을 통과할 때까지 기다렸다가는 반지 불릿이 내 손 안에서 폭주할 가능성도 있었단 말이지. 뿐만 아니라 안개의 문까지 발각될 가능성이 있었어. 어쩔 수 없었다고.

어.

갑작스럽게, 어렸을 적에 빈번히 빈혈로 쓰러질 때마다 느꼈던 그 감각이 찾아온 것을 깨달았다. 시야의 외곽으로부터 서서히 블랙아

웃을 일으키면서 가시범위가 좁아지는, 굉장히 불쾌한 감각이다.

역시 피를 너무 흘렸나? 이 불쾌한 감각은, 몸이 약했던 옛날에 실컷 맛본 거였는데…….

항상 큰일이라고 깨달았을 때는 한 발 늦는 바람에—.

이미 완전히 친숙하게 느껴지는 아공의 냄새를 맡고 긴장의 끈이 풀렸는지, 나는 정신을 서서히 잃으며 그대로 쓰러졌다.

한 가지 불가사의한 사실은, 예측하고 있던 낙하의 충격 대신 따스한 물체에 안긴 듯한 감촉이 느껴졌다는 것이다.

◇◆◇◆◇

전쟁터라는 장소에 어울리지 않는 앳된 인상의 소년이, 한쪽 다리를 질질 끌면서 하늘로부터 돌아온 파트너를 맞이했다.

"끝났나?"

"아마도. 네가 준비해준 발판 중에서도 가장 높은 곳까지 데려갔어. 하늘 위에서 구름을 내려다보는 건 아무리 나라도 첫 경험이었거든? 넌 조절이라는 걸 할 줄 몰라?"

지상에 착지한 여자는 소년의 어린 아이답지 않은 말투를 신경 쓰지도 않고 대답했다.

"설마 나의 검이 그런 식으로 파괴될 줄이야, 마치 악몽이라도 꾸고 있는 듯한 느낌이었다. 조금 당황했던 건 인정하마."

"현장까지 날아갔던 내 쪽이 더 당황스러웠다고. 변태는 지니고 다니는 무기도 변태 같은 성능이었네. 본 적도 없고 볼품도 없는 단검이었지만."

"내 기억에도 그런 무기는 존재하지 않는다. 가능하다면 회수해서 그 단검을 베이스로 검을 재구성하고 싶은 참이다만……."

소년의 모습을 하고 있는 상위 용이 그 손에 움켜쥐고 있던 칼자루를 바라봤다. 칼날은 자루 근처에 아주 조금 남아있을 뿐이었다.

"회수해 준거야? 고마워. 내 예상으론 그냥 얼어붙어서 쇼크사라도 하지 않을까 싶었는데, 나름대로 여유는 있었구나?"

"나의 분신이기도 하다. 챙기는 건 당연한 일이야. 하지만 칼날이 파괴된 순간, 온몸이 찢어지는 듯한 격렬한 고통이 느껴졌다. 지긋지긋한 얼음 속이었다고는 하나, 기절하다 못해 그대로 죽는 줄 알았다."

"어머나, 가엾어라. 그럼, 마족들에게 진격 신호라도 보내고 우리는 느긋하게 따라가자. 현재로서는 도저히 곧바로 싸울 수 있는 상태가 아니니까."

"……검도 산산조각 나고, 방어구도 파괴된 상태란 말이지. 넌 지금 나와 대결했을 때보다도 엉망진창이구나. 그런데도 아직 전의를 상실하지 않았으니 대단하다고 해야 할지 어이가 없다고 해야 할지."

랜서가 소피아의 모습을 보고 황당하다는 듯이 말했다.

동시에, 지금은 파트너이기도 한 소피아를 칭찬하는 말이기도 했다.

"너하고 붙었을 때는 데리고 갔던 녀석들도 죽었잖아? 사실 드래곤 사냥을 위해 모여든 목숨 아까운 줄 모르는 패거리였으니 아까울 것도 없었지만."

"흠, 이번엔 아무도 죽지는 않았나?"

"그래. 장비는 거의 다 골로 가고 몸도 비명을 지르고 있지만, 그나마 양호한 상태지. 저 라이도우라는 변태를 해치울 수 있었잖아? 용사가 자리를 비우고 있는 리미아라면, 국가 기능을 정지시키는 것 정도야 별 문제없으니까."

소피아의 발언으로부터 라이도우에 대한 경악이 엿보였다.

그녀는 드래곤 슬레이어로서 이름을 날리고 있을 뿐 아니라 수많은 전쟁에 참전했던 베테랑이다. 그런 그녀도 라이도우라고 자신을 소개한 자칭 상인이라는 존재를 이해할 수 없었다.

라이도우는 상위 용의 힘을 부여받아 마력에 대한 특화 성능을 보유하고 있는 소피아의 애검을 튕겨낼 정도의 마술 장벽을 구사했다. 온힘을 다한 일격으로 겨우 상쇄시킬 수 있는 정도로 높은 레벨의, 대단히 강력한 장벽이었다. 그런가 하면, 라이도우는 장벽의 재구성에 시간을 지나치게 허비하는 추태를 보이기도 했다.

상황 인식에 전쟁터치고 너무 긴 시간을 소요한데다가 전투가 시작되자마자 도주를 고려하는 우둔한 부분을 보인 주제에, 곧바로 사용한 마술에 소피아도 본 적이 없을 정도의 집요한 추격 성능을 부가했다. 마술에 추격 성능을 부가하다니, 마력의 코스트 퍼포먼스를 고려할 경우엔 기본적으로 배제할 수밖에 없는 비효율적인 행위였다.

검기도 초심자에게 털이나 난 정도의 레벨이었다.

아무리 단검을 주로 다룬다고 해도 너무 형편없었다. 전장을 얕

보고 있다고밖에 달리 할 말이 없다. 적어도 소피아는 그렇게 느꼈다.

'하지만 마지막 격돌의 순간. 라이도우는 발을 앞으로 내디뎠어. 직전까지만 해도 뒤로 몸을 젖히면서 후퇴하려는 기색을 보이고 있었는데. 덕분에 검끼리 정면으로 격돌한데다가, 이쪽의 검이 파괴당했지.'

그 동작은 거의 반사적인 행동으로 보였다. 드래곤 슬레이어인 그녀의 예상에서 벗어난 동작이었다.

'그런 상황에서도 몸이 기억하고 있다가 일련의 동작을 실행하기라도 했다는 거야? 그 정도의 수련을 쌓아놓고 저 정도 실력일 리가 없잖아? 그렇다면…….'

"이봐, 뭔가……."

소피아는 랜서의 중얼거리는 듯한 말소리를 듣고 생각의 소용돌이로부터 현실로 돌아왔다. 그가 하늘을 올려다보면서 일그러뜨린 표정의 의미를, 소피아도 금방 알 수 있었다.

하늘로부터, 몇 십 개나 되는 파란 줄기가 쏟아지기 시작한 것이다.

그 빛줄기들은 구름을 가르면서 무차별적으로 쏟아지고 있었다.

제각각의 가느다란 빛줄기가 마치 산탄처럼 대지에 꽂히고 있었다. 랜서가 전개한 장벽이 없었다면, 두 사람이 서 있던 장소에도 직격탄이 명중했을 것이다. 약화된 상태의 랜서가 전개한 방어 장벽으로도 막아낼 수 있을 정도의 위력이었지만, 약하지도 않은 공격이었다. 그 수를 고려하면 충분히 전장에서도 통할만한 공격이다.

파란 빛줄기는 다시금 움직이기 시작한 마족의 머리 위로도 쏟아졌다. 마족 군단이 혼란을 일으키기 시작했다. 다행히 다음 탄환은 아직 들이닥치지 않았지만, 안심하기는 이른 상태였다.

"……큭! 이건!"

"라이도우 녀석, 다 같이 죽어보자는 심산인가?!"

"다녀올게! 저 녀석을 방해하고 오겠어. 이대로 내버려 두면 진군에 영향이 있을 거야!"

"소피아, 그건 불가능하다! 지금 공격에 발판으로 준비한 칼날들이 전부 파괴당했다. 저 녀석, 설마 대량으로 확산시켜 놓은 칼날들을 전부 격추시켰다는 건가?!"

"그럼 곧바로 만들어내. 다음 공격이, ……잠깐?"

소피아는 랜서를 재촉하다가 그만 말문이 막혔다. 그녀의 눈동자는 아직 상공을 바라보고 있었다. 시선을 가로막는 구름 위의 머나먼 저편에서 기다리고 있을, 한 사람의 남자를 바라보고 있었다.

"……지금 공격은 추격을 막기 위해 발판을 파괴했을 뿐이다. 지금 보여준 술법은 그런 뜻이냐, 라이도우……? 공격은, 이제부터 시작된단 말인가."

랜서도 소피아와 마찬가지로 하늘 위를 주시하고 있다. 그 표정은 여전히 고뇌에 차 보였다.

그는 머나먼 하늘 저편에서 마력이 모여들고 있음을 느꼈다. 그 방대한 마력에 비교하면, 지금 공격 따위는 그야말로 먼지 조각이나 다름없었다. 방금 전의 공격도 충분히 광역 공격 마술로 통하고도 남을 정도의 위력이었다. 실제로 마왕군의 대열은 미처 예기치 못한 공격을 당해 혼란을 일으키고 있었다. 효과는 충분했다.

속성은 물이다. 랜서가 자신의 한쪽 다리를 확인했다. 라이도우의 술법을 미처 받아내지 못해 동상을 입었다. 회복시킬 수는 있겠으나, 이 전장에서는 무용지물이었다.

“저 녀석은 대체 얼마나 웃겨야 직성이 풀린다는 거지? 혼자서 만들어낼 수 있는 마력의 양을 한참 초월했잖아! 아직도 다른 수단을 숨기고 있다는 거야?”

“물 속성이라. 물을 다루는데 어지간히 자신이 있는 모양이구나.”

‘하지만 어떻게 된 거지? 물의 정령이 녀석에게 힘을 빌려준 기척이 없다. 뿐만 아니라 이 부근의 마력도 거의 줄어들지 않은 상태야. 이 정도 규모의 마술을 행사하기 위해서는 부근 일대의 모든 마력을 남김없이 끌어 모을 필요가…….’

상위 용인 랜서는 현재 상황에 이상한 점이 있다는 사실을 깨달았다.

광역 공격용의 마술을 사용하기 위해서는 방대한 양의 마력이 필요하다. 당연히 정령의 지원이나 대기 중에 존재하는 마력을 필요로 한다. 개인이 보유하고 있는 마력만 가지고 사용하기는 도저히 불가능하기 때문이다.

“물, 그렇다면 이걸로……!”

소피아는 랜서의 혼잣말에 번뜩임을 얻어, 목걸이에 손을 뻗었다.

그 목걸이는 물의 정령이 지닌 힘을 빌릴 수 있는 아이템이며, 랜서도 그 성질을 파악하고 있었다.

다만 사용 회수는 단 한 번뿐이다. 물에 관련된 사항에 한해, 아마도 거의 만능으로 써먹을 수 있을 정도로 고위에 해당하는 도구였다. 그런 까닭에 방금 전 라이도우가 발사한 「화살」을 처리하기 위해 사용할 수는 없었다. 소피아와 랜서가 목걸이 이외에도 상황을 극복할 수 있는 수단을 지니고 있었을 뿐만 아니라, 지지 않을 자신이 있었기 때문이다. 결과적으로 랜서가 부상을 입기는 했지만, 지금 상황을 고려해 볼 때 온존했던 것은 정답이었을지도 모른다.

'틀림없이 저 목걸이를 사용하면 술법으로부터 정령의 지원을 무효화시킬 수 있고, 일반적인 술법의 경우엔 불발시킬 수도 있다. 설령 발사가 가능하다고 해도 물의 정령으로부터 술법을 금지당한 상황에서 시전할 수 있는 공격이야 뻔한 수준일 거야. 하지만 이 위화감은 대체 뭐란 말인가?'

"랜서, 발판을 부탁해. 유효 범위까지 이동해서 녀석의 마술을 박살내고 올게."

"……그럴 수는, 없다. 소피아."

"어째서?"

"확실하지 않기 때문이다. 그 목걸이는 사용한다. 다만, 방어용으로 말이지."

랜서는 상위 용으로서 느끼고 있던 위화감을 믿고, 소피아에게 지시했다.

그리고 마왕군의 지휘관에게 연락했다. 부대의 혼란을 수습하기 위해 움직이던 지휘관은, 증오스러운 빛과 함께 소환된 인물과 앞장서서 전투를 벌이고 있던 두 사람으로부터의 연락을 받고 곧바로 반응을 보였다.

그는 여신을 상징하는 황금빛을 목격하고도 증오에 지배당하지 않도록 능숙하게 마왕군을 지휘하고 있었다. 그리고 급변하는 상황에 대해서도 신속하게 대응하고 있었다.

황금빛에 대해서는 소피아와 랜서가 곧바로 대처를 시작했기 때문에, 군을 제지하기는 어렵지 않았다. 그렇다고는 해도 우수한 인물이라는 것은 틀림없는 사실이었다.

"공중으로부터의 재공격에 대비하기 위해, 서둘러 방어 결계를 전개해라."

마왕군이 랜서의 지시에 신속하게 반응을 보이면서 움직이기 시작했다. 역시 제대로 훈련된 정예 병사들이다.

랜서는 감탄한 표정으로 그 모습을 바라보고 있었다.

하지만 시간이 그다지 많지 않았다. 방대한 마력이 모여 들면서, 술법의 형태를 이루기 시작했다. 하나밖에 모르는 바보도 아니고, 또다시 그 화살 마술이 날아들 것으로 예상된다.

"방어용이라고? 좋아. 분명히 불길한 예감이 들긴 해."

"잘 알아듣는구나. 저기까지 갈 수 있겠나?"

랜서가 마왕군을 가리켰다. 이미 그의 칼날이 부근에서 빛을 내뿜고 있었다.

"준비도 빠르셔라. 그럼, 갈까?"

"부탁한다."

소피아가 랜서의 말을 듣고 고개를 끄덕였다. 그녀는 재빠른 동작으로 그를 끌어안고, 칼날의 위치와 자신의 위치를 교대하면서 이동했다.

갑자기 떠들썩한 함성들이 두 사람의 귀를 찌르기 시작했다. 마왕군 진형 안으로 들어왔으니 무리도 아니었다. 두 사람은 서둘러 방어 결계가 전개된 범위를 향해 이동했다.

"그래서? 이건 바로 사용할래?"

소피아가 목걸이를 움켜쥐고 랜서에게 물었다.

"그렇군. 이 부근이 적당할 것 같다. 소피아, 그 목걸이의 효과 범위를 우리 두 사람에게만 한정해서 사용하도록 해라. 만일을 위해서야."

"……?!"

"결계 전체에 중첩해서 사용했다간 안심이 되지 않아."

"……이 녀석들, 그래도 며칠 정도는 한솥밥을 먹은 사이 아냐? 잔혹하네."

"딱히 마왕군과 한패가 된 적은 없다. 그러는 너야말로 죄악감 따위는 없지 않나?"

"여기는 전쟁터니까. 우리 입장은 말하자면 용병인 셈이니 스스로의 생명을 우선하는 건 당연한 얘기야. 파트너의 판단에 따르고 말고요."

소피아가 목걸이에 박힌 감색 보석에 마력을 전송했다. 보석이 강렬한 빛을 내뿜다가 파괴되고, 두 사람을 그 빛과 동일한 파란색 막으로 에워쌌다.

"온다."

랜서가 중얼거렸다.

"나 이거 참, 혹시 긁어 부스럼이었던 걸까?"

소피아의 말은 후회하는 듯하면서도, 그 표정은 지금부터 일어날 일에 대한 호기심을 숨기지 못 하고 있었다.

"어쩔 수 없었다. 아까 그대로 사태를 방관했다가는, 황금색 빛에 마족들이 몰려들어 진군조차 불가능했을 테니까. 여신의 간섭을 시사하는 그 빛은 마족들로서는 공포와 증오의 상징이다. 모처럼 데리고 온 군세가 한꺼번에 폭도로 전락했다가는 목적을 달성할 수 없지 않나?"

"그 결과가 이 모양 이 꼴인데? 마구 울부짖으면서 라이도우에게 몰려드는 마족들을 절반 정도 죽여서 공포로 다시 옭아매는 쪽이 편하지 않았을까?"

"결과론이다. ……만약이나 가설이라도 상관없다면 녀석과의 교섭도 유효했을지도 모른다."

"무슨 소리지?"

"우리의 모든 목적을 달성하기 위해 사실은 녀석과 협력 가능한 관계였으며, 라이도우가 그 수단을 받아들일 수 있는 입장이었다는 전제조건이 필요하다만."

"아, 그래? 불가능한 가설이 아닐까?"

"고작 여신을 적대시하는 입장이 일치하는 정도였겠지. 하지만 그 정도가 한계였을 거야."

"대충 비슷한 느낌은 들었어. 목적을 위해 수단을 가리지 않는 녀석이었다면, 전투가 시작되자마자 이 공격을 퍼붓기만 하면 끝나는 얘기였으니까. 어…… 드디어 오나?"

"음. 마족에 필적할 만큼 강력한 감지 능력이라. 역시 대단하구나. 정답이다."

아무래도 마족 군단의 일반 병사 가운데에서도 공격의 존재를 감지하는 이들이 나오기 시작한 것 같다. 거의 비명이나 다름없는 고함소리가 여기저기서 울려 퍼지기 시작했다.

'어마어마한 마력이다. 이 술법이 이대로 지상에 명중한다면, 미리 퇴각하기 시작한 휴만들도 휩쓸리게 될 거야. 응?! 그렇군, 그런 거였어. 위화감의 정체는 마력이야. 지금부터 들이닥치는 건 그 화살 마술이 틀림없다. 광역용의 마술이 아니야. 말하자면, 녀석은 세계에 흩어진 마력이나 정령의 지원조차 빌리지 않고 단독으로 이 정도 규모의 마술을 행사했다는……. 그렇다면 녀석 자신이 보유하고 있는 마력의 양은 이미……?!'

랜서의 분석은 거기서 중단될 수밖에 없었다.

푸르른 빛이 온몸을 비추고 있었던 것이다.

◇◆◇◆◇

푸르른 색깔의, 일그러진 형태의 화살이 구름에 구멍을 뚫었다.

대단히 커다란 화살은 아니었다. 그 정도 크기로 어떻게 구름에 거대한 구멍을 뚫었는지 이해가 가지 않을 정도였다.

다들, 처음에는 전해져오는 마력과 겉모습의 차이를 확인하고 독기가 빠져나가기까지 했다.

변화가 일어난 것은 순식간이었다.

화살 내부에서 무슨 일이 일어난 건지, 화살로부터 원형의 파문이 발생했다. 마치 수면 위에 물건이라도 떨어진 것처럼 하늘에 파문이 생겨났다.

몇 사람 정도가 화살이 점점 팽창하면서 가속하고 있다는 사실을 알아냈다.

한 차례 하늘에 파문을 그리고 나서는, 푸르른 화살은 확실하게 여러 차례에 걸쳐 똑같은 반응을 반복해서 보이기 시작했다. 세 번째에 이어 네 번째, 하늘에 파문이 생길 때마다 화살은 커다랗고 빠르게 변했다.

이미 거대한 창으로 변한 푸르른 빛이, 원형으로 전개된 상태였던 마왕군 진형의 중앙으로부터 약간 빗나간 장소에 꽂혔다.

마왕군은 공중을 향해 방어 결계를 전개하고 있었다. 그러나 거대한 창은 마치 그런 결계 따위는 처음부터 없었다는 듯이 아무렇지도 않게 군세의 꼭대기에 우뚝 꽂혀 있었다.

마지막 반응이 일어나기 시작했다. 그러나 이번만은 하늘에서 벌어지고 있는 반응이 아니다. 이미 절반 정도 대지에 꽂혀 있는 상태에서 반응이 일어나고 있는 것이다.

주위의 병사들은 먼지가 되서 날아가 버렸고, 일그러진 상태에서 원래대로 돌아가려는 창이 발생시킨 얼어붙은 폭풍이 미쳐 날뛰고 있었다. 휘몰아치는 바람이 광범위의 마족들을 한 순간에 얼음 조각상으로 만들고 있었다. 대참사를 일으킨 창 본체는 이미 파문을 발생시키는 대신, 가속에 의해 그 몸통 전체가 완전히 지하에 파고든 상태였다.

한 순간의 정숙이 찾아왔다.

모든 마족들의 발밑으로부터, 정확히 말하자면 이 일대의 모든 대지로부터 눈부신 빛이 솟아올랐다. 처음엔 한 줄기의 빛이 새어 나와 하늘로 뻗어 있을 뿐이었지만, 연이어서 셀 수도 없을 정도로 대량의 빛줄기들이 다양한 두께로 모습을 드러냈다. 아주 짧은 시간 만에 주변 경치는 물론 하늘까지 빛으로 가득 찼다.

장관—.

그 일격을 가장 정확히 표현하는 단어는, 오직 그 한 마디뿐이었다.

이 술법을 시전한 술사인 라이도우, 본명 미스미 마코토는 이렇게 엄청난 사태를 예측조차 하지 않았을 것이다.

기껏해야 자신을 농락한 전장에 대해 약간 수작이나 부려볼 생각이었던 것으로 추정된다.

그는 정확히 파악하지 못 했던 것이다.

소피아나 랜서에게 발사한 불릿과, 머나먼 하늘에서 발사한 불릿은 명확하게 다를 수밖에 없었다. 전장에서 생명의 위기를 직감하고 지극히 긴장된 정신 상태에서 겨우 발동시킨 마술과, 평소와 거의 다를 바 없는 마음가짐으로 천천히 집중해서 시전한 마술의 차이가 존재했다.

그 위력의 격차는 엄청났다. 고고도의 하늘에서 평정심을 되찾을 수 있었고, 추락하는 경험 자체가 두 번째였다는 그의 기구한 체험도 틀림없이 그 원인 중 하나로 작용했을 것이다.

그리고 그는, 자신의 종자이자 상위 용의 본색을 지니고 있는 토모에의 분신체를 희생시키고 아르케가 몸을 던져 억눌렀던 반지의 폭발 위력을 참고삼아 계산하고 있었다.

그리고 그 폭발조차 네 개의 반지가 연쇄 파열을 일으킨 결과에 지나지 않았다. 미스미 마코토는 본인의 마력을 흡수한 반지를 과소평가하고 있었다.

반지가 하나씩 파열될 때마다 불릿의 위력이 가속되며 증폭되었을 뿐만 아니라, 하늘에 남아있는 원형 파문의 잔광(殘光)으로 변한 흔적들을 전부 통과한 결과 거대한 창으로 변해 대지에 꽂히는 사태를 예측할 수 있을 리가 없었다.

그가 목격했던 강변이나 강, 숲은 물론이거니와 마족들이 대기하고 있던 초원뿐만 아니라 머나먼 저편으로 보이던 황폐한 갈색 대지까지 모든 것들이 빛으로 가득 차 있었다.

퇴각하고 있던 휴만 군대도 예외일 수가 없었다. 그들이 이동했던 거리는 창이 만들어낸 거대한 동심원을 벗어나지 못 했다.

접촉한 모든 존재들을 얼려 버리고, 동시에 방대한 에너지로 파괴했다. 먼지로 흩어지더라도 그림자조차 남기지 않고 그 모든 것들을 오로지 푸르른 색으로 물들이기만 했다. 하늘로부터 강림한 빛의 창은 대지를 찌른 후엔 파괴의 돔을 형성했다.

순간인지 영원인지 구별할 수 없는 시간이 지나가자 그 빛은 서서히 흩어지기 시작했다.

창이 꽂혔던 자리에는 반원 형태로 남아있는 파괴의 잔해가, 돔보다는 약간 작지만서도 연못이라 부르기에는 너무나 거대한 웅덩이를 형성하고 있었다.

「호수」가 탄생한 것이다.

대체 그 위력은 어느 정도였단 말인가? 적어도 일개 개인이 사용할 규모는 절대로 아니었고, 그야말로 전략무기라고 부르기에 적합했다.

숲과 평원이 있었던 장소에 푸르른 하늘을 비추는 거대한 거울이, 마치 먼 옛날부터 있었던 것처럼 그 존재감을 과시하고 있었다. 부근을 흐르던 여러 줄기의 강으로부터 물이 유입되어 하류까지 흐르고 있다.

지도를 고쳐버릴 정도의 위력이었다.

뜸하기는 했지만, 그 수면 위에 떠 있는 그림자도 존재했다.

대부분은 미동조차 하지 않고 있었다. 기적적으로 살아남은 병사들이 아니다. 몸의 일부가 간신히 남아있기만 한 시체나 각양각색의 잔해들이었다. 그 불합리할 정도의 무지막지한 파괴 속에서 형태가 남아있었던 것만으로도 충분히 기적적인 일이었다.

그런 와중에서도, 그 사람 형태의 그림자는 사지가 멀쩡했다. 벌벌 떨면서도 오른손을 얼굴에 가져가, 눈앞을 가리고 있던 젖은 머리카락을 귀찮은 듯이 걷어냈다.

드래곤 슬레이어, 소피아 브루거였다.

그녀의 근처에 한쪽 다리를 잃은 어린 아이의 그림자도 보였다. 그녀가 미츠루기라고 부르던 랜서였다.

"……미츠루기, 살아있니?"

"……."

"저기, 그 목걸이 말인데? 방어용으로 사용하면 한 번뿐이기는 해도 물 속성의 마술로부터 사용자를 완전히 보호하는 거 아니었나?"

"……."

"나 말인데? 「대타」들은 물론이고 오더 메이드로 주문했던 방어구도 전멸한데다가, 기타 등등 방어 계열 액세서리도 거의 다 날아가 버렸거든? 지금 내 꼴 좀 볼래? 알몸이야, 알몸."

보고하나마나, 그녀는 거의 알몸이나 다름없었다. 찢겨나간 천들 중 일부가 정말로 아주 약간 남아있을 뿐이고, 도저히 의복으로서의 효과를 기대할 수 있는 상태가 아니었다.

"……그러냐. 나는 다리 한쪽이 기어코 날아가 버렸구나."

그가 질질 끌고 다니던 한쪽 다리는 사라진 상태였다. 아무런 부상도 없이 살아남을 수는 없었던 것이다.

"라이도우, 그 자식은 죽은 거지?"

"……아마도. 글쎄, 어쩌면 우리와 마찬가지로 이 호수 위에 떠 있을지도 모르겠군."

두 사람은 눈을 마주치지도 않고, 서로 하늘을 올려다보면서 대화를 나누고 있었다. 자신들이 어째서 떠 있는지에 관해서는 서로 언급조차 하지 않았다.

기적적으로 목숨을 건졌으니, 일단은 충분하다고 마음속 어디선가에서 생각하고 있는지도 모른다. 머나먼 하늘을 멍청하게 바라보는 눈동자들이 그 본심들을 더할 나위 없이 표현하고 있었다.

"……만약, 그 녀석이 살아있을 경우의 얘기야. 반드시 찾아내서 죽여 버려야만 해. 이 정도의 마력에다가 기량까지 갖추기라도 하는 날에는 손쓸 방법이 전혀 없잖아?"

"죽었을 거다. 그 녀석은 낙하해서 죽었다. 일단 그런 걸로 해두

자. 그리고 지금 찾아내봤자 죽일 수도 없어. 상처를 회복시키고 장비를 갖추는 게 우선이야. 어디에서 솟아났는지 짐작도 안 가는 수수께끼의 생물 때문에 우리의 과업이 실패하는 사태만큼은 견딜 수가 없다."

"그 녀석, 온힘을 다한 게 아닐 수도 있지 않아?"

소피아의 표정이 약간 어두워졌다. 그녀는 라이도우가 어쩌면 진심으로 싸우지 않았을지도 모른다고 느끼고 있었다. 물론 레벨 920이자 『드래곤 슬레이어』의 호칭을 지닌 자신과 싸웠으니 아마도 진심으로 달려들었을 거라는 생각도 든다. 정말 아주 약간의 의문에 불과했다.

"모른다. 무엇 하나 확실한 게 없어. 우리가 눈을 가렸던 여신과 마찬가지로, 여기서 무슨 일이 일어났는지 전혀 설명할 길이 없다. 일이 이리되고 보니, 여신을 붙잡아서 캐묻고 싶은 참이다. 차라리 저 녀석의 모습을 보여줬어야 했나? 그리 했다면 언젠가 물어볼 수 있었을지도 모르겠군. 넌 대체 뭘 불러낸 거냐고."

"라이도우라. 당분간은 용사나 데리고 놀 생각이었는데, 그럴 수도 없는 상황인가?"

소피아는 라이도우에게 보였던 표정과 마찬가지로, 그 입가에 호전적인 미소를 지어 보였다. 거의 몸조차 가눌 수도 없는 상황인데, 소피아는 벌써부터 싸울 생각에 들떠 있었다.

"나중 일로 미루자. 먼저 내 용무부터 끝내고 나서, 라이도우를 쫓도록 해라. 장비를 갖추고, 힘을 되찾은 후에 재도전하는 게 상책이야."

랜서가 탄식을 내뱉으면서도, 향후의 방침에 관해 제안했다.

"……그래. 네 말이 맞아, 미츠루기. 그 녀석을 사냥하려면 만전의 태세를 갖춰야만 해."

"우선 체력부터 회복시키고 육지로 올라가야겠군."

"응, 지금은 그야말로 손끝 하나 움직일 수가 없으니까."

두 사람은 얼굴을 마주치지도 않고, 하늘을 올려다보면서 그저 웃고만 있었다.

◇◆◇◆◇

이 날 기적적으로 이 참극에서 살아남을 수 있었던 열 명 남짓되는 생존자들의 증언을 기점으로, 휴만과 마족 양쪽에 하나의 소문이 탄생했다.

붉은 옷을 걸친 세 번째 여신의 사자—.

그 외모는 장신의 날렵한 체구에 절세의 미모를 지니고 있다는 소문도 돌았고, 아직 나이도 차지 않은 어린 아이라는 소문도 돌았다.

사람들이 제각각 속삭이는 작은 소문은, 실제로 탄생한 호수를 그 존재의 증명으로 삼아 서서히 세계로 퍼져 나갔다.

『마인(魔人)』.

미스미 마코토는, 본인이 그런 호칭으로 불리고 있다는 사실을 아직 알지 못 했다.

5

나는 조용히 눈을 뜨고 잠에서 깨어났다.

눈동자에 어렴풋이 비친 광경은 나름대로 친숙한 천장이었다.

여기는…… 아공에 건설한 저택의, 내 방이다.

오랜만에 기절했구나. 그 빈혈 같은 감각은 어렸을 때 이후로 처음인 것 같다. 옛날엔 정말로 허약 체질이었으니…….

나는 침대 위에서 마치 하나의 막대기를 방불케 할 정도로 꼼짝도 하지 않는 양호한 잠버릇을 자부하는 몸이다. 나 스스로도 정말 대견하군. 기분 나쁘다는 의견은 들을 생각 없다.

여름엔 시원하고 겨울엔 따뜻한 멋쟁이 최첨단 모포를 붙잡고 몸을 일으켰다. 황폐한 오지에서 오크 종족이 사용하고 있다는 소리를 그 누가 믿을지 짐작이 안 갈 정도로 쾌적한 아이템이야.

그건 그렇고, 나른하다. 몸에 도저히 힘이 들어가질 않아. 며칠 정도 잠을 자기라도 했나?

"응, 후우."

……?

어라, 나 말고 누가 있나?

그제야 전방 이외의 방향까지 시선을 돌릴 수 있었다. 아직도 희미한 시야를, 손가락으로 눈을 비비면서 회복시켰다.

이게 어떻게 된 거야?

아마 나는 아직 잠이 덜 깬 상태였다. 그런 스스로에게 정말 크게 감사할 따름이다. 현실감이 없는 상태로 상황을 파악할 수 있었기 때문이다. 방에는 나 말고도 세 사람이나 있었다.

우선 내 좌우에 토모에와 미오가 자고 있었다. 곁잠이라고 하는 건가? 거리는 상당히 가까운 편이었지만 딱히 안겨 있었던 상태는 아닌 것 같다.

왼편에서 자고 있는 토모에는 유카타 같은 차림새를 하고 있었다.

대체 어디를 향해 주먹을 내밀고 있는지는 모르겠지만, 일단 내가 맞지는 않았으니까 문제없어. 다만, 유카타가 심하게 흐트러진 상태였다.

……속옷에 관해서까지 잔소리를 할 생각은 없는데, 붕대를 매고 있는 건 좀 그렇지 않냐?

본 게 아니야. 보인 거라고. 누구에게랄 것도 없이 변명을 꺼내본다.

반대편의 미오는 마치 갓난아기처럼 몸을 웅크리고 자고 있었다. 입고 있는 의미가 있냐고 캐묻고 싶을 정도로 속이 다 비치는 소재의 잠옷(?)을 입고 있다. 그게 옷은 맞니? 눈을 어디다 둬야 될지 모르겠다. 그나마 속옷은 입어주고 있으니 간신히 세이프라고 할 수도 있겠는데.

누나와 여동생을 두고 있는 입장에서 말하자면, 이 정도는 처음 보는 상황도 아니었다. 전혀 신경 쓰지 않느냐고 물으신다면 역시 조금 쑥스럽다고 대답하겠지만 말이야.

흠, 전원이 자고 있는 시간대에 눈을 뜨다니 나도 참 기본적으로 타이밍을 못 잡는 팔자로군.

방 입구에 설치된 문 근처에 토모에의 새로운 분신체인 소녀가 잠들어 있었다.

그녀는 문에 기댄 채로 쭈그려 앉아 잠들어 있었는데, 설마 문지기로 버티고 있는 거야? 그 문은 잡아 당겨서 여는 타입이라 아무런 의미도 없거든?

토모에와 마찬가지로 엘드워가 제작한 일본도 비슷한 무기를 문에 걸어두고 있는 모습을 보니, 아마 저 상태는 본인이 무장이라도 갖추고 있는 것으로 생각하고 있는 것 같다.

얘는 겉보기엔 그냥 초등학생이라 무슨 짓을 해도 귀엽기만 하단 말이지.

자그마한 토모에니까 대충 코모에[#3]라고 이름을 붙여 버렸는데, 뒤늦게 조금 후회가 된다. 토모에 미니보다는 양호한 이름인 것 같으니 그나마 다행인가.

창문 쪽으로 시선을 돌리자, 커튼 너머로 어슴푸레한 빛이 들어오고 있었다. 새벽인가?

시간대를 고려하더라도 조금 서늘한 듯한 느낌이 든다. 아니 사실, 춥다. 얼마 전까지만 해도 봄이었는데. 아공 녀석, 설마 또 계절을 바꾼 거냐?

그건 그렇고…… 그 일이 있은 이후로 정말 며칠이나 지난 거지? 아마 하루나 이틀 정도라고 생각해. 피를 흘리긴 했지만 빈사 상태는 아니었다는 생각이 들거든. 애초에 혼자 힘으로 간신히 아공 귀환에 성공할 수는 있었으니까 말이야.

#3 코모에의 이름 작은(小, 일본어 훈독으로 코) 토모에라는 의미로 명명.

혼자 힘, 이라?

『드래곤 슬레이어』, 소피아. 정말 대단한 녀석이었다. 굳이 표현하자면 인간다운 강자라는 느낌이었지. 힘이나 속도도 지금까지 만났던 사람 중에서 특출하게 굉장했지만, 그 이상으로 자신이 지니고 있는 패들을 사용하는 방식이 능숙하다고 해야 하나? 장비나 마술을 사용하는 방식이 기상천외했다.

소피아가 오직 랜서의 칼날하고만 위치를 바꿀 수 있는 건지, 아니면 모든 물체와 자신의 위치를 바꿀 수 있는 건지 분간이 가지 않는다. 어쩌면 사실 그 모든 게 아무 상관도 없고 그냥 순간이동인지도 모르겠네.

분명한 사실은 그녀가 거리를 어느 정도 무시하면서 움직일 수 있다는 거야. 원거리 공격을 최고의 주특기로 삼는 내 입장에서 보면, 머리가 아파오는 얘기였다.

내가 혹시 이런 소리를 하면 애들이 삐질 수도 있겠지만, 사실 토모에나 미오보다 무서웠거든. 아마 레벨 2000 이상이라고 했어도 그냥 믿었을 거야. 그게 레벨 920이라고? 레벨이라는 숫자를 있는 그대로 받아들이는 건 위험하겠군.

……사돈 남 말 하고 있네. 그런 태클이 들어올 것 같은 느낌도 드네요.

마술로 전개한 장벽이 허를 찔린 공격에 이 정도로 불리할 줄이야. 솔직히 말해서 생각해 본 적도 없었다. 정신을 제대로 가다듬고 있지 않으면 돌파당하기 쉽다는 건가?

아니면 소피아의 무기가 특별하게 이상했을 뿐일까? 여러 가지로 상식을 초월한 사람이었으니 있을 수 있는 얘기야.

계의 성능과 방대한 마력, 그리고 엘드워의 장비…… 이 가운데 어느 하나라도 모자란 상태였다면 죽었을 지도 몰라.

가만히 생각해 보면, 나는 마술을 알게 된지 아직 1년도 지나지 않은 견습생 중의 견습생에 지나지 않는다. 궁도를 시작했던 당시에 1년 미만밖에 경력이 없었던 나와 비교해 보면 어떤 입장인지 아주 잘 보여. 활조차 제대로 가누지 못 했던 시절이지. 과녁이고 뭐고 그 이전의 단계였다.

마력을 숨긴다는 별도의 목적이 있었기 때문이지만, 이세계에 내려선 이후로 나의 기본적인 방침이 방어 중시였다는 것도 불행 중 다행이었다.

아무리 드넓은 바다만큼 마력을 지니고 있어도, 한 국자나 한 양동이 단위로밖에 써먹을 수 없으면 무의미하다. 바다 전부까지는 아니더라도 몇 분의 1 정도는 한꺼번에 운용할 수 있도록 준비하지 못 하면, 그저 동이 나지 않을 뿐이야.

위급한 상황에 한정해서 잠재력을 조금 끌어올 수 있다고 해도, 나는 마조히스트가 아니니까 매번 고전하는 것도 사양하고 싶다.

당치도 않은 전투 이벤트에 휘말린 덕분에, 새삼스레 역시 학원도시로 향하는 결단은 옳았다는 생각이 들었다. 나 자신이 마술에 대해 지니고 있는 지식이 얼마나 부족한지 쓰라릴 정도로 통감했거든.

하지만 아무리 그렇다고 해도 이 정도의 경험을 할 필요는 없었다는 생각이 들어. ……뭐, 여기로 오고 나서 계속되고 있는 불행이 이번에도 찾아왔다고 하면 그러려니 하지만.

거기다 내가 이번에 어디서 어떻게 싸웠는지 짐작조차 안 가는 상태라는 것도 불쾌하단 말이지. 츠이게 근처에서 전쟁 같은 게 벌어졌다는 얘기는 들어본 적도 없으니, 아마도 내가 여행하고 있던 루트로부터 상당히 멀리 떨어진 장소였을 것이다.

나를 그 전쟁터에 던져놓은 녀석은, 전이 마법진에서 유괴 당했을 때 들었던 **그 목소리**의 장본인인 걸로 확정이다.

……뭐가「찾았다」냐, 빌어먹을 여신 녀석!

그 녀석은 또 멋대로 나를 휴만과 마족이 전쟁을 벌이고 있는 한복판에다가 던져놓은 거다. 황야에 이어서 이번엔 전쟁터냐? 정말 사신(邪神)으로 인정해줄까?

거기다 그냥 던져 놓기만 하고 아무런 지시나 지원도 없었으니, 정말 철저하게 사람을 가지고 노는 녀석이다. 혹시 다시 소환당하기라도 하면, 이번엔 온 힘을 다해 저항해주지.

하지만 결국, 소환에 저항하기 위한 방책에 관해서는 종자들에게 부탁할 수밖에 없을 것 같다. 공간 이동 같은 부문은 토모에, 미오, 시키…… 누구한테 맡기는 게 가장 적절할까? 역시 토모에가 제일 적당할지도 모르겠네. 하지만 마술에 대항하기 위한 방책이라면 미오라도 괜찮을 것 같군.

두 사람이 일어나면 물어보도록 하자. 토모에나 미오에게는 섣불리 보복에 나서지 않도록 다짐을 받아둘 필요도 있어. 아니, 싸움은 나쁘니까 관두자는 게 아니야. 나도 다 생각이 있다고, 일단 재미있는 부분은 마지막까지 남겨두자는 거지.

그러고 보니, 시키는? 시키는 어디지? 아마 나는 페리카라는 도시로 전이할 예정이었어. 그대로 멈추지 않고 나보다 미리 학원에 도착했다면, 나도 금방 그쪽으로 따라갈 수 있을 텐데……. 거참, 종자가 대기하고 있는 장소에 안개의 문을 열 수 있다는 것도 정말 편리하단 말이지.

페리카로 가기 전, 전쟁터로 날아가기 전날에 숙박했던 도시……. 그러니까, 오비트라는 도시였어. 거기까지 날아가서 다시 전이하기보다, 학원으로 직행할 수 있으면 편하게 끝날 텐데.

시키는 고민이 많은 성격이니까 이쪽으로 돌아왔을 가능성도 부정할 수가 없다.

……좋아, 한번 연락이나 해볼까?

'시키? 잘 잤어?'

다행이다. 종자와의 링크도 회복된 것 같다. 상대와 연결되어 있다는 감각이, 확실하게 전해져 왔다.

염화의 회선이 연결된 것을 확인하고, 우선 통화를 시도했다. 염화라는 건 사실 사용 감각이 거의 스카○프나 다름없다는 느낌이야.

'마코토 님? 마코토 님이십니까?!'

'응, 그래. 갑자기 사라져? 버린 것 같아서 미안.'

시키의 입장에서 내가 어떻게 보였는지 알 수가 없으니, 어쨌든 사라졌다고 해두자.

'아니, 아닙니다! 옥체는 평안하십니까?'

'응, 그냥 조금 나른할 뿐이야. 일단 나중에 시키에게 진찰이라도 부탁할 생각이야. 지금 어디지?'

……어라, 지금 뭔가 잊어버린 것 같은 느낌이 드는데?

'정말 다행입니다. 곁에서 모시고 있었는데도 불구하고 저는 아무 것도 할 수 없었습니다. 그런데 만약 마코토 님께서 돌아오시지 않으셨다면, 저는!'

'아니, 시키. 지금 어디에 있냐고 묻잖아?'

'아, 죄송합니다! 저는 지금 학원 도시의 시험 행렬에 서 있습니다. 마코토 님의 안부를 확인할 때까지 서류를 제출하는 것은 부적절하다고 생각했습니다만, 그저께 부상을 입으신 상태로나마 아공에 귀환하셨다는 말씀을 듣고 토모에 님과 상담한 결과 저는 이쪽에서 대기하기로 결정했습니다.'

토모에가 결정했다고? 이 녀석의 판단은 남자 부모 같은 느낌이라고 해야 하나? 굉장히 합리적인 구석이 있단 말이지. 아마 내 부상이 단기간 이내로 회복될 것이라고 판단하고, 그 이후에 합류할 예정까지 고려해서 시키를 저쪽에 남겨놓았을 것이다. 상세한 치료는 내가 학원 도시에 도착하고 나서 시키에게 부탁하기만 하면 문제가 없다는 건가?

아마 미오라면 앞뒤 안 가리고 시키를 불러내서 「지금 고쳐! 바로 고치라고!」라고 닦달이라도 시작할 것 같다.

흠…….

시키는 내가 그저께 부상을 입고 돌아왔다고 말했다. 말인즉슨, 난 이틀이나 잠을 자고 있던 건가? 어라, 그럼 상당한 중상 아닌가?

아, 상처!

왼손!

손가락!

나는 상당히 깊은 상처였다는 사실을 떠올리고, 양손을 얼굴 앞으로 가져와 확인했다.

그 보기만 해도 불길한 보라색은 어디로 갔는지, 왼손은 오른손과 마찬가지로 건강한 살색으로 돌아온 상태였다.

손가락도 전부 건재했다. 그냥 평범하게 움직인다. 실제로 모포를 붙잡기도 했고 지금까지 자연스럽게 써먹었단 말이지. 에휴, 자고 일어난 지 얼마 안 되서 그런 것도 있겠지만 아직 멀쩡한 상태는 아니네. 흐리멍텅해.

그건 그렇고―.

다, 다행이다――――――――――!!

근데, 시키 녀석. 어디에 줄 서 있다고? 시험 행렬?

'저기, 시키. 시험 행렬이란 건 뭐지?'

'아, 롯츠갈드에 들어가기 위해서는 시험이 필요한 모양입니다. 그 순서를 기다리고 있는 행렬이지요. 이렇게 비효율적인 방식이 아니더라도 달리 방법이 있어 보입니다만……. 행렬의 길이로 봐서, 마코토 님께서 응시하실 시험은 엿새 정도 후에 치러질 것 같습니다.'

틀림없이 번호표 같은 제도를 도입하면 줄을 설 필요는 없어지겠지. 줄서 있는 동안 마음이 꺾여서 물러가는 사람들도 있을 것 같다. 그게 노림수라면 주최 측도 상당히 엉큼하네.

그렇구나~. 시험이라. 렘브란트 씨가 추천장을 써줬으니 아마 면접 정도로 끝나지 않을까 가볍게 생각하고 있었다.

하지만 자칭 난관이라고 소문이 자자했던 상인 길드의 시험도 의무 교육의 앞에선 상대가 되지 않았다. 그렇게 걱정할 것도 없나? 최악의 경우엔 지식을 획득할 수만 있어도 상관없고, 학생이라는 신분에 고집할 이유도 없다.

그래도 기껏 소개해준 렘브란트 씨의 체면을 세우는 의미에서도 시험만큼은 제대로 응시해야지. 그건 그렇고, 엿새 후라? 어느 정도의 규모가 있는 도시인지 실제 두 눈으로 확인한 건 아니지만, 약간 관광하고 다닐 여유 정도는 있어 보이는군.

'그렇구나. 그런데, 시키. 넌 굉장히 착실한 성격이구나?'

'예?'

'아니, 최면이나 암시가 주특기라고 했는데…… 왜 일부러 행렬에 늘어서 있는지 이해가 안 가서.'

'……!!'

'그런 수법을 남용하기라도 하면, 아마 주인인 내가 그다지 유쾌한 표정을 지을 것 같지 않아서 배려해준 거 아냐? 참 성실한 것 같아.'

'…….'

'시키? 그럼 나도 잠시 후에 그쪽으로 출발할게.'

'아, 예.'

시키의 반응이 조금 이상한데? 혹시 잠을 그다지 자지 않은 건가? 이런 새벽인데도 반응이 빨랐던 걸 보면 철야한 걸지도 모른다. 정말 애쓴다.

밤새도록 줄을 서다니 정말 대단한 것 같아. 그러고 보니 원래 세계에서도 1년에 두 번 도쿄 모처에서 열리는 축제에 빠짐없이 참가하는 반 친구들도 있었다. 마경(魔境)이니 지옥이었다고 말하는 주제에, 싱글벙글 웃으면서 참가 당시의 추억을 주워 섬겼다.

……아이코.

서둘러 옷이나 갈아입자. 그렇지 않아도 시키는 물론 모든 사람들에게 걱정을 끼친 상태야.

갈아입고 이 녀석들을 깨운 다음에 무사하다는 사실을 전하고, 학원 도시로 가서 시키에게 왼손의 정밀 검사를 받고 관광이나 즐기자.

밤에는 아공으로 돌아와서 상세한 보고 시간을 가져야 할 것이다. 학원 도시에서 사람들 눈에 띄지 않는 장소에 문을 만들어둘까? 일단 지금까지 들렀던 장소에 문을 설치하고 있기 때문에, 전이 마법진을 사용하지 않아도 지금까지 방문한 도시에 이동하는 것은 아공을 경유하는 형태로 가능하다.

그러나 문을 사용하고 나서 완전히 닫히기라도 하면 그대로 소멸해 버리기 때문에, 흔적을 남겨야만 재활용이 가능하다. 침입자가 문으로부터 아공에 진입할 가능성을 고려해서, 토모에가 문을 만들 경우엔 원칙적으로 완전히 폐쇄하도록 명을 내려놓은 상태였다.

그러나 중계 기지로 사용하기 편한 장소나 그 순간에 거점으로 삼고 있는 도시의 경우, 편의를 우선해서 흔적을 남겨도 좋다고 전달한 바 있다. 하지만 그럴 경우에도, 아공 측의 출구에 리자드맨이나 오크 전사들로 구성된 수비 병력을 배치하고 있다.

완전히 닫히지 않은 안개의 문을 여닫는 작업은, 미오도 할 수 있다. 하지만 시키는 아직 할 수 없다. 상당히 악전고투하고 있는 모양이다.

시키는 원래 리치였고, 나름대로 여러 가지 지식과 실력을 갖추고 있는데도 이 모양이다. 그러니 외부인의 침입에 대해 걱정이 너무 심한 건지도 모르겠다. 그래도 유비무환이라는 말도 있으니, 앞으로도 기본적으로 완전히 폐쇄하는 방침을 유지할 예정이다.

아, 잠깐. 학원 도시 쪽은 나하고 시키뿐이니까, 당분간 문을 남겨둘 필요는 없는 건가? 내가 필요할 때마다 열기만 하는 끝나는 얘기다. 어차피 시키 혼자서는 자유롭게 왕래할 수가 없으니까.

그건 그렇고…… 시선이 느껴지는데?

그것도 좌우로부터 말이야.

『도련님!』

그 단어만큼은 알아들을 수 있었다. 그 이외엔 무슨 소리를 하는 건지 조금도 이해할 수가 없었다. 아예 무슨 소리를 하는지 전혀 알 수 없는 미오와, 일단 말은 말인데 엄청난 속도로 지껄여 대서 역시 알아들을 수 없는 토모에의 협공이다. 한 가지 확실한 사실은 옷을 갈아입는 게 조금 연기된다는 것뿐인가?

양 사이드로부터 미녀들의 포옹을 받고 있으니 어떻게 보면 굉장히 수지맞은 상황일 텐데, 희한하게도 걱정을 끼쳐서 미안하다는 감정이 강했다. 만난 지 몇 개월밖에 지나지 않았지만, 나름대로 농밀한 시간을 함께 보낸 녀석들이니까.

'시키, 미안. 그쪽으로 가는 게 조금 늦어질지도 몰라.'

'……? 알겠습니다. 그렇게 무리하실 필요는 없습니다.'

시키로부터 자상한 배려의 한 마디를 들었다.

"토모에, 미오. 좋은 아침. 걱정 끼친 것 같아서 미안."

……상황을 보아 하니, 우선 보고부터 끝내야 할 것 같다.

나는 예정을 변경하기로 마음먹었다.

◇◆◇◆◇

"미츠루기라고요? 그 애송이, 죽지 않았단 말입니까."

토모에의 가벼운 놀라움이 전해져 왔다.

간신히 두 사람을 떼어내고 상황을 설명하기 시작했는데, 아니나 다를까 두 사람 다 상당히 화가 난 모양이다.

"아마 그럴 거야. 그리고 랜서를 죽였다고 소문난 드래곤 슬레이어와 함께 다니고 있었어."

우선은 전체적인 설명부터 시작하기로 했다. 이야기 도중에 일일이 두 사람을 진정시키다가는 쓸데없이 시간이 길어지기만 할 테니까.

"과연…… 자세한 사정은, 지금으로선 정확히 알 수가 없군요. 일단 여신이 도련님을 전송했던 전장은 아마도 스텔라 요새 공략전일 가능성이 높을 겁니다. 도련님께서 계시지 않는 동안에 정보를 수집했습니다만, 처참한 전투였다고 합니다. 결과는 휴만 연합군의 참패로 끝났고, 양쪽 군에서 대규모의 사망자가 발생했다고 하더군요. 그건 그렇고, 미츠루기가 도련님께……. 호오, 흠……."

토모에가 위험한 분위기를 풍기며 눈을 가늘게 뜨고 있는 것은 일단 모른 척 하기로 했다.

스텔라 요새? 들어본 적 없는 명칭이다.

분명히 어렴풋이 보였던 건축물 부근에 가장 사람들이 많이 모여든 상태였다. 그게 요새였던 건가? 파악할 수 있었던 시점은 상공으로 이동했던 순간이었으니 거의 돌아오기 직전이었다. 결국 휴만 쪽이 패전했다는 건가?

소피아 같은 생물이 마족에 가담한 걸 보면, 그 결과도 납득할 만하다.

……그 녀석은 정말 무시무시한 생물이었어. 아마 내가 날린 마지막 일격도 그냥 간지러운 수작질 정도로 받아 넘겼겠지.

그러고 보니, 사람이 사람을 기꺼이 죽이러 오는 걸 목격한 것도 인생에서 처음이야. 내가 방관자가 아니라 당사자였다는 사실이 새삼스럽게 공포를 불러 일으켰다.

"……그 여신 녀석, 나를 정말 터무니없는 현장으로 날려 버렸던 거지! 거기다 찾았다고 지껄이기만 하고 아무 말도 없다니! 정말로 죽는 줄만 알았다고!"

"도련님께 감히……. 여신, 용서 못 해. 용서 못 해. 용서 못 해. 용서 못 해. 용서 못 해……."

미오가 오래간만에 대화가 불가능한 상태로 돌입했다. 완전히 자신만의 세계로 여행을 떠났다. 눈빛이 완전히 색채를 잃어버렸을 뿐 아니라 깜빡이지도 않는다. 청각도 기능을 제대로 발휘하지 않고 있는 것 같다.

갑자기 폭주하려는 기색이 없는 만큼, 당분간은 진정시킬 필요도 없으니 편하군. 나는 미오의 반응을 보고 그런 식으로 약간 부적절한 생각을 떠올리고 있었다.

"하지만 도련님께 그 정도의 부상을 입히다니, 대체 무슨 조화를 부린 걸까요? 도련님께서 사용하시던 방어구의 성능과 마력의 양을 고려할 때, 도저히 돌파가 가능하리라는 생각은 들지 않습니다만……. 허나 상당한 중상을 입고 돌아오신 것도 사실이란 말이지요. 으—음."

"내가 방심했던 데다가 공부가 부족했기 때문이야. 그 이외엔 달리 할 말이 없어. 갑작스럽게 전쟁터로 불려가서, 갑작스럽게 괴물들 사이에 떨어졌으니 완전히 패닉 상태였지."

그도 그럴 것이, 여러 개의 마술을 동시에 전개하기는커녕 장벽조차 제대로 사용하지 못할 정도로 형편없는 추태를 보였으니 정말 할 말이 없다.

"흠……."

"자기 키를 넘길 정도로 거대한 검을 휘두르고, 공중에서 2연속 베기를 날리는 여자거든? 뿐만 아니라 순간 이동인지 또 다른 능력인지는 모르겠지만, 공격 범위를 무시하고 사방으로 종횡무진하는 기술을 구사했다고. 일단 평상시에도 장벽을 유효하게 전개할 수 있도록 준비하는 것과 한번에 사용할 수 있는 마력의 양을 늘리는 게 급선무야. 지금 상태로는 나의 장점을 제대로 살릴 수가 없어."

"한번에 사용할 수 있는 마력의 양 말입니까? 분명히, 순도나 밀도의 측면에서 보면 몰라도 도련님께서는 평소에 그다지 많은 양의 마력을 운용하고 계신 이미지는 없군요. 마력을 변환하시는 순간의 효율은 훌륭하십니다만, 보유하고 계신 마력의 총 양으로 보면 반지 여러 개 정도 분량의 마력은 순식간에 가다듬으실 수 있어야 정상이겠죠. 미오와 대결하셨을 때는 평소의 도련님과 약간 다른 분위기였으니까요."

바로 그거야. 나는 지니고 있는 마력에 비해 사용할 수 있는 마력이 너무 적다. 대량으로 보유하고 있는 것만으로는, 그다지 유리하게 느껴지지가 않아.

"학원에서 마술에 대한 기초를 익히고 나면 조금 달라질지도 몰라. 동행으로 시키도 데리고 있으니, 학원 도시에서 여러 가지로 공부하고 올게."

"……그 건 말씀입니다만. 역시 저희들도 동행하는 편이 좋지 않겠습니까? 여신이 언제 또다시 간섭을 시도할지 예측할 수가 없습니다. 여신도 도련님을 찾았다는 말을 한 것을 보면 계속 찾고 있었다는 의미로 해석할 수도 있습니다."

"……."

"아무쪼록 재고해주실 수는 없겠습니까?"

분명히, 토모에의 걱정도 이해는 간다. 나 같아도 친구나 가족이 갑자기 소식을 알 수 없는 상황에 처했다가 다쳐서 돌아오기라도 하면 걱정하는 건 당연하니까. 앞으로 똑같은 상황을 초래하지 않도록 노력할 생각이다.

"토모에. 나도 여신에 관해선 몹시 신경 쓰여. 하지만 그렇기 때문에 아직 알려져 있지 않을지도 모르는 토모에와 미오, 그리고 아공의 존재를 숨겨두고 싶은 거야. 시키는 어쩌면 이미 알려져 있을지도 모르니까 섣불리 움직이기보다는 함께 데리고 있을 생각이야. 지금은 일단 내가 부탁한 대로, 여신의 강제 소환에 저항할 수 있는 방법을 조사하면서 기존의 예정에 착수해줘. 츠이게 근방에 신용할 수 있는 인원을 배치하고 싶은 의도도 있고."

전이 마법진을 사용하다가 납치를 당했으니, 당연히 그 순간에 동행하고 있던 시키의 존재는 여신에게 알려져 있을지도 모른다. 다행히 토모에나 미오까지 알려져 있을 가능성은 아직 높지 않았다. 하지만 여신이 나를 찾고 있는 이상, 두 사람의 존재가 발각되면 한층 성가신 사태를 초래할 것 같은 느낌이 든다.

그렇다면, 아직 이 두 사람은 가능한 한 숨겨두고 싶다. 이 판단이 어떤 결과를 초래할지 아직 알 수 없지만, 그 천방지축 여신에게 우리의 패를 전부 노출시키는 사태는 생각만 해도 오싹하다.

"휴우. 여신의 간섭을 무효화시킬 수 있는 방책과 방해가 불가능한 염화의 개발……. 도련님께서 즉석에서 저희를 소환하실 수만 있어도 대부분의 문제는 거의 다 해결하실 수 있을 테니 병행해서 추진하는 것이 최선이겠군요. 이거야 원, 도련님께서 내리시는 명은 정말 하나 같이 해결하기 어려운 문제밖에 없습니다. 하지만 도련님께서 저희를 비장의 수단과 같이 생각해주시니 영광이기 그지없습니다. 언젠가 찾아올 날을 대비하여 지금은 때가 무르익기만을 기다리도록 하지요."

"미안해. 그 전쟁터에 도착한 순간, 너희들과의 연결을 느낄 수가 없었어. 뿐만 아니라 염화도 불통 상태였지. 정말로 초조했다고. 아마 여신이 원인인 게 거의 틀림없겠지만, 그 이후에 소피아가 사용했던 반지의 영향도 신경 쓰여.”

“최초에 일어났던 현상은 아마도 여신의 결계가 원인일 것입니다. 한 순간 회복되었다가 다시 끊어졌던 것은, 아마도 여신의 간섭을 무효화시키는 그 **도구**가 원인이겠지요. 수집해야 할 정보가 너무 많군요. 한번 정도는 그 전장을 직접 시찰하지 않고서야 더 이상 상세히 말씀드릴 사항은 없어 보입니다.”

토모에가 입에 담은 한 순간 회복되었다는 말이 신경 쓰였다. 나는 그 순간, 그런 식의 느낌은 받지 않았거든. 이 녀석들이 느낌 감각은 또 달랐단 말인가?

어쨌든, 그 전장 전체에서 벌어졌던 사태에 관해 무슨 수를 써서라도 파악하고 싶은 참이다. 일단, 나 자신이 직접 현지로 조사하러 가는 건 지금 사용할 수 있는 수단 중에 가장 나쁜 방법일 테니 자제할 생각이다.

“하나부터 열까지 수고를 끼치는군. 일단 내 능력으로 너희들을 소환할 수 있도록 준비하는 일에 관해서는 나도 노력해볼게. 약속할게. 만약 한 바탕 일을 치러야 하는 순간이 오게 되면 반드시 두 사람을 부를 거야.”

성가신 일들만 떠맡기고 있으니, 미안해요. 아부지. 여신에 대한 대책을 세운다고 해봤자, 내가 떠올릴 수 있는 건 실컷 활이라도 쏴서 마력만이라도 녀석을 초월하는 것 정도야. 지금이라면 방어구도 완성됐기 때문에 마력을 은폐할 수 있는 모양이니까요, 저질러 버릴 깝쇼?

“정말 기대되는 말씀이십니다. 하오나, 앞으로 이번과 같은 간담이 서늘해지는 경험은 진심으로 사양하고 싶으니 부디 소환 루트의 확보를 최우선적으로 부탁드립니다. 이 몸의 기우라면 좋겠습니다만, 전이 마법진은 되도록 사용하지 마시고 아공을 경유해서 이동하여 주십시오.”

“아, 응.”

“휴만과 마족이 전쟁을 벌이고 있는 전선은, 저희들이 여행하고 있는 장소로부터 머나먼 북방에 위치해 있습니다. 흠, 그 말인즉슨 전장을 검증하기 위해서는 별동대가 필요하다는 뜻이겠군요.”

“일임할게. 토모에가 선택한 멤버라면 안심할 수 있어.”

약간은 치켜세워줘도 문제는 없겠지? 아까부터 부탁만 하고 있잖아. 그리고 정말로 토모에라면, 큰 문제를 일으킬 인재에게 임무를 맡길 리가 없으니 걱정할 일이 없다. 가족의 입장에서 본 과대평가일지도 모르겠지만.

“황송하신 말씀입니다. 그건 그렇고, 미오에게도 한 말씀 하사해주실 수 있겠습니까?”

토모에가 상당히 곤혹스러운 표정으로 미오를 가리켰다. 그녀의 표정이 「이 몸은 상대하고 싶지 않습니다」라고 주장하고 있었다.

“…….”

미오라. 그녀의 몸에서 분출된 독기가 대단히 짙게 확산된 상태라서, 도저히 가까이 가고 싶지 않다. 일단 이번 일과 같은 사태를 피할 수 있도록 토모에와 함께 대책을 생각해줄래? 이런 말이라도 해주는 편이 좋을까?

으—음.

음!

하지만 거절한다!

그냥 넘어가자!

"……아니, 난 시키가 기다리고 있을 테니 이만 가도록 할게. 혼자 줄서 있는 것도 불쌍하잖아? 시키는 아직 제대로 된 상황도 모를 테니까."

"……명을 받들지요. 아공으로 귀환하실 때는 서프라이즈에 주의하십시오. 아, 그리고 얼버무리셔도 소용없습니다. 일어나시자마자 가장 먼저 시키와 연락을 주고받으시지 않았습니까?"

"어…… 음. 순서 같은 건 그다지 신경 쓸 필요 없지 않을까? 시키에게 가장 먼저 연락했던 건 다른 뜻은 없으니까."

서프라이즈라면서 예고라니, 불길한 한 마디도 다 있네! 최소한 기대하라고 하면 안 되겠냐? 뿐만 아니라 시키에게 염화를 날린 것도 들통 난 상태였다.

그건 그렇고, 지금의 미오는 그다지 가까이 가고 싶지 않은 상태였다. 토모에가 내뱉은 서프라이즈라는 단어도 무섭지만, 일단 참고 넘어가도록 하자.

학원 쪽이 이럭저럭 바빠지기 시작하면, 언제 느긋하게 아공으로 돌아와서 머물 수 있을지 알 수가 없다. 내가 학원에 있는 동안 두 사람이 어떻게 행동할지, 나중에 보고를 듣는 것도 기대된다.

다만, 당분간은 연락을 하면서도 여신을 경계하는 편이 좋을 것이다. 안개의 문을 사용하는 이동만은 그만둘 수가 없지만 말이야.

정말 너무 편리하다고. 지금까지 아공을 경유해서 이동하다가 여신에게 발각당한 기색도 없어. 검증해보는 의미로 일부러 안개의 문을 사용해보는 것도 하나의 방법일지도 모르겠다.

아마 내가 이번에 벌인 행동은 완전히 여신이 의도한 대로는 아닐 것이다. 그렇다고 가정한다면, 그 녀석이 불평 한 마디라도 퍼붓기 위해 찾아올 수도 있다. 그런 상황에서도 간섭이 없을 경우엔 일단은 안전하다고 판단할 수 있을지도 모른다…….

아직 학원 도시에 도착도 못 했는데 벌써부터 이 모양이다.

하여간 내가 당장 해야 할 일은 여러 가지 의미로 자기 단련이라고 할 수 있다. 롯츠갈드에서 여신에게 대비하기 위해 자기 강화를 시작하도록 할까? 휴만과 마술에 관해서 제대로 파악하기도 전에, 또다시 여신의 손에 농락당할 줄은 예상도 못 했다.

참나.

그렇게 서두르지 않아도 시기만 찾아오면, 그쪽이 찾지 않더라도 내가 직접 가줄 테니까 기다리고 있으라고. 하고 싶은 일이나 목표만 제대로 정해지면, 딱히 눈에 안 띄게 숨어있을 필요도 없거든?

눈에 띄건 안 띄건 장사는 할 수 있고, 부모님에 관해서 알아보고 다니는 것도 문제없다.

"저, 저기!"

이미 학원으로 가기 위한 준비를 끝낸 나에게 새로운 목소리가 말을 걸었다. 방금 전까지만 해도 쭈그려 앉아 있다가, 지금은 완벽한 직립부동 자세에 애용하는 칼을 양손으로 껴안고 있는 소녀였다.

“아, 코모에. 시끄러워서 깼구나. 미안해.”

“도련님, 무리하지 마세요! 잘, 다녀오세요!”

어린 아이니까 존댓말 같은 걸 억지로 쓰지 않아도 좋을 텐데. 하지만 자그마한 아이가 있는 힘껏 애쓰면서 말을 배우는 모습도 사랑스럽단 말이지.

“응, 다녀올게. 코모에, 토모에가 괴롭히면 나한테 말해라?”

나는 소녀에게 손을 흔들면서 안개의 문을 열었다.

“코모에, 열심히 할게요!”

코모에는 키보다도 큰 검을 양손으로 소중하게 움켜쥐고 있었다. 초대 분신과는 그다지 대화를 나눈 기억이 없었다. 분신체라는 존재가, 본체인 토모에와 정신을 공유한다고 생각했기 때문이다.

하지만, 적어도 코모에와 토모에는 별개의 인격이었다. 초대가 본체인 토모에와 특별히 대화를 나누지는 않고 있던 것처럼 보였으니 괜히 더 착각한 것인지, 아니면 코모에가 예외인 건지는 모르겠다. 하지만 이 일을 정확하게 짚고 넘어갈 생각은 없다. 나는 별개 인물이라고 생각하고 상대할 거야. 그럼 된 거 아니겠어?

그런 경험이 있었기 때문에, 나는 이 소녀를 상대하면서 더욱 무른 태도를 보이고 있는지도 모른다. 소멸해버린 초대에 대한 속죄는 이미 불가능하다는 사실을 알고 있는데도.

아아, 하지만—.

토모에도 이 정도만 귀염성이 있으면 좋을 텐데.

나는 시키의 위치를 탐지하기 시작했다.

"……도련님, 이 몸은 사무라이를 동경하긴 합니다만…… 남색(男色)만큼은 자제해주시길 바랍니다."

"그럴 리가 있냐!"

나는 약간 진지한 표정을 짓고 있던 토모에의 한 마디를 듣고, 온힘을 다해 부정했다.

금방 일어난 몸에 그녀의 마지막 말을 듣고 갑자기 심한 피로를 느끼면서도, 나는 학원 도시로 이동했다.

◇◆◇◆◇

"어디 보자, 도련님께서는 떠나셨다. 미오, 언제까지 그러고 있을 생각이냐?"

마코토가 안개에 휩싸여 사라진 후, 주인이 없는 방 안에 토모에의 목소리가 울려 퍼졌다.

하지만 그녀가 말을 건 상대였던 흑발의 여성, 미오는 엄지손톱을 깨물면서 낮은 목소리로 중얼거리고 있을 뿐이었다. 토모에는 대답을 듣기를 포기하고, 입구에 서 있던 자신의 분신체인 코모에를 향해 고개를 돌렸다.

"코모에, 이제 이 방의 문지기는 필요 없다. 이 몸도 나중에 따라갈 테니 숲 도깨비들과 놀고 오너라."

"아, 예! 알겠습니다, 토모에 님."

"가르쳐준 주의사항은 기억하고 있겠지?"

"물론이죠! 잘라 버리면 고친다, 입니다."

"정답이다. 그럼 부탁한다. ……또 무슨 일이라도 있나?"

코모에가 뭔가 물어보고 싶다는 표정으로 토모에를 바라보고 있었다.

"토모에 님. 물어보고 싶은 게 있습니다."

"말해 보거라."

"남색이라는 건 무슨 뜻이죠?"

"……언젠가 가르쳐주마. 지금은 아직 일러. 자, 숲 도깨비들을 놀려두지 마라."

"아, 예. 알겠습니다! 다녀오겠습니다!"

코모에가 고개를 크게 끄덕이면서 바깥으로 달려 나가는 모습을, 토모에가 배웅했다. 상황이 변했다는 사실을 감지한 드워프와 오크, 그리고 리자드나 아르케에다가 두 사람의 대화에 등장했던 숲 도깨비들까지 실내의 상황을 엿보러 왔다. 토모에는 마코토의 안부를 걱정하는 주민들의 모습을 보고 쓴웃음을 지으면서도 기쁘다고 생각했다.

숲 도깨비들까지 문안을 왔다는 사실에 그녀는 놀라고 있었다. 전원이 직립부동 자세로 훈련장에서 기다리고 있을 것이라고 예상했기 때문이다. 아슬아슬한 경지까지 몰아붙일 생각이었다만, 아직 여유가 있어 보인다.

토모에는 훈련 메뉴의 일부를 수정하기로 결심했다.

"저, 마코토 님의 몸 상태는……."

오크 가운데 한 사람이 망설이면서도 입을 열었다.

그녀는 에마, 오크 족장의 딸이자 바야흐로 이 아공에 존재하는 온갖 잡무부터 행정까지 도맡아서 담당하고 있는 소녀였다. 그녀는 총명하면서도 교우 관계를 중개하는 능력이 탁월하여, 다른 종족을 상대하면서도 능숙하게 교섭할 수 있는 유능한 여성이다. 그리고 마코토에 대한 충성심이 매우 강했다. 토모에나 미오도 에마에게 한 수 접고 들어갈 정도였다.

"아, 에마로군. 도련님께서는 방금 전에 눈을 뜨셨다. 다른 이들에게도 도련님께서 무사하시다는 사실을 전달해도 좋다."

"하지만 모습이 보이시지 않는 것 같은데요."

"시키가 대기하고 있는 학원으로 떠나셨다. 좀 더 정밀하게 진찰하는 편이 나을 테니까. 아무튼 여기에는 휴만 종족의 치료에 관해 박식한 이가 아무도 없다. 그렇게 따지자면 원래 휴만이었던 시키가 가장 적임일 것이다."

"……그렇군요. 알겠습니다. 밤에는 이쪽으로 돌아오실까요?"

"글쎄. 오늘밤일지는 모르겠다만, 가까운 시일 이내로 귀환하시어 무사하신 모습을 모든 이들에게 보이시라고 말씀을 올려보지. 저기서 엿보고 있는 드워프들의 경우엔 도련님을 염려하고 있는 건지, 장비의 상태가 신경 쓰이는 건지 의심스러운 참이다만."

토모에가 문 사이로 얼굴을 내밀고 있던 여러 명의 엘더 드워프를 바라보며 눈웃음을 지었다.

"서, 섭섭하신 말씀입니다! 저희들 역시 도련님의 안위를 가장 우선하고 있고말고요!"

"그러냐? 알았다. 이거야 이 몸이 실언을 했군. 어쨌든, 일단은 도련님께서 무사하시다고 각각의 마을에 전하도록 해라. 물론 리자드와 아르케도 마찬가지다. 알겠나?"

토모에의 명령을 듣고 다들 고개를 끄덕였다. 그리고 그녀의 말대로 행동을 개시하면서 입구에서 모습을 감추기 시작했다.

"이거야 참, 곤란한 자들이로고. 하지만 도련님께서 이만큼 사랑을 받고 계시다는 사실을 알게 되니 기쁘기도 하구나."

"도련님?! 도련님은 어디 계시죠?!"

"……미오. 이제야 정신을 차렸나?"

"토모에, 도련님은?!"

토모에는 당장 착란을 일으키기 시작한 미오를 보고 쓴웃음을 지었다. 계속 혼자서 중얼거리는가 싶더니 정신을 차리고도 이 모양이다. 마코토의 마음고생을 짐작하고도 남는 구석이 있었다.

"학원 도시로 향하셨다. ……네가 혼자서 중얼거리고 있는 동안에 말이지."

"뭐, 뭐라고요?!"

미오가 걸터앉아 있던 침대로부터 기세 좋게 몸을 일으켰다. 하지만 그 직후, 휘청거리더니 이마로 손을 가져갔다.

"아, 윽."

"멍청한 녀석. 그리 무모하게 재생의 술법을 행사해놓고 체력이나 마력이 쉽게 돌아올 리가 있겠나? 얌전히 요양이나 하고 있어라."

토모에가 어처구니가 없다는 목소리로 타일렀다. 하지만 그녀 역시 그다지 얼굴색이 좋은 편은 아니었다. 그리고 미오와 마찬가지로 아직 침대 끝에 걸터앉은 상태였다.

"으으, 이렇게 한심할 수가. 당장이라도 드래곤 슬레이어와 상위 용을 죽이러 가고 싶은데…… 몸을 마음먹은 대로 움직일 수가 없다니.”

“우리는 회복 전문이 아니다. 분야가 다른 술법을 강제로 행사하다가는 이리 되는 것도 어쩔 수 없는 노릇이야.”

“그러니 시키를 부르자고 했잖아요. 그 녀석은 회복 쪽으로는 쓸 만하니까.”

“이미 지나간 일이다. 애초에, 코모에로부터 보고를 받고 이 몸이 서둘러 돌아왔을 때는 이미 혼자서 무모한 재생 술법을 시작하고 있던 주제에.”

“그, 그건…….”

“도중에 이 몸이 상처를 침식하고 있던 저주를 제거하고, 너의 술법을 지원했으니 간신히 이 정도 대미지로 끝난 거다. 미오 혼자서는 도련님의 상처를 치유하기 위해 대체 무슨 대가를 치러야 했을지 상상도 가지 않아.”

토모에가 탄식했다. 그녀가 황급히 돌아왔을 때, 미오는 완전히 착란 상태였다. 그녀의 충혈된 눈으로부터 마코토를 치료하기 위해 무슨 대가를 치러도 마다하지 않을 광기조차 느껴졌다.

“……딱히, 무슨 대가를 치르더라도 상관없었어요.”

반성은 하고 있었지만, 후회는 전혀 없었다. 미오의 표정이 그렇게 주장하고 있다.

“못 말리는 녀석이로군. 치료를 위해 팔을 잃어도 상관없었다는 얘기냐?”

토모에가 농담 섞인 말투로 미오를 타이르자, 미오는 오히려 어안이 벙벙한 표정으로 돌아보고 있었다.

"물론이죠. 그걸로 도련님을 치유할 수만 있다면."

"……."

"오히려 바라는 바거든요? 저의 전부는 도련님의 것이니까요."

미오가 태연한 표정으로 사지가 찢겨 나가도 상관없다고 장담했다. 토모에는 그녀를 보고 크게 한숨을 내쉬었다.

"……너는 정말로 멍청이구나."

"뭐, 뭐가 말이죠? 그리고 토모에, 아까부터 멍청하다는 말이 너무 많은 것 같지 않아요?"

"아무리 말해도 모자랄 지경이다. 너를 그걸로 만족할지도 모르지만, 도련님께서 너의 그런 모습을 보고 눈물을 흘리실 거라는 생각은 안 하나?"

"예?"

"생각이나 해 보거라. 우리는 도련님과 지배의 계약을 맺은 몸이다. 본래 주인의 명령은 절대 복종이며, 행동이나 의지조차 도련님께서 마음껏 조종하실 수 있다. 그런데도 불구하고 도련님께서는 우리의 자유 의지를 존중하고 계신다. 맹약과 아무런 차이가 없을 정도의 취급이야. 저 분께서는 아마도 우리를 지배하시려는 마음 자체가 없으시다. 동료나 가족, 그런 식으로 생각해주시고 계신지도 모른다."

"동료나 친구, 가족……."

"그래. 도련님께서는 그 정도로 우리를 소중하게 여기신다. 그러니 도련님을 위해 모든 것을 내던질 각오를 가지는 거야 당연한 얘기지만, 그 뿐 아니라 우리도 가능한 한 건재한 모습으로 옆에서 모셔야한다는 사실을 명심해라. 도련님과 함께 하려고 하는 이상, 스스로의 몸 역시 챙겨야 할 것이야."

"……."

"어이. 듣고 있는 거냐, 미오? 이 몸은 지금 상당히 중요한 말을 하고 있거든?"

"자기야말로, 자기야말로 격이 더 높다는 상위 용에게 다짜고짜 싸움을 걸러 갔던 주제에……."

미오가 고개를 숙인 채로, 토모에를 올려다보며 나직이 중얼거렸다.

"으윽?!"

"루토라고 하셨나요? 저한테는 집이나 보라고 떠맡기시고 그 녀석에게 싸움을 걸러 가셨지요. 그거야말로 도련님께 걱정을 끼치는 행동이 아닌가요? 제가 도련님께 보고 드려도 괜찮겠지요?"

"그, 그건 좀."

"흥, 상대가 우연히 자리를 비우고 있었기 때문에 만나지 못 했을 뿐이지 하려고 했던 짓은 마찬가지라고요. 전 도련님께 정확히 보고 드릴래요."

"자, 잠깐. 이 몸의 말이 너무 심했다. 도련님을 걱정한 나머지 지나치게 나서는 것은, 음, 전혀 이상한 일이 아니다. 그러니, 알겠나? 밀고 같은 건 꼴불견이라고?"

"몰라요. 저는 멍청하니까요. 토모에도 당분간 시대극을 봉인당하시면 정신을 차리겠죠."

“오, 으오오…… 너는 어째서 그렇게 무시무시한 소리를 내뱉을 수 있단 말이냐? 아, 그렇지. 이 몸은 가까운 시일 이내로 도련님께서 전투를 치르셨던 장소로 가볼 예정이다. 그 때 드래곤 슬레이어나 미츠루기의 정보를 찾아내면 미오에게 가장 먼저 알려주도록 하마. 도련님께 비밀로, 살짝 일을 치르고 와도 괜찮지 않을까 싶기도 하지 않나?”

“……그래서요?”

“그래서?!”

“…….”

“음. 좋아, 알았다! 거기다 미오의 취미인 그 영상을 편집하는데도 협력하지. 어떠냐?”

“……정말로?”

“무사에게 두 말은 없다!”

“그럼 멍청이라고 부른 건 용서하지요. 도련님께서 싸우셨던 장소를, 어서 조사해주세요.”

“무, 물론이고말고.”

‘사실, 그 애송이에게도 반드시 답례를 해주려던 참이다. 미오와 함께 한바탕 응징을 가하는 것도 하나의 여흥이로고.’

토모에와 미오의 밀담은, 드물게도 미오의 역습이 작렬하면서 끝났다. 두 사람의 종자는 마코토가 부탁했던 일들을 추진하는 동안, 그다지 좋지 않은 안건도 동시에 추진하기로 한 사실을 두 사람만의 비밀로 삼았다.

겨우 몸을 움직일 수 있을 정도로 회복된 두 사람이 바깥으로 나온 것은 태양도 높이 떠오른 이후였다. 이러니저러니 해도 아공은 여전히 평화로웠다.

EXTRA 에피소드
환상의 잔향

눈에 익은 광경—.

그리운 장소—.

나는 언덕 위에 위치한 고등학교로부터 귀갓길을 걷고 있었다.

역전 상점가까지 이어지는 내리막길이다.

"조금만 걸을까? 마코토도 집까지 걸어서 가는 거였지?"

"아, 응."

갑작스럽게 옆에서 목소리가 들려왔다.

누구랑 같이 가는 길이었나?

그리고 나는 왜 여기를 걷고 있는 거지?

고개를 돌리고 목소리의 장본인을 확인하자, 아는 얼굴이었다.

아즈마 유카리—.

나카츠하라 고등학교의 궁도부에 재적하고 있는, 나와 같은 동아리에 다니는 여자애였다.

그 아즈마가, 이유는 모르겠지만 긴장한 분위기를 숨기지 못 하고 있었다.

이 느낌은 대체 뭐지?

목에 가시가 걸린 듯한, 안절부절 한 기분이다.

아즈마도 그럭저럭 말을 골라서 발언을 하고 있는 분위기로, 처음 한 마디 이후로 아무 말도 없다.

이럴 경우엔 대체 어떤 얘기를 해야 되는 거지?

전혀 알 수가 없다.

뭔가 말을 해야 하는데, 뭘 얘기하지?

이 두 가지 명제가 계속, 머릿속에서 루프를 일으키고 있다.

“설마 그런 달콤 쌉싸름한 청춘의 한 장면과 마주칠 줄은 상상도 못 했어. 여자애들한테 굶주려 있는 우리 동아리 남자애들을 보고 있으면, 가능성은 꽤 높은 편인데다가 실제 현장도 여러 번 목격하긴 했지만.”

아즈마가 쓴웃음을 지으면서 나를 바라보고 있었다. 시선은 약간 그녀 쪽이 높았다.

이세계로 온 이후로 그다지 깊이 생각한 적이 없었던 자신의 키가, 불현듯 신경 쓰이기 시작했다.

일본에서의 지인이었던 아즈마와 함께 있기 때문일지도 모른다.

키가 작은 건 도저히 스스로 해결할 수 없는 문제지만…… 역시 조금만 더 컸으면 좋겠다는 생각이 든다.

최소한 170 정도라도 되었으면 좋았을 텐데.

아니 잠깐…… 그런 장면이라는 건 뭔 소리야?

“하지만, 미안! 솔직히 말해서, 네가 그 당사자가 될 줄은 전혀 예상 못 했어! 의도적으로 엿들은 건 아니야. 정말 미안!”

“아, 음. 왠지 엄청 실례되는 소리를 듣고 있는 것 같은 느낌도 들지만, 신경 쓰지 마.”

……아.

이건, 꿈이다.

갑작스런 장면부터 시작하지를 않나, 이 장면 자체도 그래.

잠을 자면서 꿈을 꾸다가도, 가끔 「이건 꿈이군」이라고 깨달을 때가 있다.

지금이 바로 그런 순간이었다.

급속하게, 어딘지 모르게 흐릿했던 머릿속이 상쾌해지는 감각이다.

기억 속에 있었던 이 장면도 꿈이라고 깨닫자마자, 곧바로 짐작이 갔다.

이세계로 오기 얼마 전에 있었던 일이다.

나는 동아리 활동이 끝나고 나서 후배인 하세가와 누쿠미로부터 고백을 받고, 이를 거절했다.

후배인 그녀를 이성으로서 의식하지 않았다는 사실, 그리고 지금 생각해 보면 별 볼 일없는 허영과 허세 때문에 하세가와를 상처 입힌 것이다.

그 직후에 있었던 장면이다.

살짝, 가슴이 아려 왔다.

일본에 남기고 온 미련 가운데 하나였다.

이세계로 소환되기 직전에 츠쿠요미 님과 문답을 나눴을 때는, 누이들이나 가족에 관해서만 신경이 쓰이는 바람에 자기 자신이나 고등학교 생활에 대해서까지 고려할 수가 없었다.

일일이 떠올리고 있자니, 역시 일본에는 잔뜩 미련을 남기고 왔다는 생각이 들었다.

물론 그렇다고 해서, 이세계로 오지 않는 편이 좋았을 거라는 생각은 들지 않는다.

누나나 여동생이 사라진 상태로 그 원인이 자신이라는 사실을 자각한 채 일본에서 살아가려 했다면, 나는 분명히 견디다 못 해 고장 나고 말았을 것이다.

아즈마는 내 대답에 잠깐 놀란 듯한 분위기를 보이더니, 잠시 후 쓴웃음을 지었다.

그랬지.

이 녀석도 할 말이 있어서, 이 당시에 내가 나오는 걸 기다리고 있던 거야.

아즈마는 일부러 남의 말을 엿듣는 녀석이 아니다.

소탈한 성격에 남자 같다고 할 것까지는 없었지만, 굉장히 말이 잘 통하는 성격이었다.

거만하거나 비굴하지도 않고, 남녀 가리지 않고 인기가 많은 타입이다.

몸매도 빈약하지 않고 평균적인 스타일의 평범한 여학생이야.

키가 크고 모델 체형인데다가, 상당히 조숙한 분위기의 하세가와와는 타입 자체가 다르다.

내 기준으로 보자면, 아즈마도 틀림없는 매력적인 여성이었다.

아마 「이상적인 여자 사람 친구」 같은 랭킹이라도 존재한다면 의심의 여지없이 교내 톱을 차지하고 있을 것이다.

참고로 비밀리에 실존하는 교내 극비 설문조사, 「언니 랭킹」 부문에서는 2위였습니다.

3학년 선배님들로부터의 투표도 적지 않았다고 하니 심상치 않다.

"뭐, 그거야 별 상관없어. 그래서? 너도 나한테 볼일이 있다고 하지 않았어?"

그녀가 눈썹을 찌푸렸다.

내 대답은 현실이었을 때와 변함없었다.

지금의 나는 자기 자신이면서도 자신이 아니었다.

그야 그럴 수밖에 없는 게 이건 어디까지나 꿈이고 기억의 재현에 지나지 않기 때문이다.

"어, 그래."

아즈마가 머뭇거리는 목소리를 내고 있었다. 방금 전보다 톤도 하나 내려간 상태였다.

"혹시…… 너, 너도 하세가와처럼 내가 몰래 쏘고 있던 걸 훔쳐보고 있던 거야!!"

"뭐어?! 뭐야, 갑자기. 그야…… 본 적은 몇 번 정도 있긴 한데? 오늘 처음 본 건 아니야. 딱히 창피할 것도 없지 않아?"

"그호오오, 아무도 보고 있지 않을 거라고 생각했는데에에!"

혼자서 살며시 즐기는, 비밀스러운 시간이었는데.

오직 그것만을 위해서 뒷정리하고 궁도장의 점검과 기타 등등을 도맡았단 말이야!!

어떻게 이런 일이이이이이이!

아즈마는 괴로워하는 나를 쳐다보면서 뭘 이제 와서 그러냐는 듯한 표정을 짓고 있었다.

그 표정이 묘하게 내 마음을 찔러 대서, 한층 더 괴로웠다!

그야말로 환장할 따름이다.

"그러니까, 이따금 정도였다니까. 거기다 도장 문도 꼭 닫아 놓지 않았던 주제에, 정말 비밀이라고 생각했던 거야?"

아즈마가 태연하게 대답했다.

"아니 잠깐, 궁도장은 학교 외곽이거든? 동아리 끝나고 다들 돌아간 후엔 당연히 아무도 없는 게 정상이잖아?!"

"누가 잊어버린 물건이라도 찾으러 돌아오면 한방에 들키지 않아?"

"분명히 시작하기 전에 그런 애들 안 오나 확인했쪄!"

"쪄? 웬 응석받이? 잊어버린 물건이 실제로 없다고 해도 도장에 놔두고 왔나~라고 착각한 애들이 돌아오기라도 하면 들키잖아? 애초에 내가 처음 구경했을 때도 그랬다고."

"자기 기억은 정확하게——!!"

"그럴 수도 없는 노릇이야. 인간이니 실수도 하는걸."

"으윽."

"얘기 계속해도 되지?"

아즈마가 동정하는 듯한 시선으로 나를 바라보고 있었다.

—아, 그 얘긴가.

꿈 속의 나는 여러 가지로 포기하고 고개를 끄덕였다.

"오늘, 동아리 시작하기 전에 말인데……. 선배로부터 호출을 받고 가보니, 차기 부장을 맡아달라고 그러더라고."

응.

실질적으로 초여름쯤부터 거의 동아리의 리더 격이나 다름없었으니, 솔직히 너무 새삼스러운 얘기라는 생각이 들었다.

그래서 어쨌다고?

다들, 네가 제1후보이자 진짜배기라고 생각하고 있을 걸?

"그래서?"

그렇기 때문에 내 대답도 그런 흔해빠진 반응일 수밖에 없었다.

"그래서?! 아니, 리액션이 그게 다야?!"

이번엔 아즈마가 당황하기 시작했지만, 나는 까불지 않고 진지하게 대답했다.

"응, 나도 너라고 생각했거든."

"헷?"

아즈마가 진지한 자세로 상담하길 원한다는 느낌을 받았기 때문이다.

"반대로 물어보겠는데, 너 말고 누가 있는데?"

"어, 아…… 그야 너라든가?"

아즈마의 입에서 나온 부장 후보는 다름 아닌 나였다.

왜 거기서 갑자기 확정적으로 당선권하고 거리가 먼 내가 나오는 거지?

"저기 말야, 대회에도 안 나가고 대외시합도 안 나가는 녀석이 동아리의 리더를 맡을 수 있다고 생각하는 거야? 거기다 우리 동아리는 대대로 여자가 리더였다고."

그런 연유가 있었다.

일단 학교 고문 선생님의 승낙은 받았지만, 나는 궁도부 소속이면서도 시합에 출장하지 않는 묘한 부원이었다. 고등학교에 입학하기 전부터 궁도를 가르쳐 주고 있는 선생님과의 약속으로, 대회 시합에 출장한 적이 없었다.

뿐만 아니라 시합에 관한 사항은 일단 차치하고서라도, 우리 동아리의 부장은 대대로 여성이 취임하는 것이 전통이었다. 아즈마라는 멀쩡한 적임자가 있는데, 그 전통에 일부러 거역할 필요도 없다는 게 내 생각이다.

"네 실력이라면 그래도 다들 납득할 거라고 생각해."

"이봐, 잠깐."

"그리고 동아리에서 후배들이 가장 따르는 것도 아마 마코토일걸?"

"이봐, 잠깐. 이봐!"

이 날의 아즈마는 평소와 달리 굉장히 부정적이었다.

쾌활하면서도 직설적인 성격의 그녀치고 굉장히 흔치 않은 일이었다.

"선배들은 마코토의 실력이나 후배들로부터의 인망을 모르니까……. 그래서 너를 추천했는데도, 나한테 해달라고 하더라고."

아즈마가 선배들에게 정말 뒤숭숭한 제안을 했다는 사실을, 나는 이 순간 알게 된 것이다.

선배 누님들로부터 새 부장 취임에 대한 얘기를 들은 적이 없었으니, 나는 내가 될 리는 없다고 확신하고 있었다. 그런데 내가 모르는 사이에 그런 일이 있었다니…….

우리는 약간 느긋하게 나란히 걷고 있었기 때문에, 길게 이어진 내리막길의 반 정도를 내려온 상태였다.

비탈길을 다 내려가면 상점가로 들어가기 때문에 나름대로 사람들도 많아지겠지만, 하교 시간에서 벗어난 이 시간대에 여기를 걷는 건 우리밖에 없었다.

—아마, 이 부근에서 일어난 일이었지…….

“저기.”

나는 아즈마 쪽으로 고개를 돌리지 않고 눈앞을 보면서 걷고 있었다. 하지만 그녀가 짧게 중얼거리면서 내 쪽으로 시선을 돌리는 기척을 느꼈다.

나도 도중에 멈춰 서서 고개만 돌리고 그녀의 움직임에 응하려고 하자, 아즈마가 양손으로 내 양 팔꿈치를 강하게 붙잡고 자신을 향해 내 몸 전체를 돌리게 했다.

당연히 우리는 서로 마주 볼 수밖에 없는 형세였다.

이런 식으로 정면으로 얼굴을 서로 마주 보는 건, 쑥스러웠다.

이윽고, 붙잡힌 양팔로부터 그녀의 힘이 조금씩 약해지는 것이 느껴졌다.

“마코토…… 부장, 해주지 않을래?”

“아즈마, 그럴 수는 없어. 내가 생각하고 있듯이 동아리 애들도 모두 네가 부장이 될 거라고 기대하고 있고, 가능할 거라고 확신하고 있어.”

“그 정도야, 마코토가 한번만 애들 앞에서 보여주면 되잖아! 과

녁에 꽂힌 화살을 계속해서 명중시키는 그 실력을 보여주면, 아무리 선배들이라도 인정할 수밖에 없을 거야!"

"아즈마!"

어떻게 해야 할지 잠시 망설이다가 결심했다. 나는 아즈마의 손을 뿌리치고, 반대로 그녀의 양 어깨를 붙잡았다.

미세하고 떨고 있던 그녀의 몸이, 내 손에 붙잡힌 순간에 더 크게 떨리더니 곧바로 멈췄다. 눈동자가 조금 젖어 있었다. 유감이지만, 나는 그녀가 기대하고 있는 대답을 선택할 수는 없다. 아즈마가 부장에 취임할 수 있는 그릇의 소유자라는 건 확실하다. 그러니 일단 그녀로 하여금 자신을 되찾도록 유도해야 한다.

"너무 진부한 소린지도 모르겠지만, 너라면 할 수 있어. 주위 사람들도 반드시 협력할 거야. 아니, 협력시킬 거야! 하여간, 너 한번 해보라고! ……알겠지?"

"……정말로?"

불안한 걸까?

아니, 그저 내 고함소리에 놀란 걸지도 모른다.

……지금까지 이 녀석이 나약한 모습을 보인 적은 없었다. 그렇기 때문에 지금의 아즈마를 보기가 조금 힘들었다.

"그래, 책임질게. 물론 나도 너를 도울 거야."

"……그럼, 부부장 해줄래?"

"그래, 물로…… 엥?!"

"해줄 거지?"

나는 그녀의 계략에 깔끔하게 걸려들었다.

아니, 이용당한 건가?

하지만 아즈마가 꺼낸 말이다. 부부장을 맡아달라는 것도 본심으로부터 꺼낸 제안일 것이다.

아무리 나라도 이 제안까지 거절할 수는 없었다.

“치사해라~. 아, 예. 하면 되잖아요, 부부장. 오래오래 잘 부탁해, 아즈마 부장님.”

“헤헤~, 그럼 또 하나만 들어줄 수 있을까?”

그녀가 젖은 눈동자로 웃어 보였다.

삐걱—.

위화감과 함께 머릿속에서 경종이 울리기 시작했다.

이건 뭐지?

여기서부터 이어지는 전개도 알고 있다.

씁쓸한 과거지만, 그렇기로서니 피해갈 수 있는 것도 아니다.

나는 지금부터 그녀의 고백을 받고, 그리고…… 결과적으로 욕설을 먹다가 그녀를 울리고 말았다. 그리고 마지막에는 호되게 얻어맞기까지 했다.

“저기, 나하고 사귀지 않을래?”

“아, 알았…… 뭐라고오오?!”

“아하, 말해보길 잘 했네. 잘 부탁해, 남자친구♪”

“아, 어, 아, 아.”

“왜~ 그~ 래~?”

"왜 그래가 아니거든?! 너 보고 있었다면서?!"

내가 하세가와로부터 고백 받는 현장을 말이다.

그리고 그다지 모양새가 나지 않았던 내 대답과 「그 결과」를 목격했을 것이다.

아즈마 유카리는 목격했다.

그러니까 그녀는…… 이런 표정을 짓고 있던 건가?

이런, 매혹적인 표정을 짓고 있었냐고?

"응."

이 녀석은 태연하게 대답을 해 보였다.

모른다. 나는 이런 아즈마를 본 적이 없었다. 이런 「여자」로서의 표정을 짓고 있는 아즈마 유카리를 본 적이 없다.

"하지만 하세가와하고는 체험 기간이라면서? 나도 그걸로 해도 상관없거든?"

……어?

그게 뭔 소리야?

"뭐라고?!"

그건 양다리를 걸치라는 소리잖아!

이 아즈마가 그런 소리를 할 리가 있나?

같은 동아리의 후배로부터 고백 받은 지 얼마 지나지도 않은 나한테?

삐걱, 삐걱.

뒤틀린 듯한, 삐걱거리는 듯한 경종이 계속 울리고 있었다.

아니야, 이건 내 기억이 아니야.

그렇구나. **그쪽**이었구나.

이 꿈은, 그때 토모에가 보여준 악몽의 후속편이야.

"너무 무겁게 생각하지 마. 나는 물론 걔도 납득한 거야. 넌 양쪽 다 맛보고, 마음에 드는 쪽을 고르면 되잖아? 난, 마코토라면…… 두 번째라도 상관없어."

윤기 흐르는 표정의 아즈마가, 나를 향해 살며시 한걸음 내디뎠다. 그녀는 손을 내 가슴에 갖다 대고 있었다. 약간 무릎을 굽혔는지 그 손에 겹치도록 뺨까지 기대오고 있다.

그만해.

꿈이니까 깨달라고.

꿈에서 그 당시의 일을 떠올리는 건 괜찮아.

내가 저지른 일이니까 어쩔 수 없어.

하지만 꿈에서까지 스스로에게 편리하게만 굴러가던, 토모에가 보여준 환각 쪽을 떠올리다니.

나는 그 정도로 나약한 녀석인가?

괴로운 기억이니까 조작해버릴 정도로 한심한 녀석이냐고?

아니잖아?

농담이 아니야!

다음 전개는 보지 않을 거야.

절대로—.

"볼 리가 있냐!"

커튼 사이로 비치는 가느다란 빛이, 내 얼굴을 직접 비추고 있었다.

따끔거리면서 눈을 찌르는 강한 빛은, 평소 같으면 그저 성가시기만 할 뿐이다.

하지만 오늘만큼은 이 태양빛에 감사할 수밖에 없다.

다행이다.

보지 않고 잠에서 깨어날 수 있었어.

나는 커튼을 젖히고, 각성의 원인으로 작용했을 그 빛을 한껏 뒤집어썼다.

장애물이 사라져서, 햇빛이 단숨에 들어왔다.

"태양이 높이 떴군. 벌써 낮인가?"

무심코 질러 버렸다.

나는 방 안을 둘러봤다. 같은 방에서 자고 있던, 내 종자인 시키의 모습이 없었다.

나는 츠이게에서 롯츠갈드까지 가는 여행길을, 새로운 종자인 시키와 함께 행동하고 있었다.

내 기억이 확실하다면, 어제는 숙박할 예정이었던 숙소가 너무나도 초라하다면서 다음 도시까지 강행군을 해서 전이했다.

여기는 대충 평균적인 규모의 도시로, 그럴 듯한 건물들이 늘어서 있다.

내 경우엔 숙소는 아무 데서나 묵어도 상관없었는데, 시키의 강한 요구로 인해 결국 비싸 보이는 숙소에 묵기로 했다.

하지만, 그는 숙박 장소 같은 요소에 얽매이는 타입이 아니었던 걸로 기억하고 있다. 왜 갑자기 이런 모습을 보이는지 짐작을 해 보니—.

그렇게 깊이 생각할 필요도 없이 곧바로 해답을 떠올릴 수 있었다.

토모에와 미오로부터 별 소리를 다 듣고 있는 것이다.

숙소를 수소문할 때의 시키는, 그야말로 임무를 수행하고 있다는 느낌이었다.

"응?"

방에 설치된 작은 테이블 위에 뭔가 놓여 있었다.

그것은 종잇조각이었다. 아무래도 메모로 보인다.

나는 그 메모를 집어 올려, 적혀 있는 내용을 확인했다.

메모에 따르면, 다음 도시로 출발하는 시각은 심야로 예정되어 있다고 한다. 그리고 여러 가지 절차를 처리하고 다음 행선지의 숙소를 확인하기 위해 외출한다고 적혀 있었다.

여행을 재개한지 이틀밖에 안 지났는데, 쓸데없이 분주하단 말이지.

하여간 나는 옷을 갈아입고 침대 위에 걸터앉았다.

크게 숨을 내쉬자 배가 고팠다.

지금 시각이 내 감각대로 낮 시간이라면, 자연스러운 현상이라고 할 수 있었다.

뭐라도 먹으러 갈까?

"시키에게 염화…… 아니, 메모로 충분한가?"

나는 시키가 남겨놓은 메모의 뒷면에 글씨를 적어 나갔다.

"오늘은 개별 행동을 하자. 용무를 마치면 혼자서 느긋하게 쉬고 와. 전이 시각에 현지에서 집합하자."

여기에는 토모에와 미오도 없으니 시키도 평소의 긴장을 해소할 수 있을 것이다.

나는 대충 점심을 해결할 방법을 생각하면서, 거리로 발걸음을 옮겼다.

◇◆◇◆◇

처음 방문하는 도시를 구경하는 김에 혼자서 산책을 즐긴다.

생각해 보면, 첫 경험이네.

이러니저러니 해도 나는 이 세계에 온 이후로, 다른 누군가와 행동을 함께 하는 일이 많았다.

츠이게까지는 종자인 토모에나 미오가 함께 했고, 학원 도시를 향해 출발한 지금도 새롭게 종자로 참가한 시키기 함께였다.

나는 대충 눈에 띈 식당 안으로 들어가, 가게 주인에게 추천 메뉴를 물어보고 바로 그 메뉴를 주문했다.

"그건 그렇고, 별로 기억하고 싶지 않은 일을 떠올리고 말았군."

아즈마가 등장했던 꿈이, 아직 머리 한편에 남아 있었다.

그 꿈이 실제 기억이 아니라, 예전에 토모에가 보여준 환각의 속편이었다는 사실이 괜히 더 마음에 걸렸다.

덕분에 가만히 앉아 있어도 아즈마를 무심코 떠올리고 있는 지경이다.

“형씨, 밥 먹으면서 시무룩한 낯짝 좀 보이지 마쇼. 댁은 안 그래도 밥 맛 떨어지는 면상을 하고 있단 말이야! 난 그렇게 시무룩한 음식을 내진 않았다고?”

[실례했소. 처음으로 먹어보는 음식이지만 추천할 만하군. 맛이 괜찮아.]

“그럼, 좀 더 맛있는 표정을 짓고 먹으란 말이야.”

[거듭 사과하겠소. 독특한 식감인데, 이 음식에 관해 물어봐도 되겠소?]

언짢은 기분이 표정으로 분출이라도 됐는지, 가게 아저씨로부터 불평을 듣고 말았다.

나는 그냥 추천 메뉴를 물어본 다음에, 나온 요리를 기계적으로 입에 옮기고 있을 뿐이었다. 아저씨는 바로 그게 마음에 안 든 것 같다.

씹히는 맛이 있는 곤약 같은 식감이다.

그리고 맛이 강한 육즙이 특징적이다.

지금까지 먹어본 적이 없는 식재료였지만, 아저씨의 비위를 맞추려는 게 아니라 정말로 맛이 괜찮았다.

“……형씨, 밥이라는 건 머리를 깨끗이 비우고 그 맛만 즐기는 게 제일이야. 그 요리는 이 도시의 명물, 이 될 예정인 슬라임 요리야. 망설임 없이 입 안으로 집어넣는 모습을 보고 감탄했는데, 그냥 마음이 딴 데 가있었을 뿐인가?”

[슬라임……. 그 핵을 먹을 수 있단 말인가?]

“핵이라고? 형씨, 혹시 모험자쇼? 슬라임 요리라는 소리를 듣고 곧바로 핵이 튀어나오는 걸 보니."

[아닌가? 슬라임을 물리친 후에 남는 것은 다양한 형상의 핵뿐인 걸로 아는데.]

이쯤 되니 필담도 굉장히 익숙해졌다.

이 식당의 주인아저씨는 사소한 일에 전혀 신경 쓰지 않는 사람이었다. 고마울 따름이다.

"보통은 그렇지. 이 부근에서 출몰하는 슬라임에 한정된 얘기기는 한데, 보디를 남긴 채로 해치우는 방법이 발견됐거든. 그래서 그 슬라임 고기의 이용 방법 가운데 하나로 요리가 나섰다 이 말이지."

[그 젤 부분 말인가? 대단하군.]

"……냉정한 녀석이군. 내 경우엔 처음에 먹으려고 했던 녀석이 제정신이었는지부터 의심이 가더라고."

[마물 중에도 식재료가 되는 존재들은 많아. 난 천성적으로 편식은 안 하거든.]

"거기다 슬라임 정도는 무서울 것도 없는 모험자님이시라 이 말인가?"

모험자냐고 물었을 때 부정을 하지 않았기 때문에, 아무래도 오해를 산 것 같다.

성가시지만, 일단 부정하는 편이 좋겠군.

하지만 모험자 길드에 등록은 했으니 모험자라는 것도 거짓은 아니다.

[일단 등록은 한 상태요. 하지만 내 본업은 상인이야. 츠이게에

서 롯츠갈드로 가는 도중이지.]

"……! 츠이게에서 롯츠갈드라고?! 거참 상당히 긴 여행길이구려."

[전이 마법진을 이용하고 있으니, 그다지 힘들 것도 없소.]

"……헤에, 젊어 보이시는데 대단하구먼. 혼자요?"

[아니, 일행이 한 사람 있소.]

"호위란 말씀이쇼? 전이 마법진을 이용하실 정도로 부잣집 상인님께서 왜 우리 가게 같은 누추한 곳에 들르셨는지, 여쭤 봐도 되겠소?"

[맛있는 냄새가 풍겨 왔거든. 뿐만 아니라 개업한지 얼마 지나지 않은 걸로 보여서, 신경이 쓰였소. 츠이게 상인 중에 지인이 있어서, 롯츠갈드까지 가는 건 심부름이나 다름없소.]

장어 가게 냄새가 풍겨서 들어왔다고 해도 통하지 않을 것 같으니 약간 애매하게 대답했다.

그런 의미로 보자면 실제로 나온 메뉴는 기대에 어긋난 셈이었다.

맛은 괜찮았으니 상관없지만—.

……하지만 이게, 슬라임이라고?

곤약 같은 식감 가운데 닭똥집 같은 탄력이 느껴진다.

뿐만 아니라 씹은 순간에 흘러넘치는 육즙은 굉장히 진했다.

고급술의 안주로도 써먹을 수 있을 것 같고, 물론 밥반찬으로도 손색이 없다.

그야말로 뜻밖의 수확이었다.

"심부름, 이라굽쇼?"

[말단이니까, 어쩔 수 없지.]

"어이쿠, 너무 캐물었구먼. 미안하게 됐수다."

[상관없소. 그보다도 이 슬라임 말인데.]

"응?"

[모험자 길드에 포획을 의뢰해서 조달하고 있는 거요?]

"아, 그야 그렇지. 슬라임은 사실 나름대로 강력한 종족이야. 이 도시에선 주로 톱랭커들이 전담하고 있다오."

[랭커의 임무로 정착했다는 말인가?]

"아니, 지금으로선 수요가 더 많아. 당신이 혹시 실력에 자신이 있다면, 의뢰를 맡아주면 고마울 따름이지."

[그런가? 음식은 잘 먹었소. 거스름돈은 필요 없소.]

나는 금화 한 닢을 테이블 위에 놔두고 자리에서 일어나 가게를 나왔다.

슬라임의 원형을 남긴 상태로 토벌하는 방법이라?

재미있어 보이는군.

모험자 길드로 가보는 것도 괜찮겠어.

"이봐, 이보쇼! 이렇게 많이, 정말 괜찮겠소—?!"

나는 아저씨의 고함소리를 등으로 받으면서 손을 흔들었다.

거스름돈이 필요 없다고 말한 이유는, 아까 나눴던 대화를 발설하지 않도록 입막음 값 대신 지불한 것이다. 나는 주민들로부터의 야릇한 시선을 받아 넘기면서 잽싸게 모험자 길드로 향했다. 가면을 벗겠다고 결심하기는 했는데, 역시 기본적으로 거북한 분위기라는 사실은 부정할 수가 없다.

휴만이 아니라 아인이라고 생각하더라도 별 상관없으니, 노골적으로 업신여기는 시선만은 제발 사양하고 싶다.

물론 갑자기 검과 마술의 세례가 빗발치듯이 들이닥치는 것보다야 양호하지만.

◇◆◇◆◇

모험자 길드에 들어가도 그 시선은 변함없었다. 하지만 그들은 아인에 대한 내성이 있기 때문인지, 순간적으로 집중된 시선이 원래 위치로 되돌아가는 것도 빨랐다.

이런 의미에서 보자면, 살벌한 분위기의 모험자 길드도 나쁘지만은 않다.

나는 의뢰가 게재되어 있는 게시판으로 향했다.

"흐음."

슬라임 포획 의뢰가 나붙어 있었다.

도시로부터의 의뢰로 되어 있군.

요구하는 모험자 랭크는 B였다. 상당히 높은 편이군.

지금의 나는 E랭크이기 때문에 인수할 수가 없다.

랭크가 높은 이유는, 의뢰 내용이 토벌이 아니라 포획이기 때문인가? 아니면 녹이지 않고 포획하는 작업이 상당히 어려운 수법이기 때문인가?

슬라임이 죽을 경우, 기본적으로 핵을 남기고 녹아내린다는 게 상식이다.

뿐만 아니라, 타격이나 참격의 효과가 미미하다 보니 마술을 사용한 원거리 공격을 주로 사용할 수밖에 없다.
의뢰서에는 포획 수법까지 적혀 있지는 않았다.
어떻게 할까…….
렘브란트 씨의 의뢰를 수행했을 때와 달리 포획 작업의 경우엔 랭크가 부족해도 힘이 있으니까 가능하다고 밀어붙이기도 어렵다. 힘뿐만 아니라 다른 요소가 필요할 수도 있다.
실제로 방법을 눈으로 보고 익히려 해도, 이 의뢰를 인수할 일행이 나타나는 걸 기다리다가 그 녀석들을 미행해야할 텐데…… 귀찮군.
이번엔 미오한테 해줄 얘깃거리나 확보한 걸로 치고, 맛있는 슬라임을 발견했다는 얘기를 해주는 걸로 만족할까?
상세한 정보는 또 기분이 내키면 찾아보는 걸로 하자고.
그럼, 돌아갈까?
그냥 동네 모양이나 구경하다가 재빨리 숙소로 돌아가자. 가끔은 낮잠도 나쁘지 않아.
"그러니까, 시간이 없다니까!"
응?
내가 게시판에서 떨어져 모험자 길드로부터 떠나려고 한 순간, 접수 카운터로부터 고함소리가 들려왔다.
조금 신경 쓰이네. 잠깐 구경이나 하다 갈까.
"『황성(荒城)의 달』[#4]이 쳐들어온다고! 정말이야!"

#4 황성(荒城)의 달(月) 일본의 명 가곡. 1901년 작품. 도이 반스이 작사, 타키 렌타로 작곡. 서양적 분위기와 일본적 분위기를 성공적으로 융합시킨 곡으로 유명하다.

푯.

화, 황성의 달?!

내가 좋아하는 곡하고 똑같은 이름이잖아?

그게 쳐들어온다니 무슨 의미지?

"알았어, 알았다고. 의뢰로 접수해 놓지. 물론 의뢰비는 후불이라도 상관없어."

호오, 접수가 양심적이군.

일반적으로 의뢰비 후불 같은 소리는 통하질 않는 법이다.

길드에 지불하는 의뢰비를 후불로 받는다는 소리는 처음 들었다.

"그 흉악한 도적떼가 들이닥치는 건 오늘밤 아니면 내일이라고?! 제대로 접수할 생각이 없는 거지?!"

"그딴 생각은 안 해. 아가씨가 바라는 대로, 제대로 접수해준다니까."

"그럼, 지금 당장 여기 있는 모험자들 중에서 함께 마을까지 가줄 사람들을 끌어 모아줘!"

두 사람의 문답이 계속되고 있다.

그렇구나—.

양심적인 게 아니라, 제대로 접수할 생각이 없으니까 일단 말로만 대응하고 있는 건가?

의뢰인은 상당히 다급한 것 같군.

하지만 오늘밤 당장 쳐들어올지도 모르는 도적떼를 상대해달라고 해봤자, 어지간히 보수가 짭짤하거나 어지간한 멍청이가 아니고서야 의뢰를 인수할 모험자는 없어 보인다.

명확하게 준비 기간이 부족하다.

의뢰인의 모습을 보아하니, 나와 비슷한 키의 소녀였다. 옷차림은 빈말로라도 좋다고 할 수가 없었다. 아인이 아니라 휴만으로 보였지만, 그다지 유복한 편은 아닐 것이다.

이 도시의 주민 같지 않은 옷을 입고 있는데다가 신발은 진흙투성이였다. 발도 지저분했다.

틀림없이 전이 마법진 같은 수단을 사용하지 않고 걸어서 도시까지 찾아와, 곧바로 모험자 길드에 뛰어든 것 같은 몰골이다.

하지만 얼굴은 이의를 제기할 수 없을 정도로 예뻤다.

이 세계에서는 오히려 예쁘지 않은 애들이야말로 신기했고, 내가 자주 오인 받는 아인들도 오크처럼 동물에 가까운 외모의 종족이 아니고서야 기본적으로 미형이다.

사실 개개인의 특징으로 미인이라는 사실을 언급할 의미가 없을 정도였다.

그녀는 허리를 똑바로 펴고 있었고, 강한 의지가 느껴지는 눈빛을 보이고 있었다.

굳이 말하자면 아름다운 계열에 들어가고, 분위기는 늠름했다.

그런 그녀가 지금, 절찬리에 다른 사람들로부터 공기 취급을 받고 있는 와중이라는 얘기다.

소녀는 주위 모험자들 중에 강해 보이는 기척이 느껴지는 이들에게, 개별적으로 말을 걸고 있었다.

당연하다면 당연한 얘기지만, 그들은 소녀를 상대조차 하지 않았다.

이 도시의 인간이 아닌 것으로 보이는 그녀의 무모한 의뢰를 듣는 것보다, 별도의 고액 의뢰를 인수하는 쪽이 호주머니도 윤택해질 뿐 아니라 사람들의 신뢰를 획득하는 길이었다.

황성의 달이라는 명칭이 등장한 순간, 모험자들 사이에 긴장이 감돌았다.

어이없는 명칭(이라고 나는 느끼고 있다)의 도적떼지만, 실력은 있나 보다.

어찌됐건, 상당히 흔한 광경이었다.

돌아가자.

"웃기지 마! 당신들은 왜 그렇게 항상 입에 발린 소리만 하는 거야?!"

……?!

출구로 향하고 있던 내 발걸음이 멈췄다.

소녀의 입에서 새어 나온 한 마디 때문이다.

항상 입에 발린 소리—.

그건 내가 동아리 활동을 할 때, 아즈마로부터 자주 듣던 말과 같은 말이었다.

이 소녀의 경우엔 비아냥이나 분노의 표현으로 내뱉은 것으로 보였다.

하지만 내가 고개를 돌리고 다시 한번 확인한 소녀의 모습이, 순간적으로 아즈마 유카리처럼 보인 것이다.

—착각이다.

눈을 한번 깜빡이자, 그 착각은 사라졌다.

아즈마도 단정한 용모의 소유자이기는 했지만, 이 소녀 정도는 아니었다.

하지만…… 어쩐지 신경이 쓰였다.

나는 멈춰선 채로, 길드에서 떠나지도 못 하고 그녀의 행동을 시선으로 쫓고 있었다.

"그 쯤 해두라고, 아가씨. 여기에 널 도와줄 녀석은 없어. 너 자신도 이미 알고 있지 않나?"

급기야, 모험자 가운데 한 사람이 그런 말을 내뱉었다.

이제 끝났군.

"보수라면 제대로 지불할 거야! 그런데 왜 아무도!"

"우리도 지금 황성의 달을 토벌하기 위해 준비하고 있어. 하지만 녀석들 쪽이 아직 전력이 강해. 유감이지만, 아가씨네 마을을 구하기 위해 움직일 여유는 없다고."

"애초에 물리칠 생각이라면! 지금 해치워도 되는 거 아니야?!"

소녀가 무모한 소리를 내뱉었다.

그런 그녀에 비해, 상대를 도맡은 모험자는 타이르듯이 말하고 있다.

사려가 깊은 인물로 보였다.

물론, 자원봉사로 죽으러 갈 정도의 어수룩한 사람도 아니었다.

그는 모험자로서 뛰어난 밸런스 감각을 터득한 인물인 것 같았다.

"……네가 할 수 있는 일은 결국 단 하나야."

"어?"

"지금 당장 마을로 돌아가서, 마을 사람들을 조금이라도 많이

이 도시로 데리고 오는 거지. 일단 황성의 달은 내달 중순쯤에 물리칠 예정이야. 잠시만 참으면 다 끝나."

"마을을 버릴 수 있을 리가 없잖아?! 녀석들이 멋대로 어지럽혀 놓은 마을에서, 어떻게 살아가란 소리지?!"

"……말을 못 알아듣는군. 사람이라도 살아있으면, 시간이야 걸리겠지만 마을을 원상복구 시킬 수 있다는 얘기야. 지금은 목숨을 소중히 여겨야 한다고 생각한다."

지당하신 말씀이다.

하지만 소녀는 여전히 물러나지 않았다.

"쉽게 움직일 수 없는 사람들도 있는데, 어떻게 그런 잔혹한 소리를 할 수 있는 거야? 이런 지독한 짓거리가 용서받을 리가 없어. 우리는 여신님께 기도를 드리면서 하루하루를 평온히 살고 있었을 뿐인데…… 어째서?"

여신이라.

그런 녀석에게 기도를 바쳐봤자 아무 소용도 없다고 생각해.

"기도하기만 해도 그 신님께서 모든 이들을 구제해주신다면, 굳이 모험자 나부랭이가 되려는 녀석들은 더 줄어들겠지."

"당신은 여신님을 믿지 않는다는 거야!"

"믿고말고. ……내 실력과 동료, 친구에 다음가는 정도로."

여신을 의지하지 않는 타입의 모험자인가?

최근엔 저런 부류의 사람들도 증가 추세라고 들었다.

가호나 축복 따위에 기대다가 결국 그 기대가 어긋나서 죽기라도 하는 게, 어처구니가 없다고 생각하는 거겠지.

정말 공감이 가는 의견이다.

"당신 같은 사람들이 늘어났기 때문에, 여신님께서 노하신 거야. 그래서 우리들 휴만을 시험에 들게 하셨어."

하아, 모험자가 한 차례 큰 한숨을 내쉬었다.

그리고 방금 전보다 억센 말투로 소녀에게 말했다.

"전원 죽게 내버려 두든가, 움직일 수 있는 녀석들이라도 데리고 나와서 마을 사람들을 구하고 다시 일어설 기회를 모색하든가. 어느 쪽을 선택하건 아가씨 자유야. 하지만, 잊지 말라고. 우리는 여신의 검이 아니야. 자신의 목숨을 걸고 돈을 버는, 모험자들이지. 우리를 움직이려면 나름대로 납득이 가는 명분이 필요해."

"……."

소녀가 사내의 위압감에 휘청거렸다.

그녀는 결국 포기했는지, 입술을 깨물고 어깨를 늘어뜨렸다.

감정이 앞서 나가서 억지를 부리고 있다는 자각은 있었던 모양이다.

그리고 소녀가 지금 상대했던 모험자는 그저 정론을 내세웠을 뿐이다.

애초에 불리했을 뿐만 아니라, 처음부터 소녀의 바램이 이루어질 가망은 없었단 말인가?

소녀는 출구 쪽, 즉 내가 서 있던 장소까지 천천히 걸어왔다.

그녀는 고개를 숙이고 있었고, 그 발밑에 눈물이 뚝뚝 떨어져 있었다.

"비켜."

"……."

소녀는 내 앞까지 걸어와서, 고개를 들고 정확하게 말했다.

"비켜, 주세요."

나는 길을 열어줄 수밖에 없었다.

그녀는 여전히 입술을 세게 깨물고 있었다. 어지간히 힘을 주고 있는 걸로 보인다. 피가 번지고 있었다.

두 눈에서는 눈물이 흐르고 있다.

눈동자는, 절망과 분통에 물들어 불길한 빛을 띠고 있었다.

나는 모험자 길드에서 떠나는 그녀를 탐색의 계로 포착한 채, 카운터를 향해 걸어갔다.

"누구신지? 본 적 없는 얼굴인데."

접수 직원 남성이 입을 열었다.

[사정이 있어서 말을 못 한다. 이런 형식의 필담이라 미안하다만, 물어보고 싶은 게 있다.]

"헤에, 특이한 일도 다 있군. 그건 그렇고, 재주도 용하시네. 당신, 마술사인가? 의뢰를 찾고 있는 거요? 아니면 파티 멤버 모집이라도 하시나?"

[아니. 방금 전의 소란을 들었거든. 황성의 달이라는 녀석들은 어떤 도적떼지?]

"……쓸데없는 동정심은 수명을 단축시킬 뿐이라고?"

[그저 호기심이 생겼을 뿐이다. 저 소녀의 마을에 한정된 이야기가 아니라, 이 부근에서 소문난 도적떼인 것 같은데?]

"호기심이라. 그 호기심도 지나치면 수명을 단축시킬 텐데, 뭐

상관없지. 그 녀석들을 모른다는 건 여행 도중이신가?"

[츠이게로부터 여행 중인 몸이다.]

"……! 츠이게라고! 그 변경 출신이라면, 실력은 확실하겠는걸. 그럼 얘기해줘도 문제는 없겠어……. 그래도 일단 길드 카드는 확인해 봅시다."

나는 그의 요구에 따라, 순순히 카드를 보여줬다.

"츠이게에서 모험자 등록을 했다고……. 세상에 별 녀석 다 보겠군. 아니 잠깐…… E랭크에 레벨 1인데도 특별 랭크의 의뢰를 달성한 실적이 있다니 보통내기가 아닌데?"

사내가 카드를 확인하면서 혼잣말을 중얼거렸다.

카운터의 사내는 츠이게라는 지명에 특히 강한 반응을 보였다.

츠이게는 변경에서도 황야에 인접해 있다는 특수한 환경에 놓여 있는 도시로, 근방에서도 유명했다. 멀리 떨어진 여기에서까지 그 명칭이 이 정도의 효과를 발휘하다니, 츠이게의 모험자라는 신분은 내 예상보다 훨씬 높은 평가를 받고 있는 건지도 모르겠다.

아무래도 좋은 얘긴데, 접수 카운터 직원은 젊은 여성만 있는 게 아니었구나.

"황성의 달은, 이 부근에 위치한 여섯 개의 도시나 마을들이 합동으로 지명 수배하고 있는 흉악한 도적단이야. 구성원의 총 합계는 100명을 넘는 것으로 알려져 있지. 주된 인원구성은 퇴물 모험자들이라고 하더군. 지금까지 습격당한 마을만 해도 열다섯 곳인데다가, 성벽을 갖추고 있는 도시도 두 곳이나 당했어."

흠, 성벽이 있는 도시까지 함락시킬 수 있는 패거리라. 어느 정도 실력은 갖추고 있겠군.

고작 자경단 정도밖에 지니지 못한 마을의 경우엔, 일방적으로 유린당할 뿐이겠어.

적어도 아무런 준비도 없이 저 아이의 말에 따르는 건 어리석다고밖에 달리 할 말이 없다.

[상당히 대책 없이 설치고 있는 셈이군.]

"그야, 이쪽도 사정이 있거든. 하지만 아까 저 형씨가 말했듯이, 녀석들을 토벌하기 위한 준비도 거의 궤도에 오른 상태야. 녀석들의 운명도 바람 앞의 등불이라는 얘기지."

내달이라고 했나?

사내가 일단 말을 중단했다.

공짜로 얘기해줄 수 있는 건 여기까지라는 뜻으로 보였다.

나는 잠자코 카운터 위에 은화 몇 닢을 내려놓았다.

사내는 내 반응을 확인하고, 이야기를 재개했다.

[아까의 여자는, 얼핏 보기에 이렇다 할 스킬을 지니고 있는 것으로 보이지는 않았다. 그럼 아마 그 마을의 수준이라는 것도 뻔하지 않겠나? 하지만 그녀는 도적단의 습격을 사전에 파악하고 있었어. 저런 소녀가 도적단의 행동을 알아차릴 수 있다니, 오랫동안 활동하고 있는 도적떼치고는 그 수법이 너무 허술하지 않나?]

접수 직원 사내는 돈을 호주머니에 집어넣으면서, 작은 동작으로 고개를 끄덕였다.

"녀석들의 상투 수단이야. 최초의 습격은 그다지 야단스럽게 움직이지 않아. 그리고 다음 습격을 예고하면서 목표로 하여금 재산과 생명 중에 선택을 하라고 강요하는 거야."

[재산을 넘겨주면 목숨이라도 살려주겠다는 건가?]

의외로 의리를 중요시하는 도적인 걸까?

생명을 빼앗고 약탈을 감행하는 시점에서 그딴 거하고는 인연이 없어 보이는데.

"좀처럼 드문 경우이기는 하지. 과거에는 재산을 내주고 주민들의 목숨을 부지할 수 있던 마을도 있었어. 하지만 약탈과 살육, 그리고 인신매매에 이르기까지 녀석들의 악명은 퍼질 대로 퍼졌거든. 그런 양자택일은 사실 기본적으로 의미가 거의 없겠지……."

[악취미로군.]

"그럼 셈이야. 말해두지만, 이 이상은 정보 요금하고 상관없이 발설 자체가 불가능하다고."

[이 정도면 충분해. 처음에 말했듯이, 그냥 호기심을 자극받았을 뿐이야.]

"현명하시군. 이 도시는 거점으로 삼기에도 괜찮은 장소야. 잘 지내보자고."

[그래. 고맙군.]

흉악한 도적떼라.

……이 도시의 모험자들 중에서도, 행동거지가 바람직하지 못한 녀석들이 섞여 있던 것 같은데요.

아까 이 자리에 있던 모험자들 가운데 몇 사람 정도가 그 소녀의 꽁무니를 미행하고 있었다.

나는 탐색의 계 덕분에 그 사실을 알 수 있었다.

의뢰 내용을 전해 듣고 그녀가 제법 짭짤한 액수를 지니고 있을 것이라고 판단했기 때문인지, 아니면 단순히 그녀의 도발에 분노를 느껴서 따라갔는지까지는 알 수가 없다.

어느 쪽이건 참 시원찮은 족속들이다.

……역시, 그냥 내버려 둘 수가 없군.

나 스스로도 참 어처구니가 없다. 그 소녀는 단지 아즈마가 했던 말과 똑같은 말을 내뱉은 것뿐인데…….

하세가와와 토아 양처럼 도플갱어 급으로 닮았다면 몰라도—.

정말, 오늘 나는 어처구니가 없다니까.

◇◆◇◆◇

"당신은, 길드에 있었던……."

도시에서 나와 곧바로, 소녀와 재회할 수 있었다.

미행하고 있던 모험자들에게 습격당한 모양으로, 내가 따라잡을 수 있었던 것은 19금 장면에 돌입하기 직전이었다.

아까 그녀는 혼자였던 걸로 기억하는데, 피를 흘리면서 신음소리를 내는 아인 소년이 한 사람 더 있었다.

그녀가 그 녀석을 감싸는 형세로 내 앞을 가로막고 있다는 사실로 보면 그는 소녀의 일행일 것이다.

나는 아무 말도 없이 그녀들의 궁지에 난입해서, 네 사람의 모험자들을 제압했다.

그리고 이유는 모르겠지만, 나를 미행하던 세 사람의 모험자인지 건달인지 분간이 안 가는 녀석들도 덤으로 제압했다.

아마 불의의 기습이라도 할 생각으로 덮쳐온 것 같은데, 아주 간단하게 물리칠 수 있었다.

아마 배후는 그 식당 아저씨다.

그러고 보니 상인이라고 자기소개를 한 순간, 흉계를 꾸미는 듯한 눈빛을 보였거든. 호주머니를 노리고 있던 건가?

괘씸한 무법자들은 일단 한꺼번에 결박해서 적당히 굴려두기로 하고, 나는 소녀 쪽으로 다가갔다.

그녀가 갑작스럽게 아무 말도 없이 나타나서 대활약을 선보인 남자에 대해 경계심을 품는 것도 당연하다.

"어쩔 생각이지?"

[그냥 변덕이다. 혹시 멋들어진 말이라도 기대하고 있었다면 미안하군.]

"말해두겠는데, 나는 돈 같은 건 없어."

[그런 건 기대도 안 한다. 그보다, 거기 있는 그가 부상을 입고 있는 것 같다. 피를 흘리고 있는 것처럼도 보이는데?]

"그래서?"

[나라도 괜찮다면 치유해 보겠다만?]

"어?"

잠시 동안, 그녀는 고민하는 모습을 보였다.

하지만 결국, 나에게 시켜보기로 마음먹은 모양이다.

그녀는 조용히, 그와 나 사이에서 몸을 비켰다.

이 짧은 시간이 치명적일 경우도 있다.

하지만 이 소년의 경우, 그 정도의 중상으로 보이지는 않으니 아마도 문제없다.

나를 신용할 수 있는지의 여부와 그의 부상 상태를 저울질해야 하는 상황도, 평범한 인생을 걸어온 사람에게는 어려운 판단 일 것이다.

나는 아인 소년의 부상을 확인했다.

내 힘으로 대응할 수 없을 정도의 심각한 부상일 경우엔 시키를 부르거나, 포기할 생각이다.

다행히도 평범하게 칼에 베인 상처였으며 심각하지도 않았다.

일반적인 날붙이로 베인 상처이며, 독 종류를 사용한 흔적도 없었다.

이 정도 부상이라면 내 계만 가지고도 충분히 회복시킬 수 있다.

"고칠 수 있어? 당신은 겉보기엔 마술사로 보이는데, 몸놀림은 전사 수준이었잖아."

[라이도우다. 모험자이기도 하지만, 본업은 상인이다.]

"상인이라고?!"

놀라는 표정도 이제 슬슬 익숙해지려고 하는군.

필담에 관해서는 귀찮은 관계로, 설명을 생략할 생각이다.

[그리고 또 하나. 고칠 수 있는 게 아니라 고치고 있다. 정확히 말하자면, 이미 고쳤다.]

"으에?!"

소녀는 경악스러운 목소리를 내면서, 내 말의 진실 여부를 확인하기 위해 소년에게 달려갔다.

겉보기엔 정말로 평범한 소녀에 지나지 않는다.

몸놀림이나 마력도 그야말로 완전한 평균치였다.

하지만 휴만이 아인의 부상을 걱정하고 있을 뿐만 아니라, 망설이지 않고 다가갈 수 있다는 것은 레어 케이스였다.

그의 부상은 그녀에게 전했듯이, 아무 문제도 없이 회복된 상태였다.

당분간 격렬한 움직임은 불가능할지도 모르지만, 일상생활에 지장은 없을 것이다.

◇◆◇◆◇

"저, 고마워."

[그저 내 변덕으로 저지른 일이다. 나는 여행하고 있는 도중이니, 잊어도 상관없다.]

"소중한 친구의 생명을 구해주신 분을 잊는다니 그럴 수는 없습니다. 저는 타파 마을의 라나라고 합니다. 고쳐주신 쪽은 워울프 종족인 에트입니다. 라이도우 씨, 그를 구해주셔서 정말로 감사합니다."

워울프.

이 약해 보이는 녀석이?

내가 워울프에 대해 가지고 있는 이미지는 강력한 수인(獸人)인데?

워울프도 여러 가지 구분이 있다는 건가, 아니면 이 세계의 워울프는 이런 생물인가?

전자였으면 좋겠다.

강한 존재였으면 해.

[그건 그렇고, 황성의 달로부터 찍힌 상태라고 들었는데?]

"……예. 그 자리에 계셨으니 알고 계시겠지만, 모험자 길드는 움직일 생각이 없더군요."

[이미 지명 수배를 걸어놓은 상태인데다가, 토벌 계획이 진행되고 있다고 하더군. 유감이지만, 너희 마을을 구하기 위해 움직이진 않을 거야.]

"예…… 죽게 내버려둘 생각이죠."

라나가 낮은 목소리로 중얼거렸다.

[그중에는 정에 약한 이들도 있었겠지만, 오늘밤이나 내일이라고 갑자기 달려드는 네 쪽도 문제가 많았어. 그래가지고서야 저들이 지레 겁먹어도 어쩔 수 없는 상황이야. 아무리 모험자라고 해도 같은 사람이니까.]

"사실은, 알고 있었어요. 얼마나 승산이 없는 도박이었는지도."

라나는 분한 듯한 표정으로 대답을 쥐어 짜냈다.

[그랬나? 괜한 소리를 한 것 같군.]

"라이도우 씨도 모험자시죠? 녀석들의 습격을 당한 마을에서는, 노인은 죽고 아이나 여자는 끌려가지요. 그리고 남자들도 죽거나 끌려가요. 뿐만 아니라 겨울을 나기 위한 비축식량과 있으나 마나했던 재산까지 송두리째 약탈해가죠. 그런 거, 어떻게 생각하세요?"

짓궂은 질문이라고 느꼈다. 별 생각이 없다고는 입이 찢어져도 말할 수 없는 분위기였다. 하지만 이 가혹한 세계에서 살아가는 이상, 그러한 재앙에 맞서야 하는 사태는 피해갈 수 없다는 생각도 들었다.

그렇기에 나는, 그녀의 질문에 정확히 대답하지 않았다.

[라나. 황성의 달은 100명 전후의 퇴물 모험자들이 집단으로 조직한 도적단이라고 들었다. 세력도 나름대로 강한 것 같아. 유감이지만, 즉석에서 해결할 수 있는 문제가 아니다.]

그들에게 찍힌 시점에서 운이 없었다고 포기할 수밖에 없는 패거리였다.

지명 수배가 걸린 상태에서도 여전히 활동을 계속하면서 열 곳을 넘는 마을들을 괴멸시켰다는 사실은, 조금 걸리는 구석이 있었지만…… 대체 얼마나 강한 세력을 지니고 있는지 두 눈으로 확인해보고 싶다는 순수한 호기심 정도였다.

솔직히 말하자면 그 명곡의 제목과 똑같은 이름이라는 사실이 개인적으로 참기 힘들다는 것이, 녀석들에 대한 가장 명확한 감상이란 말이지.

가능하다면 두령을 생포해서 개명을 요구하고 싶다.

"그 녀석들, 마을에 들이닥치자마자 본보기랍시고 마을에서 가장 강한 버클리 아저씨를 괴롭히다가 죽였어요. 그리고 임신 중이던 버클리 아저씨의 부인까지……."

임산부까지 죽였단 말인가.

역시 악명이 높은 만큼 악랄한 녀석들이군.

"뱃속에 아기가 들어있는 여자는 운반하기 귀찮다고……. 또 올 테니까, 그때까지 목숨하고 돈 중에 선택하라더군요."

[돈을 넘겨주고 무사했던 마을도 있다고 들었다.]

"예. 하지만 젊은 여자와 한창 나이의 젊은 남자들은 팔아서 돈으로 바꾸겠다고 끌려갔다고 해요. 결국 노인과 아이들밖에 안 남은 마을은, 어차피 해나갈 수 있을 리가 없다고요."

[타파 마을의 결단은, 어느 쪽도 선택하지 않고 끝까지 맞서 싸우겠다는 건가?]

그래서 모험자들에게 도움을 청하러 온 건가?

"아니요."

어라, 예상이 빗나갔네.

"마을에서는 재산을 넘겨주고 실 날 같은 가능성에 걸어보기로 결정했습니다. 어리석어요. 정말로, 어리석다고요!"

그야 그렇지.

"라나."

"에트! 정신이 드니? 아픈 데는 없어?"

워울프 소년이 눈을 떴다.

부드러운 목소리였다.

겉보기엔 개의 귀가 달린 휴만이었다.

아, 꼬리도 달려있다.

내 기준으로 보자면 유감스럽게도, 손과 발에 발볼록살은 없었다.

두 사람은 얼싸안고 서로가 무사하다는 사실을 기뻐했다.

어디 보자.

일단, 내 설교가 애한테 통하지 않으리라는 것 정도야 예상하고 있던 일이다.

일단 두 사람을 바래다주고…… 그 이후에 할 일은 정해져 있다.
나는 황야의 베이스나 츠이게에서, 사람의 죽음이라는 현상에 상당히 익숙해졌다.
직접 휴만을 처리해버린 적도 있다.
일상적인 일로 받아들이고, 납득하고 있었단 말이지.
그런데 나는 왜 이 소녀를 구해주고 싶다는 생각이 들어 버렸을까?
결국 그 녀석과 똑같은 말을 내뱉었을 뿐인, 생판 남에 지나지 않는 소녀였다.
아아, 전부 그 꿈 때문이다.
좀 더 정확히 말하자면, 토모에가 나에게 보여줬던 그 최악의 환각 때문이야.
무의식중에 내가 희망한 것으로 보이는, 씁쓸한 과거를 바꾸고 싶다는 잠재된 욕망—.
토모에의 환각은 내 욕망을 파헤쳤고, 나는 거기에 무의식중에 기대면서 꿈으로 꾼 거다.
정말 최악이야.
[기뻐하고 있는 와중에 미안하다만, 우선 마을까지 바래다주도록 하지.]
라나가 그 제안을 듣고 의아한 표정을 지었다. 나는 그녀의 반응을 보고 마음속에서 크게 한숨을 내쉬었다.

◇◆◇◆◇

타파 마을은 작은 마을이었다.

상상했던 규모보다도 훨씬 작았다.

황성의 달과 비슷하든가 그 이하의 인원수밖에 안 살지 않을까?

나는 마을을 바깥에서 바라보면서, 그런 감상을 품었다.

"라이도우 씨는 여기까지 와서 어쩌실 생각이죠?"

[그러는 너야말로 왜 마을로 돌아가지 않는 거지? 에트 군?]

"저는, 저 마을 사람이 아니에요. 저희 마을은 저쪽입니다."

에트가 숲을 가리켰다.

라나가 마을로 돌아가면서, 나에게 바깥에서 기다려 달라고 말했다.

에트는 처음부터 그럴 생각이었는지, 조용히 고개를 끄덕일 뿐이었다.

특별히 흥미를 끄는 마을도 아니었기 때문에, 라나의 부탁을 들어주는 형태로 이렇게 마을 밖에서 기다리고 있다.

아마 외부인에게 보여주고 싶지 않은 일들이 일어나고 있는 것으로 예상된다. 일단 탐색의 계는 전개해두도록 할까.

[저 마을에서 함께 살고 있는 줄 알았다.]

"라나나 다른 몇 분 정도라면 몰라도, 아인을 마을로 들여보내는 일은 기본적으로 있을 수가 없어요. 특히 이렇게 작은 마을에서는……."

[그거야 그렇겠지. 그래서 지금도 마을로 들어가지 않고 그녀를

기다리고 있다는 건가? 그건 그렇고, 에트 군은 워울프라고 하지 않았나?]

"예."

[수인이라면 알고 있겠지만, 저 마을로부터 한두 사람 정도가 아닌 피 냄새가 풍겨오고 있다.]

"……?!"

에트가 내 말을 듣고 두 눈을 크게 떴다.

물론 내가 실제로 냄새를 맡은 것은 아니다.

냄새라고 표현했지만, 내가 언급하고 있는 것은 계를 사용해서 파악한 사실이다.

라나가 마을을 비우고 있는 동안, 마을 사람이 몇 명 정도 살해당한 듯하다.

"라이도우 씨, 당신은 정말로 휴만인가요? 마을의 상태를 파악할 수 있는 후각을 지니고 계시다니……."

역시 에트도 마을의 상태에 눈치채고 있었군.

상황으로 봐서 황성의 달이 저지른 소행임은 거의 틀림없었다.

뭐, 그것도 「나중에」 확인하면 될 일이다.

본인들로부터 직접 알아내면 끝나.

[그래, 나는 평범한 사람이다. 흔히 보이는 모험자 겸 상인에 지나지 않아.]

"그 경력부터 평범하지 않은데요?"

[하지만 의외로군. 마을의 상태에 개의치 않고, 라나의 말대로 얌전히 기다리고 있을 줄이야.]

“무슨 말씀이시죠?”

[그럴싸한 충견 노릇을 하고 있다는 말이야. 워울프라는 종족이, 늑대가 아니라 개의 수인일 줄은 몰랐다.]

“라이도우 씨. 저는, 워울프는 늑대의 수인입니다. 개하고 똑같이 취급하시면 곤란해요.”

거기는 신경 쓰는구나.

완벽하게 길들여져서 개의 습성을 받아들인 줄 알았다.

나는 에트와 실없는 잡담을 나누면서, 탐색의 계가 영향을 끼치는 범위를 마을 안으로부터 이 주변 일대로 확대시켰다.

……응, 거기 있었구나?

여러 개의 집단으로 흩어져 있었지만, 근처 산속에 부자연스러울 정도로 여러 사람들의 기척이 느껴졌다.

아마도 이 녀석들이 황성의 달인 것으로 추정된다.

에트와 대화를 나누면서 딱 알맞게 시간을 때울 수 있었다.

이 마을까지 오는 도중엔 내가 두 사람을 옆구리에 끌어안고 달려왔으니, 하늘은 이제 막 붉게 물들기 시작한 참이다.

지금부터의 시간대는 황혼의 시간이다.

낮과 밤의 경계선이다.

황성의 달이 설치기 시작하는 시간대는 도적떼의 정석에 입각하자면 아마도 심야일 것이다.

녀석들이 제멋대로 날뛰기 전에, 내 쪽에서 먼저 움직이도록 할까?

지금 시간대는 딱 땅거미가 질 무렵이다.

어둠 속에 숨어들기에는, 충분히 알맞은 시간이다.

[내 개인적인 인상을 말하자면, 늑대는 사람과 일정한 거리를 두는 숲의 주민들이야. 개는 사람과 함께 살면서, 함께 무리를 짓는 사람의 친구지. 네 행동은 후자에 가까운 것처럼 보였거든. 실례했다.]

"윽."

[그럼 나는 이만 자리를 뜨도록 하지. 그녀를 소중히 여기면서, 좋은 관계를 구축하길 바란다.]

녀석들은 대담하게도, 마을에서 그리 멀지 않은 산 속에 숨어 있었다.

결과적으로 나는 휴만을 위해 도적 퇴치 같은 짓을 하려하고 있다.

얼마 전까지만 해도, 휴만은 이해할 수 없는데다가 깊이 관여하고 싶지 않은 족속이라고 생각했는데.

스스로의 사고방식과 행동 간에 존재하는 모순이 불쾌하게 느껴졌다.

하지만 나는 갈피를 못 잡는 순간이 오면 감정에 솔직하게 행동하고 싶다고 생각한다.

그건 지금도 변함없었다.

"……어디로 가시는 거죠?"

에트가 물었다.

[산으로 산책하러 갈 생각이야. 마을로 돌아올 생각은 없으니, 라나에게는 대충 전달해 주길 바란다.]

"산이라니요?! 그건 자살 행위나 다름없어요!"

[재미있군. 산에 뭐가 있는지도 알고 있는 건가?]

에트는 내 질문에 대답하지 않았다. 잠시 후, 그는 반대로 나에게 질문을 해 왔다.

"……라이도우 씨가 그렇게까지 하시는 이유가 뭐지요? 실례지만, 부자연스럽다고요."

[정말 여러 번 물어보는데, 어디까지나 개인적인 변덕이다. 안심해. 보답을 요구할 생각은 없어.]

"대답해주실 생각은 없으신가요? 그럼 여기서부터는 그냥 제 혼잣말이라고 여겨주세요. ……그럼에도 불구하고 감사를 표시하고 싶을 경우에, 저희가 할 수 있는 일은 없나요?"

[없다. 그냥 잊으면 돼.]

다음에 이 부근을 방문한다고 해도, 아마 이 마을의 위치나 존재도 잊고 있을 즈음일 것이다.

라나나 에트와의 관계도, 지극히 희미한 연결에 지나지 않는다.

에트에게 대답했듯이, 정말로 지극히 개인적인 변덕일 뿐이야.

"원한은 언젠가 잊어 버려도, 은혜는 잊지 않는다. 그게 바로 저희 마을의 관습이에요. 저 마을에도 그렇게 선량한 휴만이 몇 사람이나 있어요. 제발 부탁드립니다."

…….

아직 사태가 어떻게 굴러갈 지도 모르는데, 이 정도까지 발언할 수 있단 말인가?

역시 충견이잖아.

그리고, 원한은 잊어도 은혜는 잊지 않는다고?

또다시 아즈마에게서 들었던 말이다.

이 녀석들, 설마 일부러 노리고 말하는 건 아니겠지?

[그렇다면, 혹시 언젠가 타파 마을이나 에트가 사는 마을에 우리 쪽 사람들이 오기라도 하면 적당히 대접해다오.]

"우리 쪽 사람들?"

[나는 상인이라고 했잖아? 상회의 명칭은 쿠즈노하 상회야. 나는 그 대표를 맡고 있지.]

"그 젊은 나이로 대표라고요?"

[자주 듣는 얘기군.]

짧게 대답했다.

"……알겠습니다. 저희들이 만약 쿠즈노하 상회 분들과 만나기라도 하면 그 때는 반드시."

만나기라도 하면—.

말인즉슨, 이 궁지를 무사히 극복하고 난 후의 이야기다.

[그걸로 충분해. 그다지 비싼 물건을 파는 상회는 아니니 안심하라고.]

"저는 일단 피난을 재촉해볼게요. 가능한 일은 전부 하고 싶으니까요."

[그러고 보니 녀석들에게 상금이 걸려 있었지. 혹시 필요하다면, 내일 날이 밝고 나서 산을 뒤져보도록 해. 돈으로 둔갑할 물건들이 잔뜩 굴러다니고 있을 테니까.]

……부드럽기만 한 소년은 아니었던 모양이군.

이런 세계에서 살아갈 수 있을 정도니 당연한가?

휴만이라면 몰라도 아인이니까 말이야.

그들의 입장에서 보자면 이 세계는, 결코 살기 쉬운 장소라고는 할 수 없었다.

하지만 라나 같은 친구가 있으니 에트는 그나마 행복한 편인가?

……산에 흩어져 있는 도적들은 80명 남짓이었다.

길드에서 들었던 이야기가 사실이라면, 전원은 아닐 것이다.

어쨌든, 서두르자.

◇◆◇◆◇

—모든 소리가 사라졌다.

자신들의 목소리는 물론이고, 나뭇잎들이 서로 스치는 소리나 동물들의 울음소리까지—.

그런 이상사태가 발생하는 와중에, 패거리가 차례차례로 꿰뚫리고 있었다.

이런 상황에서 냉정을 유지할 수 있는 인물이라면, 애초에 도적 떼 졸개로 전락할 일은 없었을 것이다.

남자가 고함을 지르며 도움을 요청했다.

물론 그는, 비상시에 패거리를 부르기 위한 신호를 보내는 일도 게을리 하지 않았다.

하지만 그 모든 방법들이 소리를 이용한 수단이었기 때문에, 연락은 실패로 끝나고 말았다.

바로 옆에서 무거운 물체가 쓰러진다고 해도, 무음(無音) 공간이 된 지금으로선 고개를 돌려 직접 눈으로 확인해야만 했다.

완전히 패닉 상태로 돌입한 남자가, 목적지조차 정하지 않고 내달리기 시작했다.

적의를 지닌 무언가로부터 도주하기 위해서였다.

당연히, 그 도주가 성공할 리는 없었다.

굵고 긴 화살이 남자의 어깨에 꽂혀 있었다.

남자는 꼴사납게 쓰러지면서 잠시 동안 발버둥을 쳤다. 그리고 얼굴로부터 땀이나 콧물, 게거품이 섞인 침을 흘리다가 이윽고 움직임을 멈췄다.

독이나 마술의 효과가 부여된 화살이라는 것은 틀림없었다.

일단 호흡은 아직 끊어지지 않은 상태였다.

그러한 광경이 산의 도처에서 순서대로 발생하고 있었다.

그들은 다른 팀에게 연락을 전달하지도 못 하고, 그저 수수께끼의 상대의 화살에 꿰뚫리면서 농락당하고 있었다. 5인조나 10인조로 흩어져 있던 도적단 『황성의 달』은 일방적으로 사냥당하고 있었다.

화살은 때로는 바람 부는 방향으로부터, 때로는 바람의 반대 방향으로부터 연속적으로 날아들었다.

단 한 차례도 빗나가지 않는, 무시무시할 정도로 정확하기 그지없는 사격이었다.

뿐만 아니라 화살을 쏘는 이의 모습을, 그들 중 대부분이 마지막까지 목격할 수조차 없었다.

가슴, 배, 팔, 다리…….

그들이 꿰뚫린 부위는 그야말로 각양각색이었으나, 급소는 전부 비껴나가 있었다.

그 사실 역시, 습격자가 지니고 있는 사격수로서의 비범한 능력을 증명하고 있었다.

그리고 기어코 마지막 10인조만 남았다.

그 중에서도 마지막으로 남아있던 두 사람만이, 전투 도중에 소리를 되찾을 수가 있었다.

그리고 적의 모습을 구경할 수 있었던 것이다.

"이 자식, 뭐하는 놈이냐!"

"우리가 누군지 알고 덤벼든 거냐?!"

"……."

코트를 착용하고, 얼굴에 가면을 쓴 남자가 활을 등에 짊어지고 서 있었다.

남자들은 아직 패거리들이 전멸했다는 사실을 알지 못 했다.

우연히 자신들의 팀에 싸움을 걸어온 녀석이 있다고밖에 생각하지 못 했다.

가면의 남자는 곧바로 달려들지도 않고, 생각에 잠긴 듯이 팔짱을 끼고 있었다.

그러나 그가 도적 두 사람이 내뱉은 질문에 대답하려는 기색은 전혀 없었다.

"하지만 재수가 없었구나. 아무리 실력이 만만치 않더라도, 여기엔 우리 패거리가 잔뜩 모여 있거든. 네 녀석은 이제 끝났어. 고문이 싫거든 여기서 전부 자백하는 게 현명할 걸?"

[패거리는 이제 없다. 너희들이 마지막이야.]

『……!』

가면의 남자로부터 갑작스럽게 빛나는 글자들이 출현했기 때문에, 남자들은 당황하는 기색을 숨기지 못 했다.

[황성의 달을 구성하고 있는 인원은 100명 정도라고 들었는데, 여기에는 80명 정도밖에 없어 보인다. 나머지는 어디지?]

"……이봐 잠깐, 우리가 황성의 달이라는 사실을 알고 온 거냐? 제 정신이야?"

남자들 중 한 사람이 조금 여유를 되찾고 말했다. 또 한 사람이 연이어서 입을 열었다.

"모험자라면 우리 배후가 누군지는 알고 있을 거 아냐. 영주에게 거역해도 좋을 일은 없을 거라고, 형씨."

[그쪽 사정 따위는 아무래도 좋다. 나는 고문이 서툴다. 물어본 말은 순순히 대답하는 편이 현명할 걸?]

"웃기지— 으오오오?!"

"그악!!"

담담한 필담의 내용에 분노를 느꼈는지, 남자들 중 한 사람이 그의 멱살을 붙잡으려고 손을 뻗었다.

그대로 공격할 수 있을 것으로 보였던 순간이었다.

그는 몸이 붕 뜨는 듯한 감각과 함께, 가면의 남자에게 팔을 붙잡혔다.

가면의 남자는 그대로, 허리춤의 나이프로 손을 가져가던 또 한 사람의 도적을 그로 후려쳤다.

사람으로, 사람을 후려친 것이다.

가면의 남자가 알맞은 타이밍에 손을 놓았기 때문에, 도적들은 사이좋게 몸통 정도 되는 굵기의 나무와 격돌했다.

[헛소리가 아니라, 이미 이 산에서 무사한 도적들은 너희들뿐이다. 고문은 서툴다고 가르쳐줬는데, 몹시 유감이군.]

가면의 남자가 정신을 잃은 남자를 들어올려, 나무에 걸쳐 세웠다.

그리고 활을 잡아들고, 그 남자의 팔을 화살로 쏴서 나무에 고정시켰다.

고통 때문에 정신을 되찾은 남자가 지른 한층 더 큰 비명소리가 산 속에 울려 퍼졌다가, 곧바로 다시 조용해졌다.

그 순간, 나머지 한 사람의 도적이 몸을 민첩하게 움직이면서 아직 움켜쥐고 있던 나이프를 가면의 남자에게 투척했다.

가면의 남자는 칼날이 목에 들이닥치는 모습을 그저 지켜보고만 있었다.

"해치웠다!"

도적이 승리를 확신하고 환희의 함성을 내지른 것과, 나이프가 얼핏 보면 부드럽게 보이는 코트와 접촉하자마자 산산이 조각난 것은 거의 동시에 일어난 일이었다.

"에휴……."

가면의 남자가 짧은 한숨을 내쉬었다.

그리고 지체없이 도적의 얼굴을 양손으로 붙잡았다.

"으, 걱!"

가면의 남자가 양손으로부터 어슴푸레한 푸른빛을 내뿜기 시작했다.

마지막 도적이 온몸에서 큰 경련을 일으키기 시작했다.

'이건, 장난이 아니야! 머릿속을 휘젓고…… 으아, 지금까지 빨았던 어떤 약보다도 효과가 강해! 그헥. 이 녀석, 조절할 생각이 조금도 없어! 내가 어찌되건, 전혀 상관 안 할 생각이야!! 젠장, 이대로 가면 폐인이 되 버리……고…….'

"아……오……아히……."

최면, 암시에 속하는 강력한 술법이었다.

도적의 온몸으로부터 힘이 빠지고, 그는 축 늘어진 자세로 먼발치를 바라보기 시작했다.

가면의 남자가 그 시선의 방향에 빛나는 글자를 출현시켜, 질문을 시작했다.

도적은 아무런 저항도 못 하고, 술술 털어놓을 수밖에 없었다.

황혼이 다 지나갈 무렵—.

황성의 달이라고 불리던 중간 정도 규모의 도적단이 하나, 조용하게 괴멸했다.

"최면은 역시 조절이 어렵군. 아니, 상대가 도적이라 다행이었어. 일단 죽이지도 않았으니 죄책감도 별로 없고."

산으로부터 도시로 돌아가는 도중에 전투 전에 착용했던 가면을 벗고, 미스미 마코토는 중얼거렸다. 하지만 그 표정을 곧바로 쓴웃음으로 변했다.

"……원망하고 싶으면 내가 꾼 꿈하고 애초에 그걸 보여준 토모에와 묘한 우연, 그리고 마지막으로 그 어이없는 이름을 원망하라고. 너희들도 나 못지않게 운이 없었던 거지.”

마코토는 잠시 멈춰 서서 산쪽으로 고개를 돌리고, 두 손을 모아 합장했다.

이미 산기슭의 마을은 보이지 않았고, 산은 꼭대기 정도만 보였다. 그런 장소에서 합장한 것이다.

마코토는 잠시 동안 침묵을 지키다가 고개를 들었다. 그리고 이번에야말로 고개도 돌리지 않고 달려 나갔다.

◇◆◇◆◇

“……최면이라는 건 어려운 술법인 것 같아. 특히 조절이.”

“예? 도련님, 무슨 일이라도 있으십니까?”

“아니, 별일 아냐. 시키야말로 전이와 내일 이후 묵을 숙소의 수속을 밟는 건 문제 없었어?”

“만전을 기했습니다. 맡겨만 주십시오.”

“그러고 보니 말이야, 이 도시에서는 슬라임 고기를 먹을 수 있더라고. 이게 의외로 맛이 괜찮았거든. 다음번에 아공에 들렀을 때, 미오에게 가르쳐줄 생각이야. 그때는 다 함께 먹으러 오자.”

“반드시, 동행하겠습니다. 그런데, 슬라임 고기라 하심은 역시 핵을 사용하던가요?”

“아니, 아니더라고. 말 그대로 고기야. 씹히는 식감부터 맛까지 괜찮아서 아마 진미, 아니 명물이 되지 않을까?”

“호오! 말하자면 녹이지 않은 상태에서 슬라임을 포획한다는 말씀이시군요. 흥미로운 얘깁니다.”

나와 시키는 얌전히 전이 마법진의 순서를 기다리고 있었다.

정확히 말하자면 시키가 최면 술법을 사용해서 행렬을 생략하려고 드는 바람에 내가 말렸다.

이러니저러니 해도 지루하지 않은 하루였군.

여행을 가서 자유 행동하는 날에 옵션 투어에 참가한 거나 다름없었다.

“가는 데마다 이렇게 얘깃거리가 생길 만한 도시가 있었으면 좋겠네.”

“저로서는 이 도시의 숙소에 관해서 토모에 님과 미오 님께 얘깃거리가 생겼습니다.”

“응, 꽤 괜찮은 곳이었지?”

“……아, 아닙니다. 도시에서 제일가는 숙소치고 값이 너무 싼 데다가 아무나 묵을 수 있을 듯한 어중간한 모양새가 우스갯소리로 써먹을 수 있지 않을까 싶어서요…….”

그의 평가는 나와 정반대였다.

개인적인 감상을 말하자면, 그 지극히 평범한 느낌이 꽤 마음에 들었거든.

“시키, 앞으로 묵게 될 숙소는 괜찮은 거지? 거의 성이나 다름없는 호화로운 숙소 같은 데는 숙박하더라도 마음이 편치 않거든?!”

“전부 1박에 금화 두 닢 이상의 숙소를 예정하고 있습니다. 토모에 님으로부터 그 이하의 가격으로 머물 수 있는 숙소 따위는 황야만도 못 하다고 엄격한 지적을 받은 관계로…….”

이런 블랙 조크가 다 있나?

금화 두 닢? 토모에 녀석, 혹시 예전에 숙박했던 절야(絕野)의 로그하우스를 말하는 건가?

……잠깐.

1박에 금화 두 닢 이상일 경우, 틀림없이 그 숙소의 가격은 온당치 않았지.

종자들의 의견도 당연했다.

“이번에 묵었던 숙소는 1박에 얼마였는데?”

“죄송합니다. 이 근방 도시에서도 최고의 숙소였는데도 불구하고, 이번 숙소는 최고의 객실이 1박에 은화 여섯 닢이었습니다. 어쩔 수 없이 그 방으로 결정할 수밖에 없었습니다. 용서해 주십시오.”

아—.

그럼 충분한 서비스가 아니었을까?

토모에 녀석이 돈에 관해선 일임해 달라고 졸라서 지갑을 맡겨 놓고 있는 상황인데, 나도 모르는 사이에 상당히 사치스러운 여행을 하고 있었군.

“……다음 숙소는?”

“금화 두 닢과 은화 다섯 닢입니다. 이제야 간신히 합격 라인의 숙소에 도련님을 안내할 수 있게 되었습니다.”

시키가 엄청나게 싱글벙글 웃고 있었다.

말할 수가 없다.

도저히 지금부터 숙소를 바꾸자고 말을 꺼낼 수가 없는 분위기였다.

롯츠갈드에 도착하기만 하면 마음이 안정되는 넓이의, 나에게 딱 알맞은 방에서 생활할 수 있을 것이다.

그렇게 치면, 도착할 때까지 며칠간 정도야 인생에 한번 정도는 이런 사치를 부릴 수도 있으려나? 고급스러운 숙소에 묵어보는 것도 인생 경험이잖아.

앞으로 오랫동안 같이 지낼 사이니, 두 사람끼리 행동하는 동안에 시키와도 여러 가지 얘기를 나누고 싶은 참이다.

“가끔은 이런 여행도 나쁘지 않군.”

“감사합니다.”

이렇게 온화한 여행길 끝에 학원 생활이 기다리고 있다고 상상하니, 마음속에 표현하기 어려운 흥분이 솟아나는 것이 느껴졌다.

그래, 모처럼 여행을 떠나온 거잖아.

여행은 역시 아무 일도 없이, 즐겁기만 한 편이 좋다.

기도가 닿을 리가 없다고 생각하면서도, 나는 츠쿠요미 님께 그런 소원을 빌고 있었다.

달이 이끄는 이세계 여행 4

1판 1쇄 발행 2018년 7월 10일
1판 6쇄 발행 2024년 3월 8일

지은이_ Kei Azumi
일러스트_ Mitsuaki Matsumoto
옮긴이_ 정금택

발행인_ 최원영
본부장_ 장혜경
편집장_ 김승신
편집진행_ 권세라 · 최혁수 · 김경민 · 최정민
편집디자인_ 양우연
관리 · 영업_ 김민원

펴낸곳_ (주)디앤씨미디어
등록_ 2002년 4월 25일 제20-260호
주소_ 서울시 구로구 디지털로 26길 111 JnK디지털타워 503호
전화_ 02-333-2513(대표)
팩시밀리_ 02-333-2514
이메일_ lnovellove@naver.com
L노벨 공식 카페_ http://cafe.naver.com/lnovel11

ISBN 979-11-278-4565-0 04830
ISBN 979-11-278-4112-6 (세트)

값 9,000원